일장기를 지워라 2

정만진 : 장편소설 〈소설 한인애국단〉·〈소설 의열단〉·〈소설 광복회〉·〈딸아, 울지 마라〉·〈백령도〉·등, 역사 관련서 〈대구 독립운동유적 100곳 답사여행 ★ 2019년 대구시 선정 '올해의 책'〉·〈대구의 3·1운동과 대한민국임시정부〉·〈신암선열공원〉·〈대한제국 의열 독립운동사〉·〈전국 임진왜란유적 답사여행 총서 ★ 전 10권〉·〈삼국사기로 떠나는 경주여행〉·〈김유신과 떠나는 삼국여행〉·〈대구 여행의 의미와 재미〉 등을 펴냈다. 최근 저서로는 현진건 평전 겸 소설세계 탐구서 〈현진건, 100년의 오해〉, 현진건의 주요 단편들을 2021~2061년 버전으로 재창작한 연작 장편 〈조선의 얼골·한국의 얼굴〉, 현진건을 주인공으로 한 장편소설 〈일장기를 지워라〉, 정붕과 이순신을 주인공으로 한 청렴 주제 장편소설 〈잣과 꿀, 그리고 오동나무〉, '대구'를 예술로 형상화하는 데에 도움자료로 집필한 〈예술 소재로서의 대구 역사 문화 자연 유산〉이 있다.

일장기를 지워라 2

정만진 장편소설

"현진건은 '참 작가'였다. 한국 근대소설의 기틀을 나름의 소설미학으로 자리매기는 데 기여했을 뿐만 아니라, 피압박 민족의 지식인으로서 민족적 양심을 끝까지 지켜나간 몇 안 되는 문인 중의 한 사람이었다." - 현길언, 《문학과 사랑과 이데올로기》

 "현진건은 식민지 시대 최고의 단편 작가로 종종 불렸다. 그는 한국근대문학사의 한 페이지를 장식한 근대문인으로 먼저 독자들에게 기억된다. 그리고 그는 작품에 비견될 만한 선물을 후세들에게 전해주었으니 그게 바로 자신의 '삶'이다. 현진건의 매력은 문학에서만 오는 게 아니라는 말이다. 현진건의 삶을 현진건 문학의 원천적인 매력으로 봐야 한다는 것이다." - 양진오, 《조선혼의 발견과 민족의 상상》

'참 작가' 현진건을 기리는 마음으로

　현진건은 〈빈처〉, 〈술 권하는 사회〉, 〈운수 좋은 날〉, 〈고향〉, 〈B사감과 러브레터〉, 〈신문지와 철창〉 등의 단편과 〈적도〉, 〈무영탑〉 등의 장편을 남긴 소설가입니다. 그의 창작집 《조선의 얼골》도 많이 알려진 책명이고, 일제가 중단시킨 장편 〈흑치상지〉도 현대의 독자들에게 기억되고 있는 작품명입니다.

　현진건은 베를린 올림픽 마라톤 손기정 우승 쾌거를 '일장기 말소 의거'로 재점화하여 직접 일제와 싸운 독립유공자이기도 합니다. 대한민국임시정부 외교위원과 임시의정원 경상도 의원을 역임한 그의 형 현정건도 일제에 피체되어 4년 3개월의 옥고를 치른 뒤 고문과 장기간 영어 생활의 후유증으로 끝내 세상을 떠난 독립지사입니다. 현정건의 유명한 정인 현계옥은 유일한 여성 의열난원으로 이름이 높습니다. 또 재종형 현상건은 고종황제의 명을 받아 러시아와 프랑스를 순방하며 대한제국의 중립화를 도모한 후 상해로 망명한 지사입니다. 아버지 현경운은 대구전보사 사장을 지낸 후 대구에서 노동야학교를 열었던 개화기 교육운동가였습니다.

그런가 하면, 숙부 현영운은 한 시대를 풍미한 친일파였고, 한때 숙모였던 배정자는 이토 히로부미의 애첩이라는 소문이 돌았을 만큼 이름난 반민족 행위자였습니다.

그의 벗도 이야기하지 않을 수 없습니다. 〈빼앗긴 들에도 봄은 오는가〉의 이상화는 어릴 적부터 같이 뛰어놀며 자랐는데, 나이는 한 살 차이였지만 1943년 4월 25일 같은 날에 세상을 떠났습니다. 〈봄은 고양이로다〉를 쓴 이장희, 《상화와 고월》을 펴낸 백기만, 그와 사돈을 맺은 역사소설가 박종화, 이웃사촌이었던 의열단 부단장 이종암 지사도 있습니다.

이렇듯이, 소설가 현진건의 생애는 매우 소설적입니다. 단순한 소설가에 그치지 않고 스스로 독립운동을 펼쳤고, 집안에 대단한 독립지사와 친일파가 뒤섞여 있다는 점도 그렇습니다. 일장기 말소 의거 이후 일제 탄압으로 《조선의 얼굴》이 판매 불가 도서가 되고, 일간신문에 연재소설을 집필하는 일이 강제로 중단되고, 동아일보 사회부장 경력자임에도 언론계 종사가 금지되어 매우 어렵게 지내다가 43세 한창 나이에 가난과 질병으로 타계했다는 사실도 그렇습니다.

하지만 유명한 이름과 역사에 기록될 업적에도 불구하고 우리나라에는 현진건을 기릴 수 있는 자취가 아무 것도 없습니다. 대구의 생가는 번지가 멸실되어 어디인지도 모르게 되었고, 신혼 살림을 살았던 처가는 불과 몇 년 전에 파괴되었습니다.

서울의 고택 또한 몇 년 전에 사라졌습니다. 생가로 여겨지는 대구 계산동 골목 입구와 서울 집터 앞에 안내판이 하나씩 있는 것, 그리고 대구 두류공원에 '현진건 문학비' 빗돌이 전부입니다. 물론 기념관도 문학관도 없습니다. 대한민국의 정신사가 의심스럽게 느껴질 정도입니다.

선생을 기리는 일은 후대를 사는 사람의 도리가 아닌가 생각합니다. 그런 뜻에서, 선생의 삶을 이야기하는 장편소설 《일장기를 지워라》를 펴냅니다. 또 선생의 주요 단편을 21세기 버전으로 재창작한 《조선의 얼골·한국의 얼굴》과, 평전 겸 문학세계 해설서 《현진건, 100년의 오해》도 펴냅니다. 부족한 3종 5권의 책이 불씨로 타올라 선생의 가르침을 우리 모두의 가슴속에 뜨거운 꽃 한 송이로 피워낼 수 있기를 바랍니다. 그렇게 됨으로써 앞으로는 더 이상 '술 권하는 사회'가 아니라, 정신적 물질적으로 황폐한 '고향'이 아니라, 날마다 '운수 좋은 날'이 우리 모두에게 펼쳐지기를 간절히 소망합니다.

〈빈처〉와 〈술 권하는 사회〉 발표 100주년
2021년을 보내며
정만진 삼가 씀

정만진 장편소설

일장기를 지워라

차례

1권 Ⅰ. 압록강을 건너는 현진건 · 9

　　Ⅱ. 백마를 타고 달리는 초일류 기생 · 32

　　Ⅲ. 강남 갔던 제비는 박씨도 물어 오건만 · 88

　　Ⅳ. 나를 여인으로 말고 동지로 여겨주오 · 124

　　Ⅴ. 영사관 마차를 타고 바라본 위화도 풍경 · 163

　　Ⅵ. 푸른 강물을 휘젓는 두 여인 · 199

2권 Ⅶ. 마음에 병을 얻어 죽고 마는 S · 9

　　Ⅷ. 그 잘난 사내의 아내는 누구인가? · 62

　　Ⅸ. S를 죽인 내가 죄인입니다 · 94

　　Ⅹ. 이렇게 환한 웃음은 10년 만에 처음 · 118

　　Ⅺ. 설렁탕 한 그릇, 막걸리 한 사발 · 142

　　Ⅻ. 현진건이 알지 못하는 후일담 · 151

7. 마음의 병을 얻어 죽고 마는 S

현진건은 귀국 후 처음 몇 달 동안은 소설 창작에 마음을 둘 경황이 못 되었다. 상해에서 무슨 일이 일어나고 있는지 전혀 알지 못하는 중에도 마음은 안정될 겨를을 찾지 못했다. 6월 19일 압록강을 넘었고, 그 후 대구까지 왔다가 다시 상경했다. 양부 현보운이 오늘내일을 다툴 만큼 병이 깊은 탓에 하루라도 빨리 관훈동 52번지로 들어가야 했다.

먼 길을 오가느라 현진건은 정신도 육체도 넋과 힘을 잃은데다가, 아내와 더불어 관훈동 집에서 기거한 이래로는 언제 돌아가실지 알 수 없는 양부의 생사 문제에 짓눌려 잠시도 마음이 평온할 때가 없었다. 그렇다고 해서 '소설을 써야지!' 하고 굳게 마음먹었던 중국에서의 맹세 자체를 까마득히 잊어버린 것은 아니었다.

'소설을 써야지…, 소설을 써야지….'

현진건은 옆에 아무도 없을 때면 종종 넋두리를 하듯이 그렇게 혼자서 되뇌기도 했다. 문학에서 독립 운동의 길을 찾겠노라 작심했던 귀국의 명분을 새삼

다짐하는 중얼거림이었다. 후장대학 독일어 전문학부 수학을 마치고 나서 어느 길로 갈 것인지 구체적으로 결정할 생각이었지만, 당숙의 슬하로 입후하라는 아버지의 전언이 당도한 이래 선택의 폭은 아주 좁아지고 말았다. 앞으로는 아내와 더불어 관훈동 52번지에서 양부모를 모시고 살아가야 하는 까닭이다. 집을 떠나 천하를 주유하는 일이 아주 불가능해졌다고 생각하니, 그토록 목이 옥죄는 듯 힘들었던 보성고보와 일본 도쿄 유학 시절조차 하릴없이 그리워지는 기분이었다.

'누군가는 목숨을 내걸고 직접 일제 군대에 맞서고, 누군가는 교육과 인재양성으로 뒷날을 도모하고, 누군가는 개인의 능력을 발휘하여 힘을 보태고 … 그렇게 2천만 민중이 제각각 보탬이 되고자 애쓴다면 마침내 겨레의 소망이 이루어질 것이다! …너무 답답하게 생각하지는 말자.'

약해지고 우울해지려는 마음을 다스려야겠다는 판단에서 그는 스스로 그렇게 다짐하기도 했다.

'나는 용기도 모자라고 자본도 없다. 천혜의 밑천인 약간의 글재주뿐이다. 그렇다면 …? 그것이라도 발휘하여 나 자신에게 주어진 한몫을 감당하자. 이 숨막히는 식민의 땅을 죽지못해 살아가는 젊은 지식인으로서 그것마저도 하지 않는다면 천벌을 받을 일이지.'

그런 마음을 먹는 것도 쉬운 일은 아니었다. 현계옥이 목에 걸린 가시처럼 마음을 쑤셔왔다. 현계옥이 압록강을 건너갔다면 틀림없이 형을 만날 것이다. 그 후는…? 너무나 뻔하다.

형수는 점점 마음과 몸이 말라가고 있다. 작은오빠 윤현진이 상해로 갔지만 임시정부를 조직하는 과업에 매달리느라 경황이 없는 탓인지 문제가 해결되었다는 시원한 소식은 전해지지 않고 있다. 현진건 자신도 상해에 있는 동안 뾰족한 수를 찾아내지 못했었다. 그나마 그때는 현계옥이 국내에 머무르고 있었다. 지금은 그와도 또 다르다. 현계옥이 상해로 갔다. 도대체 어떻게 해야 할지 모르겠다…. 어떻게 해야 할지….

겨울 초입까지 그런 고민으로 시간만 보내고 있는 중에 양부 현보운이 세상을 떠났다. 귀국한 지 약 5개월이 경과한 11월 2일이었다. 이상화, 백기만, 이장희 등 고향 문우들이 관훈동 집으로 조문을 왔다. 문상객이 뜸한 틈을 타서 그들과 술잔을 주고받던 진건이 속마음을 토로하니 평론가 기질이 농후한 백기만이 대뜸 결론을 내렸다.

"일단 소설에 전념하기로 했으니 그 문제부터 작품화를 한번 해보는 것이 어떤가? 가슴에 그 일이 바윗덩어리처럼 들어앉아 있으면 어찌 다른 소설을 창작할 수 있겠노…?"

현진건이,

"문제해결을 촉구하는 소설을 창작해서 형에게 보내라는 겐가?"

하니, 백기만이 고개를 끄덕인다. 듣고 있던 이상화가 다른 의견을 낸다.

"그 문제는 어디까지나 정건이 형의 일 아닌가? 현계옥 문제는 정건이 형이 알아서 할 본인의 일일 따름이란 얘기지. 남녀 문제는 다른 사람이 알 수 없는 오묘한 영역이라고나 할까…. 애당초 빙허(현진건)가 어떻게 할 수 있는 과제가 아니란 말일세."

이상화는 자못 연애 행각이 화려한 사람1)다운 발언을 늘어놓았다. 백기만이 농조로 말을 거든다.

"한 달 후면 혼인을 하기로 예정되어 있는 미혼자2)의 발언으로는 영 어울리지 않는 내용일세 그려? 누가 열아홉 총각의 말로 듣겠는가?"

그러자 이상화가,

"사돈이 남 말을 하고 있구만. 목우(백기만)는 연세가 어찌 되시나?"

하고 반박한다. 백기만이 자기보다 한 살 아래라는 점을 지적한 발언이다. 이장희가 두 사람을 보며 미소를 머금고서 말한다.

"도토리들이 키재기를 하고 있네…."

이장희는 백기만보다 두 살, 이상화보다 한 살 많다. 현진건과 동갑이다. 5년 뒤(1924년) 〈봄은 고양이로다〉의 시인으로 이름을 얻게 되는 이장희에게는 학력상 특이한 면모가 있었는데, 자신보다 네 살이나 많은 이종암과 공립대구보통학교(현 대구초등학교) 동기생이라는 점이었다.

현경운이 막내아들 진건을 신식 학교가 아닌 북재서당에 보냈듯이 이종암은 할아버지 오위장 영감에 의해 역시 북재서당에 보내졌다. 이종암이 공립대구보통학교에 입학한 때는 무려 열세 살이 된 1908년으로, 그때 이장희는 겨우 아홉 살에 지나지 않았다. 그러나 두 사람은 서로 집도 100m 떨어졌을까 싶을 만큼 지척에 있었지만, 나이차가 많이 났을 뿐만 아니라 이종암이 본래 말이 없고 웃음도 그다지 없는 성격인데다3) 이장희 또한 내성적이고 동무 사귀는 것을 좋아하지 않은 탓에4) 친근한 벗으로 발전하지는 못했다. 그래도 이장희는 중국에서 돌아온 현진건에게 이종암의 안부를 물었다.

"이종암 형은 만난 적이 있나? 아니면 소식이라도?"

현진건은 상해에 머무는 동안 이종암을 만난 적이 없었다. 뿐만 아니라, 어떠한 소식도 들은 바가 없었다. 자신이 떠난 뒤 임시정부 구국모험단에 입단한 이종암이 김원봉과 함께 합숙훈련차 상해에 왔고, 형 정건은 물론 현계옥과 더불어 며칠 동안 같은 집에서 거처했다는 사실을 알 리 없는 진건은 고개를 기로저으며 이장희에게 답했었다.

"이종암 형에 대해서는 아무 것도 들은 소식이 없어. 상해 쪽에 그토록 소문이 없는 것을 보면 만주에 있을 가능성이 높아. 신흥무관학교 같은 곳으로 찾아갔을 확률이 높지."

그때 이장희는 '무소식이 희소식라는 말도 있으니, 아무 말도 들려오지 않는 것이 최선이라고 믿어야겠지…'라고 했었다. 그랬는데 지금은,

"형의 일인 것은 사실이지만 동생인 빙허의 일이라고 할 수도 있지 않나…? 막내형수가 당사잔데…. 아무 말도 하지 않으면 빙허 자네가 무슨 생각을 하고 있는지 정건이 형이 일말의 관심도 기울이지 않고 무심하게 지나칠 수도 있지 않을까…?"

라면서 진건의 행동을 촉구하였다. 형에게 간섭이 될까 우려하여 말없이 넘어갈 것이 아니라 마음에 있는 생각을 밝히는 것이 오히려 동기간의 우애를 지켜가는 도리라는 뜻이었다.

그렇게 이장희가 동조하자 백기만이 더욱 기운을 얻어 말을 이어갔다.

"빙허는 정건 형의 친동생 아닌가. 사형제 중에서도 특히 각별한 정을 나누어온 두 사람…. 동생으로서 자신의 의중을 충실히 피력할 필요가 있는 일이라고 보네. 그것은 충정인데, 형이 노여워 할 일이야 있겠는가…?"

이장희가 재차 찬조 발언을 했다.

"아직도 우리 사회는 여성들의 권리를 제대로 존중해주지 못하고 있어. 특히 교육과 결혼 제도에서 심각한 수준을 드러내고 있지. 기성사회의 고리타분한 인식도 문제지만 젊은 남성 지식인들의 대오각성도 강력히 촉구해야 해."

그래도 이상화는 인물 설정과 사건 전개에 각별히 조심할 것을 주문하여 백기만·이장희와는 약간 다른 감을 드러내었다.

"너무 직설적으로 형을 공격하지는 말게. 오히려 역효과가 날 수도 있어. 빙허가 주장하고 싶은 바는 남자와 여자는 평등한 인간이다, 결혼에는 당자사들의 의견이 가장 중요하다, 뭐 그런 것들 아닌가? 현계옥을 비난하는 데 초점이 맞춰져서도 안 된다는 얘기지."

진건은 벗들 사이에 오간 말들을 참조하여 단편소설 〈희생화〉를 창작했다. 그는 자신의 첫 소설 작품인 〈희생화〉를 들고 당숙 현희운을 찾아갔다. 현철이라는 예명으로 활동하고 있던 신극 운동가 현희운은 당숙이기는 했지만 나이는 형 정건보다 단 한 살 위였는데, 당시 《개벽》 학예부장이었다. 진건은 현희운을 조르고, 볶고, 화도 내고, 빌기도 한 끝에 이윽고 《개벽》 1920년 11월호에 〈희생화〉를 발표할 수 있었다.5)

〈희생화〉

1

어머니는 우리 남매를 데리고 사직골 막바지(가장 외진 끄트머리)6)에서 쓸쓸한 가정을 이루었었다(이끌어가고 있었다).

아버지는 내가 세 살 먹던 가을에 돌아가셨다. 어머니께서 때때로 눈물을 머금고 아버지께서 목사로 계시던 것이며, 열렬한 웅변으로 죄 많은 사람을 감동시켜 하느님을 믿게 하던 것이며, 자기 몸은 조금도 돌아보지 아니하고 교회 일에 진심갈력盡心竭力(온 정성을 바침)하던 것을 이야기하신다. 나보다 사 년 연상인 누이는 이 말을 들을 적마다 그 맑고 고운 눈에 눈물이 어리었다. 철모르는 나는 그 이야기보다 어머니와 누이가 우는 것이 슬퍼서 눈물을 흘리었다.

집안은 넉넉지는 못해도 많지 않은 식구라 아버지가 생전에 남겨주신 몇 섬지기(6,600㎡ 정도의 논)나마 추수하는 것으로 기한飢寒(굶주림과 추위)은 면할 수 있었다. 아버지의 감화인지는 알 수 없으나 어머니는 우리 남매를 학교에 다니게 하였다. 벌써 십여 년 전 일이라 누이를 공부시키는 데 대하여 별별 말들이 많았다. 그러나 어머니는 여자 교육이 왜 필요한지 정확하게 인식한 것은 아니겠지만 여자도 교육을 많이 받는 것이 좋다고는 생각하셨던 것 같다.

2

누이가 십팔 세 꽃 같은 처녀로 ○○학교 여자부 4학년에 우등 성적으로 진급되고, 나도 그 학교 2학년에 진급된 봄의 일이다.

나의 손을 붉게 하고 내 얼굴을 푸르게 하던 추위

는 없어진 지 오래이다. 햇볕은 따뜻하고 바람 끝은 부드럽다. 잔디밭에는 새싹이 돋아나고 개나리와 진달래는 벌써 산야를 붉고 누르게 수놓았다. 어느덧 버드나무 얽힌 곳에 꾀꼬리는 벗을 찾고, 아지랑이 희미한 하늘에 종달새는 높이 떴다. 우리 집 뜰 앞에 심어둔 두어 나무 월계화도 '춘군春君(봄)의 고운 빛을 나도 받았노라' 하는 듯이 난만히 피었었다.

하룻날 떠오르는 선명한 햇빛이 어렴풋이 조는 듯한 아침 안개에 위황煒煌한(붉게 빛나는) 금색을 흩을 적에 누이는 가늘게 숨 쉬는 봄바람에 머리카락을 날리며 어리인 듯이 월계화를 바라보고 섰다. 쏘아오는 햇발이 그의 눈을 비추니 고개를 갸웃하며 한 손을 이마 위에 얹고 눈을 스르르 감더니 아직도 어슴푸레하게 조는 월계화 그늘에 몸을 숨기매 이슬 젖은 꽃송이가 누이의 뺨을 스친다. 손으로 가벼이 화판花瓣(꽃잎)을 만지며 고개를 숙여 꽃을 들여다본다….

나도 한참 누이와 월계화를 바라보다가 학교에 갈 시각이 된 게 아닌가 하고 방에 걸린 시계를 보니 아니나 다를까 벌써 다 되어간다. 급히 건넌방에 들어가 책보를 싸 가지고 나오며,

"어서 학교 가요, 벌써 시간이 다 되었어요."

"응, 벌써!"

하며 누이는 내 말에 놀라 허둥허둥 건넌방에 들어가 책보를 싸더니 또 망연히 앉아 있다.

"어서 가요.."

내가 조급히 부르짖으니 누이는 또 한 번 놀라 몸을 일으킨다.

요사이 누이의 하는 일이 매우 이상하였다. 열심히 하던 공부도 책을 보다가 말고 망연히 자실하여 먼 산만 멀거니 바라보고 있을 적이 많았다. 누이가 잘 때는 어머니를 모시고 큰방에서 잤지만 공부는 나와 함께 건넌방에서 했으므로 나는 누이가 정신을 잃고 앉아 있는 것을 여러 번 보았다.

그날 밤 새로 한 시나 되어 잠을 깨니 갑자기 뒤가 보고 싶었다. 나는 급히 일어나 뒷간에 갔었다. 뒤를 보고 나오니 이미 이지러진 어스름 반달이 중천에 걸리어 있다. 나는 달을 쳐다보며 한 걸음 두 걸음 마당 가운데로 나왔다. 뜰 앞 월계화는 희미한 달빛에 어슴푸레하게 비치는데, 꽃 사이로 하야스름한 무엇이 보인다. 자세히 보니 누이가 꽃에다 머리를 파묻고 서 있다. 그의 흰 옥양목 겹저고리가 눈에 뜨였으므로 나는 '누이가 왜 저기서 저러고 서 있나? 온 세상이 따뜻한 봄의 탄식에 싸이어 고요히 잠든 이 밤중에 무슨 까닭으로 나와 섰나?' 싶어 어린 가슴을 두근거리며 물었다.

"누이, 거기서 무엇 해요?"

내 소리에 깜짝 놀랐는지 누이는 몸을 움칫하더니 아무 대답이 없다. 가만가만 가까이 가서 어깨를 가볍게 흔들었다. 숨을 급히 쉬는지 등이 들먹들먹한다. 나오는 울음을 물어 멈추는지 가늘고 떨리는 오열성鳴咽聲(울음소리)이 들린다. 나는 바싹 대들어 누이의 얼굴을 보았다.

분결(분의 고운 결) 같은 두 손 사이로 보이는 얼굴은 발그레하였다. 나는 웬 일인가 하고 얼굴 가린 두 손을 힘써 떼었다. 두 손은 젖어 있었다. 누이의 두 눈으로 눈물이 흘러내린다. 구슬 같은 눈물이 점점이 월계화에 떨어진다. 월계화는 그 눈물을 머금어 엷은 명주로 가린 듯한 달빛에 어렴풋이 우는 것 같다. 누이의 머리는 불덩이 같이 더웠다.

"왜 안 자고 나왔니…?"
하며 내 손을 밀치는 그 손은 떠는 듯하였다. 나는 목멘 소리로,
"누이, 왜 우셔요? 네?"
하고 내 눈에도 눈물이 핑 돌았다.

이슬에 젖은 꽃향기는 사랑의 노래와 같이 살근살근 가슴을 여의고, 따뜻한 미풍은 연애에 타는 피처럼 부드럽게 뺨을 스쳐 지나간다. 이런 밤에 부드러운 창자에 느낌이 없으랴! 꽃다운 마음 에 수심이 없으랴! 철모르는 나는,
"누이, 어서 들어가셔요."
하고 누이의 손목을 이끌었다. 맥이 종작없이(헤아릴 수 없이) 뛰는 것을 감각하였다(느꼈다). 누이는 눈물을 씻으며,
"먼저 들어가거라, 나도 곧 들어갈 것이니…."
하였다.

"대관절 웬일이야요? 어데가 편찮으셔요?"
"아니, 공연히 마음이 뒤숭숭하구나."
하더니 한 손으로 월계화 가지를 부여잡고 이마를 팔에다 대며 흑흑 느끼어 운다. 어스름 달빛은 쓰린 이별에 우는 눈의 시선같이 몽롱하게 월계화 나무 위에 흘러 있다.

3

이틀 후 공일날 누이와 나는 창경원 구경을 갔었다. '창경원 사쿠라꽃(벚꽃)이 한창'이란 기사가 수일 전부터 신문에 게재되고 일기도 화창하므로 구경꾼이 구름같이 모여들어 넓으나 넓은 어원御苑(궁궐 속 정원)이 희도록 덮여 있다. 과연 사쿠라는 필 대로 피어 동물원에서 식물원 가는 길 양편에는 만단홍금萬段紅錦(온갖 붉은 비단)을 펼친 듯하다.
"국주國柱야, 우리는 동물원은 그만두고 저 잔디밭에 앉아 꽃 구경이나 실컷 하자?"
누이는 찬성을 구하는 듯이 나를 들여다보며 웃는다. 나도 짐승 곁에 가니 야릇한 무슨 냄새가 나던 것을 생각하고,
"그럽시다."
라고 곧 찬성하였다.
우리는 길옆 잔디밭 은근한 편(쪽) 소나무 밑에 좌정했다(앉았다). 붉은 놀 같은 꽃 다리 밑으로 지

나가는 흰옷 입은 유객遊客(놀러온 사람)들이 꽃빛에 비치어 불그스름해 보이는 것이 말할 수 없는 춘흥春興(봄의 기분)을 자아낸다. 어린 나도 따뜻한 듯한 부드러운 듯한 봄의 기쁨을 깨달아 웃는 낯으로 누이를 돌아보니 누이는 나직이 한숨을 쉬며 고개를 숙이더니, 푸른 풀 사이에 핀 누른 꽃을 하나 꺾어 뺨에다 대인다. 무슨 걱정이나 있는 듯이 눈살을 찌푸렸다. 나는 그날 밤에 누이가 월계화 사이에서 울던 광경을 가슴에 그리면서 유심히 누이의 행동을 살피었다.

누이가 얼굴에 수색愁色(근심스러운 기색)을 띤 것이 퍽 애처로워서 무슨 이야기를 하여 누이의 흥미를 끌까 하고 곰곰 생각하며 이리저리 살피었다. 우연히 식물원 편을 바라보다가 그곳을 가리키고 누이를 흔들며,

"저기를 좀 보셔요."

하였다. 웬일인지 누이는 깜짝 놀란다. 곤한 잠을 깬 사람에게 흔히 있는 표정으로 내가 가리키는 곳을 바라본다. 거기서 우리 학교 교복을 입은 학생 하나가 이리로 내려온다. 그는 우리 학교 4학년 급장이었다. 누이가 한참 멀거니 바라보다가 두 추파秋波(이성에게 보내는 은근한 눈빛)가 마주친 것 같다. 누이는 고개를 숙이었다. 나는 누이의 귀밑이 발그레해진 것을 보았다. 누이가 내 무릎을 꼭 잡으며,

"거기 무엇이 있다고 날 다려 보라니?"

간신히 귀에 들리리 만큼 말하였다.

"아야! 아이고 아파요. 왜 저 이를 모르셔요? 이번에 첫째로 4학년에 진급한 이야요. 공부를 썩 잘하고 또 재주가 비범하대요. 게다가 얼굴이 저렇게 잘났지요."

나는 바로 나 자신이 그렇기나 한 듯이 기뻐하면서 입에 침이 마르도록 칭찬하였다. 누이는 부끄럽게 웃으며,

"왜 내가 그를 모르겠니? 4년이나 한 학교에 다녔는데…. 그래, 그 사람 보라고 사람을 흔들고 야단을 했니?"

"그러면요…. 그런데요, 어저께 내가 누이보다 좀 일찍이 나왔지요? 집에 오니까 어머니 친구 몇 분이 오셨는데 누이 칭찬이 야단입디다(야단이었습니다). '어쩌면 인물도 그다지 잘나고 재주도 그렇게 좋을고! 참 복 많이 받았습니다'라고요. 나는 그 말을 듣고 춤이라도 출 듯이 기뻐하였어요. 저 사람도 장하지만 누이는 더 장해요."

나는 그 사람을 너무 칭찬하여 행여나 누이가 그에게 질까 보아서 또 한참 누이를 추어올렸다. 누이는 또 얼굴을 붉히며,

"별소리를 다 하는구나, 누가 네게 칭찬 듣고 싶다더냐?"

우리가 이런 수작을 하는 사이에 그가 벌써 우리 앞을 지나가며 슬쩍 누이를 엿보았다. 두 시선은 또 한 번 마주쳤다. 누이의 얼굴은 갑자기 다홍빛을 띠

었다.

그가 중인총중衆人叢中(수많은 사람)에 섞여서 점점 멀어져간다. 그 모습을 누이가 물끄러미 바라본다. 이윽고 그가 사라져버린다. 그 광경을 정신없이 바라보던 누이가 고개를 돌린다. 누이가 그의 뒷모습에 주목하는 것을 줄곧 지켜보던 내 눈과 돌아보는 누이의 시선이 부딪힌다. 누이가,

"너는 남의 얼굴을 왜 빤히 들여다보니?"

하며 얼굴을 또 다시 붉힌다. 나는,

"보기는 누가 보아요?"

하며 빙그레 웃었다.

4

이튿날 아침, 누이는 좀처럼 바르지 않던 분을 약간 바르고, 더럽지도 않은 옷을 벗고 새 옷을 갈아입었다.

"네가 오늘은 웬일이냐?"

하고 어머니가 의아해하신다. 누이가 머뭇머뭇하더니 어린애 모양으로 어머니 가슴에 안기며,

"제가 오늘은 퍽 잘나 보이지요?"

하고 웃는다. 그 웃음과 함께 누이의 얼굴에 홍조가 퍼진다. 과연 오늘은 누이가 더 어여뻐 보였다. 두 손으로 기운 없이 뒤로 큰방문을 짚고 비스듬히 문에다 몸을 반만 실려 웃는 양이 말할 수 없이 어여뻤

다. 어리인 우유에 분홍 물을 들인 듯한 두 뺨은 부풀어오른 듯하고, 장미꽃빛 같은 입술이 방실 벌어지며 보일 듯 말 듯이 흰 이빨이 번쩍거린다. 봄산을 그린 듯한 눈썹은 살짝 위로 치어오른 듯하며 그 밑에서 추수秋水(가을철 맑은 물) 같이 맑은 눈이 웃음의 가느다란 물결을 친다.

어머니가 누이를 보고 웃으시며,

"언제는 못 났더냐?"

"그런데 오늘은요?"

누이가 되질러 묻는다.

"오냐, 오늘은 더 이뻐 보인다."

"어머니, 정말이야요?"

하고 누이는 또 빵긋 웃는다. 수색羞色(부끄러운 빛) 뒤로 희색喜色(기쁜 빛)이 드러난다.

"오늘은 정말 더 이뻐 보인다. 너의 부친이 보셨던들 작히(얼마나) 기뻐하시겠니?"

하시며 어머니의 눈에는 눈물이 스르르 어리었다. 곱게 빛나던 누이의 얼굴에도 구름이 끼인 것 같다. 그러나 얼마 아니 되어 그 구름이 스러지고 또다시 기쁨과 희망의 빛이 번쩍거린다.

우시는 어머니를 민망히 바라보던 누이가 슬픈 어조로,

"어머니, 마음 상하지 마셔요."

하였다.

"애, 시간이 다 되었겠다. 내 걱정일랑 말고 어서

학교에나 가거라."

하고 어머니는 눈물을 삼키셨다. 우리는 책보를 끼고 나섰다. 학교 문턱에 들어서니 종소리가 들린다. 우리는 달음박질하여 들어갔다. 전교 생도가 다 모였다. 모두 행렬과 번호를 마치자,

"기착氣着(차렷), 경례, 출석원(출석한 사람) 도합(모두) ○○명."

하는 카랑카랑한 소리가 들리었다. 4학년 급장의 소리다. 이 소리가 끝나자 여자부 편에서도 같은 호령과 보고를 하는 소리가 들리었다. 옥을 바수는 듯한 날카로운 소리였다. 우리 누이의 소리다. 오늘은 어쩐지 그 두 소리가 나의 어린 가슴을 뛰게 하였다.

그 다음 토요일 하학한(수업을 마친) 후, 교우회(학생회)가 모인다고 4학년 생도들이 학교 문을 걸고 파수를 보면서 철없는 1~2학년들이 나가는 것을 막아섰다. 늘 모이는 강당에 들어가니 벌써 이편에 남학생, 저편에 여학생이 빽빽하게 앉아 있었다. 나도 거기 앉았노라니 '무엇이니 무엇이니' 하고 한참 야단들이더니 얼마 지나지 않아 4학년들이 흰 종잇조각을 돌리며,

"지육부智育部 간사 투표권이요, 한 장에 한 명씩 쓰시오."

하며 외친다. 내 곁에 앉은 녀석이 똑똑한 체,

"유기명 투표야요, 무기명 투표야요?"

하고 묻는다.

"물론 무기명 투표지요."

아까 외치던 4학년이 대답한다. 저편에서,

"무기명 투표란 무엇이오?"

하는 녀석이 있다.

"그것도 모르면서 회(會)를 할 적마다 집에만 가려고 하지! 무기명 투표란 것은 선거자(투표한 사람)의 이름을 쓰지 않는 것이오."

꾸짖듯이 그 4학년 생도가 말하고 기색이 엄숙하다. 나는 무의식적으로 단박(곧장) 4학년 급장의 이름을 썼다. 필경 남자부에는 최다점으로(최다득표로) 그가 선거 되고(뽑히고), 여자부에서는 최다점으로 우리 누이가 선거되었다.

그 후부터 누이가 간사회 한다, 지육부 간사회 한다 하고 저녁을 먹고 나가면 밤 아홉 점 열 점이나 되어 돌아오는 일이 자주 있었다. 그리고 회에 갈 적마다 안 보던 거울도 보고 늘어진 머리카락도 쓰다듬어 올리며 옷고름도 고쳐 매었다.

하룻밤은 누이가 지육부 간사회 한다고 저녁 먹고 나가더니 열점 반이 되어도 돌아오지 않는다. 어머니는 별별 염려를 다 하시다가,

"네 누이가 여태껏 돌아오지를 않네? 회는 벌써 끝났을 것인데… 너 좀 가보아라."

나는 두루마기를 입고 집을 나와 사직골 막바지로부터 광화문통에 가는 길로 타박타박 걸어간다. 달도 없는 오월 그믐밤이었다. 전등도 별로 없고 행인도

회소한 어둠침침한 길을 걸어가려니 무시무시한 생각이 난다. 나는 무서운 생각을 쫓느라고 발을 쾅쾅 구르며 '하나, 둘' 하고 달음박질하였다. 한참 뛰어가니 숨이 헐떡거리고 진땀이 흐른다. 모자를 벗어 부채질하면서 천천히 걸어간다. 내 앞 멀지 않은 곳에 이리로 향하여 젊은 남녀가 짝을 지어 올라온다. 그는 남학생과 여학생이었다! 그와 누이였다!

나는 가슴이 설렁하며 일종 호기심이 일어났다. 살짝 남의 집 담모퉁이에 은신하였다. 둘은 내가 거기 숨어 있는 줄은 모르고 영어로 무어라고 소곤소곤거리며 지나간다. 그중에 이 말이 제일 똑똑히 들리었다. (그때는 몰랐지만 지금 생각하니 아마 이 말인 것 같다.) 그가,

"Love is blind. (사랑은 맹목적이라지요.)"
라고 하자, 누이는 소리를 죽여 웃으며,

"But, our love has eyes! (그린데 우리의 사랑은 보는 사랑이지요.)"
하였다. 그들이 지나가자 나도 가만가만 뒤를 따랐다. 어두운 속이라 누이의 흰 적삼이 퍽 눈에 뜨인다. 전등 켠 뉘 집 대문 앞을 시날 때에 나는 그의 바른손이 누이의 왼손을 꼭 쥔 것을 보았다. 나는 웬일인지 싱긋이 웃었다. 그들이 행여나 나를 돌아볼까 싶어서 발자취를 죽이고 남의 집 담에 몸을 부비대며(비비대며) 꽤 멀리 떨어져 갔었다. 우리 집 가까이 와서 둘이 걸음을 멈추더니 서로 악수를 하고 또 악

수를 하는 것 같았다. 연연戀戀히(미련을 가지고) 서로 떠나기를 싫어하는 것 같다. 한참이나 그리하다가 그가 손을 놓고 또 무어라고 한참 수군거리더니 그가 돌아서 온다. 누이는 우리 집 문 앞에 서서 한참 그의 가는 모양을 바라보고 서 있다. 그는 또 내 곁으로 지나간다. 그의 걸음걸이는 허둥허둥하였다. 그가 지나간 후 나는 달음박질하여 집에 돌아왔다. 대문턱에 들어서니 어머니와 누이의 문답하는 소리가 들린다.

"왜 그처럼 늦었니? 나는 별별 근심을 다 했다."
"오늘은 상의할 일이 좀 많아서……"
누이가 머뭇머뭇한다.
"그 애는 어디로 갔니? 같이 오지를 않았니? 오는 길에 못 봤어?"
어머니가 묻는다.
"그 애가 어디로 갔을고?…… 길에서 만났을 것인데."
누이가 걱정한다. 나는 안방 문을 열고 시침을 뚝 떼고,
"누이 인제 왔어요?"
하고 빙그레 웃었다. 어머니는 놀라며,
"너 뺨에, 옷에 맨 흙투성이니 웬일이냐?"
하신다.
"담에 붙어 와 … 아니야요. 저 저…"
하고 누이를 보고 빙글빙글 웃었다. 누이의 얼굴은

또 발개졌다.

5

 그 후 더운 날 달밤에 누이는 '친구하고 어디를 간다, 어디를 간다' 하고 자주자주 나갔었다. 누이는 늘 나를 따돌리고 혼자 나갔으므로 푸른 풀 짖어진 곳과 달빛 고요한 데서 그와 누이가 만나 꿀 같은 사랑의 속살거림을 몇 번이나 하였는지 나는 모른다.
 누이의 출입이 자조롭고(많고) 기색이 수상하였든지 어머니가,
 "인제 네가 어데 나가거든 꼭 네 동생을 다리고(데리고) 다녀라."
하신 뒤로는 누이가 집에 들면 공연히 짜증을 내며 하염없는 수색愁色(근심어린 빛)이 적막한 화용花容(꽃다운 얼굴)을 휩쌌었다. 그리고 때때로 머리가 아프다 하며 이불을 쓰고 누웠었다.
 하루는 우리가 점심을 마친 후 누이가 날더러,
 "너 나하고 남산공원에 산보 가련?"
하였다. 그때는 유월 염전이라 더운 기운이 사람을 찌는 듯하였다. 나도 거기 가서 서늘한 공기도 마시고 무성한 초목으로부터 뚝뚝 듣는 취색翠色(남색과 파란색의 중간색)에 땀난 몸을 씻으리라 생각하고 곧,
 "네."

하였다.

우리는 광화문통에서 전차를 타고 진고개를 거쳐 남산공원을 올라갔었다. 저편 언덕 위에 그가 기다리기 지루하다 하는 듯이 앉았다가 일어섰다가 하는 것이 보였다. 누이가 갑자기 돌아서 나를 보며,

"너 이것 가지고 진고개 가서 과자 좀 사 와! 응?"
하며 돈 이십 전을 주었다. 나는 급히 진고개로 나왔다. 얼른 과자를 사 가지고 가본즉 그와 누이는 그림자도 보이지 않았다.

'어디로 갔을까?'

나는 누이가 무슨 위험한 곳에나 간 것같이 가슴이 팔딱거리었다. 이리저리 아무리 살펴도 그들은 없다. 나는 이편으로 기웃기웃, 저편으로 기웃기웃하였다. 한참이나 취색이 어린 남산 정상을 쳐다보다가 또다시 걸어갔었다. 한동안 걸어가도 보이지 않는다.

'아이고, 어디로 또 그만 가버렸어? 이리로는 아마 아니 갔나 보다.'
하고 돌아서 오던 길로 도로 온다. 갔던 길로 도로 오려니 퍽 먼 것 같다.

'에이그, 그 동안에 내가 퍽도 걸었네.'

속으로 중얼중얼하였다. 골딱지가 나니까 더 더운 것 같다. 대기는 횃불에 와글와글 끓는 것 같다. 나는 이 대기에 잠기어 몸이 삶아지는지 땀이 줄줄 흘러내리고 숨은 헐떡헐떡 차오른다. 모자를 벗으니 머리에서 김이 무럭무럭 난다. 나는 부글부글 고여 오

르는 심술을 억지로 참으며 아까 그가 있던 곳까지 돌아왔다.

'어데로 갔을까? 저리로 가 보자.'

혼잣말로 투덜거리고 아까 갔던 반대 방면으로 걸어갔었다. 한 동안 걸어가도 그들은 또 보이지 않는다. 참고 참았던 짜증이 일시에 폭발이 되었다. 잔디밭에 털썩 주저앉아 엉엉 울었다. 풀들을 쥐어뜯으며 한참 울다가 하도 내가 어린애 같은 것이 부끄럽고 우스웠다. 그렁그렁한 눈물을 씻고 '히히' 한번 웃은 뒤 이리저리 또 살펴보기 시작하였다.

저편, 좀처럼 사람 눈에 뜨이지 않을 소나무 그늘 밑에 그들이 나란히 앉아 있는 것을 보았다. 나는 잃었던 보배를 발견한 듯이 기뻐하였다.

"누이! 거기 계셔요?"

고함을 지르고 뛰어가려다가 '에라, 무슨 이야기를 하는지 좀 엿들으리라' 하고 어느 밤에 그들의 뒤를 따라가던 모양으로 가만가만 걸어 가까이 갔었다. 한낮이므로 유객 하나 없고 바람 한 점 불지 않는다. 더운 공기는 얼어붙은 기름 같이 조금도 파동이 없다. 남이 들을까 보아서 가만가만히 하는 이야기도 낱낱이 내 귀에 들리었다.

"물론 그렇게 해야지요. 그런데 요사이는 어째 볼 수가 없어요?"

그가 말하였다.

"어머니께서 어데 나가게 하셔야지요. 나가거든

꼭 네 동생을 다리고 다녀라 하시겠지요. 그래서 오늘도 같이 왔지요."

그리고 누이가 웃으며 말을 이어,

"딴 이야기 하느라고 잊었네요. 기다리신다고 오죽 지리하셨겠어요?"

"한 시간이나 넘어 기다렸어요. 오늘도 아마 못 오시는가 보다 하고 그만 가버릴까 생각까지 하였어요."

"네? 가버릴까 하였어요? 제가 언제 약속 어긴 일이 있어요? 저는 어찌 급했던지 점심을 먹는데 밥이 입으로 들어가는지 코로 들어가는지 몰랐어요."

둘이 웃는다. 나도 웃었다. 나는 어린애가 꽃에 앉은 나비를 잡으러 갈 때에 가는 걸음걸이로 한 걸음 두 걸음 가까이 갔었다. 사랑하는 이들은 달디단(달고도 단) 이야기에 얼이 빠져 사람 오는 줄도 모른다. 그들이 앉은 소나무 뒤에 살짝 붙었었다. 두 어깨는 닿아 있고 누이의 풀린 머리카락이 그의 뺨을 스친다. 그와 누이의 눈과 입에는 정이 찬 웃음이 넘친다. 그러다가 두 손길을 마주 잡고 실심한(넋이 나간) 사람 모양으로 멀거니 서로 들여다본다. 누이의 몸으로부터 발산하는 따뜻하고 향기로운 기운에 나도 싸인 것 같았다. 나는 와락 달려들며,

"누이, 여기 계셔요? 나는 어데 가셨다고 …… 아이, 사람 애도 퍽도 먹이시지!"

둘은 깜짝 놀래었다. 누이의 모시 적삼이 달싹달

싹하는 것을 보고 누이의 가슴이 팔딱거리는구나 하였다. 그는 시치미를 뚝 떼려 하였으나 '부끄럼'이란 원소가 얼굴에 퍼뜨리는 붉은빛을 감출 길이 없었다.

"에그, 나는 누구라구, 퍽도 놀랐다."

누이는 두근거리는 가슴을 한 손으로 어루만지며 말하였다. 누이가 그를 향하며,

"이 애가 제 동생이야요. 아직 철이 안 나서… 많이 사랑해주셔요."

한 뒤 나를 보고 그를 눈으로 가리키며,

"너 이보고 이훌랑은 형님이라 하여라."

"어째서 형님이라 해요?"

내가 애를 먹였다. 누이의 얼굴은 새빨개지며 나를 흘겨본다.

"왜 누이 성나셨소? 그러면 형님이라 하지요."

하고 어리광을 부리며,

"형님, 누이! 과자 잡수셔요."

하고 쥐었던 과자를 앞에 내놓았다. 누이가 나를 보고 방그레 웃으며,

"우리는 먹기 싫으니 너 혼자 저쪽에 가서 먹고 있거라. 우리 갈 때 부를 섯이니……"

하였다. 나도 길게 방해 놓기가 싫었다. 과자를 쥐고 나와 풀밭에 앉아 먹으면서 혼잣말로,

"내 뱃속에 영감쟁이가 열둘이나 들어앉았는데 어린애로만 여기지……"

하고 웃었다.

그 긴긴 해가 벌써 서산에 걸리었다. 낙조에 비치는 녹수(푸른 나무)와 방초(향기로운 꽃)는 불이 붙은 것같이 붉어 보인다. 나도 이 동안에 퍽도 심심하였다. 풀을 자리 삼아 눕기도 하고, 기지개도 켜고 몸을 비비 틀기도 하며 곡조도 모르는 창가(개화기의 서양식 노래)를 함부로 부르기도 하였다. '이제나 올까, 저제나 부를까' 고대 고대하여도 그 둘의 그림자는 어른도 아니한다. 무슨 이야기가 그렇게 많은고! 아마 사랑하는 사람끼리의 이야기는 끝이 없는가 보다. 벌써 이야기한 것이 수만 마디가 넘건마는 '말 몇 마디 못하여 해는 어이 수이 가나' 하는 것이다. 남산 밑 풀과 나무에 빛나던 붉은빛은 점점 걷히고 모색暮色(저물 무렵의 풍경)이 가물가물 쳐들어온다. 햇빛은 쫓기어 남산 정상을 향하여 자꾸 기어 올라가더니 남산 맨 꼭대기에 옴츠리고 앉았을 뿐이다.

검푸른 저문 빛이 남산 밑을 에워싸자 정상에 비치는 햇빛조차 스러지고, 저편 하늘에 붉은 놀이 흰 구름을 붉고 누렇게 물들인다. 나는 참다 못하여 몸을 일으켜 그곳으로 갔다. 어두운 빛에 놀랐는지 그들도 일어섰다. 나는 걸음을 멈추고 나무로 깎아 세워 놓은 사람 모양으로 주춤 섰다. 누이의 걱정스러운 떨리는 소리가 나의 이막耳膜(귀청)을 울림이라.

"K씨! 우리가 목전에 즐거움만 다행히 여겨 그냥 이리 지내다가 우리의 꿀 같은 행복이 끝에는 소태 같은 고통으로 변할 것 같아요. 우리 각각 꼭 아까 말한 것과 같아야 됩니다."

"아무렴요! 꼭 그리해야 될 터인데…… 아까도 말했지만 우리 집은 워낙 완고라……"

그의 말은 떨리었다.

나는 가슴이 선뜻하였다. 무슨 말을 하였나? 무슨 일을 하려는가? 엿듣지 못한 것이 한이 되었다. 둘은 이리로 걸어온다. 누이9] 눈은 약간 발그레하였다. 그 고운 뺨에 눈물 흔적이 보였다. 나는 또 웬일인가 하고 가슴이 선뜻(섬뜩)하였다.

6

그날 밤에 나의 어린 소견에도 별별 생각을 다하고 씩씩히 잠도 잘 자지 못하였다. 내가 어렴풋이 잠을 깰 적마다 어머니와 누이가 무어라고 이야기하는 소리가 간단없이 들리었다.

새로 한 점(새벽 1시)이 되어 내가 또 잠을 깨니 큰방에서 훌쩍훌쩍 우는 소리가 들린다. 울음 섞인 어머니의 말소리가 난다.

"그래, 네가 요사이 늘 탈기(기운이 빠짐)를 하고 행동이 수상하더라 … 나는 허락한다 하더라도 만일 그 집에서 안 된다면 네 신세가 어떻게 되니?… 네가 다만 하나 있는 어미 몰래 그 사람과 약혼한 것이 괘씸하다. 아비 없이 너를 금옥같이 길러내어 이런 일이 날 줄이야! 남편 없다고 너까지 나를 업수이 여기는 게지…."

누이는 흑흑 느끼며,

"어머니, 잘못하였습니다. 무어라고 말씀을 여쭈어야 좋을지… 친해지기도 전에 말씀 여쭈기도 부끄러운 일이고 … 친한 뒤에는 몇 번이나 말씀 여쭈려 하였지만 입이 잘 떨어지지를 않았어요 …. 들어주셔요. 암만 어머니라도 그때는 부끄러웠어요. 이젠 서로 약혼까지 해놓으니 몸과 마음이 달아 부끄럼도 돌아볼 수 없게 되었어요. 그래서 뻔뻔스럽게 여쭌 것이야요. 어머니 말씀같이 그가 저를 잊을 리는 없어요. 버릴 리가 없어요. 그다지 다정한 그가 그럴 리가 있다고요? 어제 공원에서 단단히 맹서하였습니다. 각각 부모님께 여쭈어 (우리의 바람을) 들어주시면 그보다 더 좋은 일이 없거니와, 만일 그렇지 않거든 멀리멀리 달아나겠다구요. 배가 고프고 옷이 차더라도 부모도 못 보고 형제도 못 보더라도 둘이 같이만 있으면 행복이라구요. 온갖 곤란과 갖은 고통을 달게 겪겠다구요. 정말 그래요. 저도 그 없으면 미칠 것 같아요. 어머니가 허락을 아니 하신다 할 것 같으면 저는 이 세상에 살아 있을 것 같잖아요."

방죽(물을 막으려고 쌓은 둑)을 무너뜨릴 때의 밀물처럼 누이는 말하였다. 이는 흔히 순결한 처녀가 사랑의 불을 가슴속에 깊이깊이 숨겨두고 행여나 남이 알까 보아서 전전긍긍하며(겁내고 조심하며) 홀로 간장을 태우다가도 한번 자기 친한 이에게 발설하기 시작하면 맹렬히 소회(마음속 생각)를 베푸는 것이나 마찬가지일 터이다.

  나는 가슴을 울렁거리며 안방에 건너왔다. 누이는 어머니 무릎에 머리를 파묻고 울며, 어머니는 누이의 등에다 이마를 대고 운다. 나도 한참 초연히(태연하게) 섰다가 어머니 곁에 앉았다. 누이가 어머니를 흔들며 목멘 소리로,

  "어머니, 우지 마셔요."

하고 말하였다. 이 말을 마치자 누이는 가슴이 더욱 찌르르해진 모양으로 흐르는 눈물을 멈추지 못하였다. 어머니도 눈물을 삼키고 누이를 흔들며,

  "이 애 이 애, 그만 그쳐라."

하였다. 누이는 더 섧게 운다.

  "이 애, 남부끄럽다. 그만두어라. 오냐. 네 원대로 하마. 그도 한번 데리고 오너라."

  어머니는 그만 동곳을 빼었다(누이가 원하는 대로 하겠다고 동의하였다). 나는 혼자서 '여자수약女子雖弱이나 위모즉강爲母則强(여자는 약하지만 어머니는 강하다)이란 말은 어찌 생각하고 한 소린고?' 하고 생각했다.

  이틀 후 누이가 그를 데리고 왔다. 그의 곱상스러운 얼굴과 얌전한 거동이 당장 어머니의 사랑을 이끌었다. 어머니는 '참 내 딸의 짝'이라 하였다. '애녀愛女의 평생이 유탁有託하다(사랑하는 딸의 평생을 맡길 만하다)' 하였다. '단꿈이 꾸이리라' 하였다. '기쁜 날

이 오리라' 하였다. 더구나 '맑은 눈과 까만 눈썹이 내 딸과 흡사하다' 하였다. 누이와 그가 영어로 말하는 모양을 보고 뜻도 모르면서 웃으셨다. 재미스러운 딸의 장래 가정을 꿈꾸고 사랑스러운 외손자를 꿈꾸었다.

그 후부터는 남의 이목을 피해가며 몇 번이나 서로 맞추어서 길게 기다려 가지고 짧게 만나던 애인들은 자조로이(자주) 우리 집에서 만나 웃고 즐기게 되었다.

7

어떤 날 저녁에 그가 우리 집에 왔다. 그때 마침 어머니는 어디가시고 나와 누이와 단둘이 있었다. 나는 와락 내달으며,

"형님 오셔요?"

라고 반갑게 인사하였다. 누이도 반가이 맞으며,

"요사이는 왜 오시지 안 하셔요?"

"아니, 내가 언제 왔는데?"

하고 그는 지어서(자연스럽지 않게) 웃는다. 누이는 눈을 스르르 감으며 무엇을 생각하는 듯하더니,

"오늘이 칠월 초열흘이고, 초칠일이 공일이라 … 공일날 오시고 오늘 처음이지요?"

"그래요, 한 사흘밖에 더 되었어요?"

"사흘! 저는 한 삼 년이나 된 듯하였어요. 사흘

만에 한 번씩 만나? 멀어요! 퍽 멀구 말구요! 사흘이 그다지 가까운 것 같습니까?"
하고 누이는 무엇을 찾는 듯이 그를 바라본다.
"사흘 만에 한 번씩 와도 장하지요."
하고 그는 또 웃는다.
"장해요? 사흘 동안에 제가 몇 번이나 문밖을 내다보는지 아셔요? 저는 온갖 걱정을 다 했지요. 몸이나 편찮으신가, 꾸중이나 뫼셨는가(어른들의 꾸중을 많이 받았는가)?"
하고 목소리는 전성顚聲(떨리는 목소리)을 띠어가며 눈에는 눈물이 괴어진다.
"저는 우리 일에 대하여 무슨 큰 걱정이나 생겼나 하고 얼마나 애간장을 태웠는지요!"
하고는 눈물이 그렁그렁 넘쳐흐른다. 그러자 그는,
"아니야요! 여하간 죄 없이 잘못하였습니다."
하고 눈살을 찌푸리다가 선웃음을 치며,
"어린애 모양으로 걸핏하면 울기는 왜 울어요? 저 동생 부끄럽지 않아요? (갑자기 어조를 야릇하게 변하며) 그런데 내가 어제도 올라 카고 아레도 올라 켓지마는(어제도 오려 했고 그저께도 오려 했지만) 올라 칼 때마다(오려 할 때마다) 동무가 찾아와서 올 수가 있어야지."
하였다. 울던 누이가 웃음을 띠었다. 나도 웃었다.
그는 대구 사람이다. 그의 부모는 아직도 대구에서 산다. 서울 있는 오촌 당숙 집에 그는 유숙하고(머무르고) 있다. 그는 서울 온 지가 벌써 오륙 년이 지내었으므로 사투리는 거의 안 쓰게 되었으나 때때로 우리를 웃기려고 야릇한 말을 하였다.

"올라 카고, 갈라 카고."

흉내를 내며 나는 방바닥에 뚤뚤 굴러가며 웃었다. 그는 시치를 뚝 떼고,

"남 이야기하는데 웃기는 와(왜) 웃소(웃습니까)? 갸(그 아이) 참 얄궂다."

하였다. 누이는 어떻게(얼마나) 웃었는지 얼굴이 붉어지고 배를 움켜쥐고 숨찬 소리로,

"그만두셔요, 그만 웃기셔요."

하였다. 한참 동안 우리는 이렇게 웃고 즐기다가 나를 누이가 또 무슨 심부름을 시켰다! 무슨 심부름이던가 생각이 아니 난다. 그가 오기만 하면 누이가 '무엇 좀 사 오너라, 어디 좀 갔다 오너라' 하고 늘 나를 따돌렸다.

'에그, 누이도… 왜 나를 늘 따돌려.'

투덜투덜하면서 집을 나왔다. 반달은 비스듬히 푸른 하늘에 걸려 있다. 만경창파(넓고 푸른 바다)에 외로이 떠나가는 일엽편주(작은 배 한 척)와 같았다. 나 없는 동안에 그들이 무슨 이야기를 하는지를 듣고 싶어서 급히 오느라고 오는 것이 한 시간이나 넘어 걸리었다. 나는 벌써 엿듣기에 익숙하여 사뿐 중문에 들어서며 가만히 살펴보니 애인들은 달 비치는 월계화 나무 밑에 평상을 내어놓고 나란히 앉아서 무어라

고 소곤거린다. 나는 숨소리도 크게 아니 쉬고 귀를 기울였다.

"그러면 어째요? 어머니께서는 좀처럼 올라오시지 않을 것이고, 왜 그러면 상서上書(어른에게 보내는 글)로 이 사정을 못 아뢸 것이야 있어요?"

누이의 애타는 소리가 들린다

"글쎄요, 몇 번이나 상서를 썼지만… 부치지를 못하겠어요."

"만일 차일피일하다가 딴 데 혼인을 정해놓으시면 어째요?"

"정해놓아도 안 가면 그만이지요"

"그러면 어렵지 안 해요?"

"그런데 오촌 당숙 내외분은 아마 이 눈치를 아시는 것 같아요… 네? 아마 그런 것 같아요, 그래서 집에 무슨 통기(알림)가 있었는지 할아버지께서 일간 (며칠 내로) 올라오신대요."

"올라오시면 죄다 여쭙겠단 말씀이군요."

"글쎄요, 그런데… 우리 할아버지는 참 호랑이 같은 어른이라… 완고 완고 참 완고신데… 나도 어찌할 줄을 모르겠어요. 그래서 밤에 잠이 잘 오지 않아요."

하고 머리를 긁적긁적하고 눈살을 찡기더니 또 말을 이어,

"오늘 또 아버지께서 하서下書(아랫사람에게 보내는 편지) 하셨는데 '이번 울산 김승지 집에서 너를 선보

러 간다니 행동을 단정히 하여라' 하는 뜻입디다(뜻이었습니다). 참 기막힐 일이야요."
하고 한숨을 내쉰다.
"부모님께 하루바삐 이 사정을 여쭙지 않으면 큰일나겠습니다."
누이의 안타까운 소리가 들린다.
"여하한 꾸중을 보시더라도 장가를 못 가겠다 할 터이야요! 조금도 걱정 마셔요."
그는 결심한 듯이 고개를 들며 단연히 말하였다.
밝은 달은 애태우는 양인의 가슴을 '나는 몰라' 하는 듯이 저리로 저리로 미끄러져가며 더운 공기에 맑은 빛을 흩날린다. 월계화는 더욱 붉고 더욱 곱다. '진세塵世(어지러운 세상)의 우수 고뇌를 나는 잊었노라' 하는 것 같았다.

8

그 이튿날, 일어난 누이의 얼굴은 해쓱하였다. 머리카락이 흘어질 대로 흘어진 것을 보아도 작야昨夜(어젯밤)에 잠을 못 이루어 몇 번이나 베개를 고쳐 벤 것을 가히 알러라(충분히 알 만하다). 누이가 사랑의 맛이 쓰고 떫은 것을 처음으로 맛보았도다! 행복의 해당화를 꺾으려면 가시가 손을 찌르는 줄 비로소 알았도다.
하루 가고 이틀 가고 어느덧 일주일이 지내었건만

누이가 '오늘 이나 와서 호음好音(좋은 말)을 전해줄까, 내일이나 와서 희식喜息(기쁜 소식)을 알려줄까' 고대 고대하는 그는 코끝도 보이지 않았다. (내가 학교에 가도 그를 볼 수 없었고, 누이도 이때부터 심사가 산란하여 학교에 못 갔었다.)

이 동안에 누이는 어찌 애를 태웠던지 양협兩頰(두 뺨)에 고운 빛이 사라져가고 눈언저리는 푸른 기를 띠고 들어갔다. 입술은 까뭇까뭇 타들어 가고 두 팔은 맥없이 늘어졌다. 일주일 되던 날 누이는 생각다 못하여 편지 한 장을 주며,

"너 이 편지 가지고 그 댁에서 그가 있거든 전하고 못 보거든 도루 가지고 오너라."

하였다. 전일에 그를 따라 한번 그 집에 갔던 일이 있으므로 그 집을 자세히 알아두었다. 그 집 대문에 들어서니 행랑 사람도 없고 그가 있던 사랑문도 닫히어 있다. 안에서 기운찬 노인의 성난 말소리가 나의 귀를 울린다.

"이놈, 아직 학생이니 장가를 못 가겠다? 핑계야 좋지, 이놈 괘씸한 놈, 들으니 '네가 어떤 여학생을 알아가지고 미쳐 날뛴다'너구나! '아니야요'란 다 무엇이야? 부모가 들이는 장가는 학생이라 못가겠고, 학생 신분으로 계집은 해도 관계찮으냐? 이놈 고약한 놈! 네 원대로 그 학교나 마치고 장가들일 것이로되 벌써 어린 놈이 못 견뎌서 여학생을 얻으니, 무엇을 얻느니 하니 그냥 두다간 네 신세를 망치고 가문을

더럽힐 터이야! 그래서 하루바삐 정혼하고(결혼할 상대를 결정하고) 혼수(결혼에 필요한 물품)까지 보내었는데 지금 와서 가느니 마느니 하면 어찌하잔 말이냐? 암만 어린놈의 소견이기로… 그 집은 울산 일판(지역 전체)에 유명한 집안이라 재산도 있고, 양반으로 가문도 좋고… 다 된 혼인을 이편에서 퇴혼(혼인 약속을 뒤집음)하면 그 신부는 생과부로 늙으란 날이냐? 일부함원―婦含怨에 오월비상五月飛霜(여자가 한을 품으면 오월에도 서리가 내린다)이란 말도 못 들었어? 죽어도 못 가겠다? 허허, 이놈 박살할 놈! 조부모도 끊고 부모도 끊고 일가친척도 끊으려거든 네 마음대로 좀 해보아라."

나는 이 말을 들으니 소름이 쭉 끼치었다. 한편으로는 분하기 짝이 없었다. 깨끗한 누이가 이다지 모욕을 당한 것이 절절이(한 마디 한 마디) 분하였다. 곧 들어가 분풀이나 할 듯이 작은 눈을 홉뜨고(부릅뜨고) 고사리 같은 손을 불끈 쥐었다.

"허허 이놈, 괘씸한 놈! 에이 화나, 거기 내 두루막 내!"

하는 노인의 우렁찬 소리가 또 들린다. 나는 간담이 서늘하였다. 그 노인이 신을 찍찍 끌고 이리로 나오는 것 같다. 나는 무서운 중(느낌)이 나서 급히 달음박질하여 그 집을 나왔다.

9

그날 밤 어머니가 잠드신 후 누이가 살짝 내게로 건너와서,

"이 애, 너 본 대로 좀 이야기하여 다고(다오), 응?"

이 말을 하는 누이의 얼굴은 고뇌와 수괴羞愧(부끄럽고 창피함)의 빛이 보인다. 어린 동생에게 애인의 말을 물어도 부끄러워하였다! 나는 입을 다물고 묵묵히 앉았었다. 차마 그 이야기를 할 수가 없었다.

"왜 또 심술이 났니? 어서 이야기를 좀 하려무나. 편지를 도루가지고 온 것을 보니 형님을 못 만났니? 만나도 못 전했니? 혹은 무슨 일이 났더냐? 남의 속 그만 태우고 어서 좀 이야기하여 다고. 가련한 네 누이의 청이 아니냐."

이 말소리는 애원 처량하였다. 나는 어린 가슴이 찌르는 듯하며 눈물이 넘쳐 나온다. 이다지 나에게 정다이(정답게) 구는 누이의 가슴에 그리던 꿀 같은 장래가 물거품에 돌아가고 만 것이 슬펐음이라. 그리고 순결한 우리 누이가 그 노인에게 '어떻다'든가, '계집을 했다'든가 하는 더러운 소리를 들은 것이 이가 떨리었다.

나는 비분한 어조로 그 집에서 들은 것을 이야기하였다. 정신 없이 듣고 있던 누이는 내 말이 끝나자 기운없이 쓰러지며 이야기를 들을 적부터 괴었던 눈물이 불덩이 같은 뺨을 쉬일 새 없이 줄줄 흘러내린다.

"누이! 누이!"
하고 나도 누이의 가슴에 안기며 울었다.
  즈음에 누가 대문을 가벼이 흔들며 떨리는 소리로,
  "S씨! S씨! 주무셔요?"
한다. 누이는 이 소리를 듣고 얼른 일어났다. 애인의 음성은 이럴 때라도 잘 들리는 것이다. 나올 듯, 나올 듯하는 울음을 입술로 꼭 다물어 막으며 급히 나갔다.
  대문 소리가 나더니,
  "K씨! 오셔요?"
하며 우는 소리가 들린다. 나도 나갔다. 둘은 서로 붙들고 눈물비가 요란히 떨어진다. 누이가 울음 반 말 반으로,
  "저는 또다시… 못… 뵈올 줄… 알았지요."
한다. 그도 흑흑 느끼며,
  "다 내 잘못이야요."
하였다.
  "저 까닭에(때문에) 오늘 매우 꾸중을 뫼셨지요(들었지요)?"
  "어떻게 알았어요?"
  누님이 내가 편지를 가지고 그 집에 갔다가 내가 들은 이야기를 하였다. 그리고 우는 소리로,
  "좀 들어가셔요."
하였다.

"아니야요. 명일明日(내일)은 할아버지께서 꼭 데리고 가실 모양이야요. 곧 멀리멀리 달아나려고 합니다. 그래서 이런 말이나 몇 마디 할 양으로 왔어요."

누이는 자기의 귀를 의심하는 듯이,

"네? 멀리멀리 가셔요? 부모도 버리시고 형제도 버리시고 멀리 가셔요? 제 신세는 벌써 불쌍하게 되었습니다. 불쌍한 저 때문에 전정前程(앞길)이 구만리 같은 당신을 또 불행하게 만들 것이야 무엇 있습니까? 절랑 영영히 잊으시고 부모님 말씀으로 장가드셔요. 장가드시는 이하고나 백 년이 다 진토록(닳도록) 정다운 짝이 되어주셔요. 아들 낳고 딸 낳고… 저의 모든 것을 바쳐도 당신이 행복되신다면 그만이 아니야요? 곧 당신의 기쁨이 제 기쁨이 아니야요? 당신의 행복이 제 행복이 아니야요? 한숨 쉬고 눈물 흘리면서도 당신의 행복의 그늘에서 웃이볼까 합니다."

열정 찬 눈으로부터 하염없이 흘러내리는 눈물에 적막한 화용이 아롱진다.

"아아, S씨를 내 손으로 불행하게 만들고 나 혼자 행복을… 사랑을 떠나 행복이 있을까요? 나에게 행복을 줄 S씨가 눈물바다에 허우적거릴 때 나 혼자 행복의 정상에서 내려다보며 웃을 수가 있을까요? 없어요! S씨 없고는 나 혼자 행복을 누릴 수가 없어요!"

"제 불행은 제 손으로 만든 것입니다. 그러나 우리가 오늘날 이렇게 된 것이 당신의 잘못도 아니고 저의 잘못도 아니야요. 그 묵고 썩은 관습이 우리를 이렇게 만든 것입니다! 그러하지만 저 때문에 당신의 마음을 수란愁亂하게(슬픔으로 어지럽게) 만든 것 같아서 얼마나 가엾고 애달픈지 몰라요! 그런데 이 위에 더 당신을 영영히 불행하게 하겠어요? 당신이 행복되신다면 저는 오늘 죽어도 아깝잖아요."

"안 될 말씀입니다. 그런 말씀을 들을수록 … 기가 막혀요! 해야 늘 그 말이니까 길게 말할 것 없이 나는 가겠어요. S씨! 부디 안녕히 …!"

그는 흐르는 눈물을 씻으며 결심한 듯이 돌아서 가려 한다.

"K씨!"

안타까운 떠는 소리로 부르더니 북받쳐 나오는 울음이 말을 막는다. 그는 또 한 번 돌아다보고,

"S씨! 부디 안녕히 ……."

말을 마치자 그는 떨어지지 않는 발길을 돌려 마음은 이리로, 몸은 저리로 멀어져 간다 …….

나는 심장을 누가 칼로 싹싹 에이는 것 같았다.

10

그 후 그는 어디로 갔는지 영영히 소식을 들을 수가 없고, 누이는 시름시름 병들기 시작하여 날이 가고 달이 갈수록 병은 점점 깊어 온다.

이슬 젖은 연화蓮花(연꽃)같이 불그스름하던 얼굴

이 청색 창경窓鏡(푸른 유리창)에 비치는 이화梨花(배꽃)처럼 해쓱하였다. 익어가는 임금林檎(능금)같이 혈색 좋던 살이 서리 맞은 황엽黃葉(누런 잎)처럼 빼빼 말라간다. 거슴츠레한 눈은 흰 눈물에 붉어졌다.

그러다가 차마 볼 수 없이 바싹 말라버렸다. 마치 백골을 엷은 백지로 덮어두고 물을 흠씬 품어놓은 것같이 되고 말았다. 마침내 한강에 얼음 얼고 남산에 눈 쌓일 때 누이는 그에게 한숨을 주고 눈물을 주던 이 세상을 떠나버렸다.

아아, 사랑, 아 사랑의 불아! 네가 부드럽고 따뜻한 듯하므로 철없는 청춘들은 그의 연하고 부드러운 심장에 너를 보배만 여겨 간직한다. 잔인한 너는 그만 그 심장에다 불을 붙인다. 돌기둥 같은 불길이 종작없이(헤아릴 수 없이) 오른다. 옥기玉肌(백옥 같은 살갗)조차 타버리고 홍안紅顔(젊은 얼굴)도 타버리고 금심錦心(비단 같은 마음)도 타버리고 수장繡腸(수를 놓은 듯 고운 심정)도 타버린다! 방 안에 켰던 촛불 홀연히 꺼지거늘 웬일인가 살펴보니 초가 벌써 다 탔더라! 양협兩頰(두 뺨)에 젖던 눈물이 갑자기 마르거늘 무슨 연유(까닭)인가 붇겠더니(물으러 했더니) 숨이 벌써 끊겼더라!

《개벽》 1920년 11월호에서 〈희생화〉를 읽은 현정건이 조선일보로 독후감을 보내왔다. 동료 기자 박종화가,

"빙허! 《청년》이 왔네."
하면서 '《청년》 상해 보급소 구강서점'에서 온 소포를 넘겨줄 때까지만 해도 진건은 그 안에 형의 독후감이 들어있을 줄은 짐작하지 못했다. 그 이전에도 현정건은 김동천에게서 구입한 《청년》을 읽은 후 다시 보급소 명의로 그것을 동생에게 부쳐왔었지만, 편지를 동봉한 적은 없었다. 그런데 이번에는 진건이 포장을 뜯자 김동천 이름으로 작성된 독후감이 책 속에서 나왔다.

〈희생화〉, 아주 감명 깊었소. 젊은 지식인 남녀의 청순한 사랑이 예기치 못했던 거대한 인습의 벽을 만나 좌절하고 파멸하는 비극적 상황을7) 구성지게 묘사한 좋은 작품, 정말 감동적으로 읽었소.

다만 본 독자는 두 남녀 주인공의 언행과 관련해 현 작가 선생의 처리에 납득이 되지 않는 점이 있다고 여겨져 감히 이 졸렬한 독후감을 써서 보내드리는 바이오.

소설에 보면 K는 '어디로 갔는지 영영히 소식을 들을 수가 없고 누이는 시름시름 병들기 시작하여, 그러다가 차마 볼 수 없이 바싹 말라 마치 백골을 엷은 백지로 덮어두고 물을 흠씬 품어놓은 것같이 되어 마침내 한강에 얼음 얼고, 남산에 눈 쌓일 때 이 세상을 떠나버렸다'고 했소. 본 독자는 이 대목에서 특히 작가 선생과 다른 견해를 피력하고자 하오.

K가 결말에서처럼 어디로 갔는지 아주 소식이 끊길 만큼 낯설고 먼 곳으로 사라졌다면, 그가 왜 사랑하는 S와 함께 가지 않고 혼자서 떠나갔는지 납득이 되지 않는다는 말이외다. 아무도 행방을 알 수 없을 지경으로 사라졌다면 집안과도 부모와도 인연을 끊었다는 것인데, 그렇다면 자기 혼자 외국으로 갈 이유가 없지 않나 그런 지적이오. 즉, K는 소설처럼 그렇게 아득하게 사라질 양이면 S와 동행을 했어야 옳고, 그렇지 않고 그냥 외국 유학을 떠났다면 그 후 소식이 알려져야 상식과 부합하는 논리가 될 것이오.

　그런 점에서 K는 비상식적인 인물이라 여겨지오. 입으로는 'S씨 없고는 나 혼자 행복을 누릴 수가 없어요!'라고 말한 인물이 행동은 그렇게 불합리하게 해서야 독자의 공감을 살 수가 없지요. K와 같은 인물이 세상에 얼마든지 존재할 수 있다고 말할 수도 있겠지만, 본 독자는 작가 선생이 K라는 인물을 창조했다고 인식하는 까닭에 고개가 갸우뚱해진 것이지요. S은 진정 시대의 희생화라 할 수 있겠지만 K는 그렇게 인정할 만한 인물이 못 된다고 보오. 이 소설은 제목을 '희생화'라 정하면서 여성인 S가 시대에 희생된 사실을 강조하고 있지만, K는 인습 때문에 사랑을 이루지 못하는 희생자이기는커녕 실제로는 가해자의 일종으로 보아야 마땅할 것이오. 횡설수설 형태의 장광설을 늘어놓고 만 느낌이오만, 작가 선생이 K를 통렬히 비판하지 않고 그냥 소설을 끝내버리고 만 데 대해 본 독자는 유감과 이의를 제기하는 바이오.

특히 소설의 중간쯤에 보면, 남자 쪽 집안에서 허락하지 않아 결혼이 성사되지 못하는 사태가 빚어지면 둘이서 멀리멀리 달아나기로 약속을 했었소. 그런데 남자는 그 약속을 지키지 않고 혼자서만 외국으로 유학을 가버렸소. 그런 자를 어찌 그토록 작가 선생은 인자하게 서술하고 있는 것인지요? 아무리 헤아려 보아도 납득이 되지를 않소이다. 이렇게 소설을 어중간하게 써놓으면 독자들이 K까지도 희생자로 여기게 되지 않을까 그것이 걱정이오.

마찬가지로, S를 그렇게 허망하게 죽게 한 선생의 처사 또한 독자들의 마음에 공감을 불러일으키지 못한다고 보오. 소설의 S는 남자 집안에서 완강하게 반대를 하여 두 사람의 결혼에 장애가 일어나고 있다는 사실을 처음 알았을 때 K에게 "K씨! 부모가 허락하지 않으면 둘이서 멀리멀리 달아나자는 우리의 약속은 꼭 지켜져야 합니다"라고 강력하게 발언한 여성이오. K가 이별을 통지하러 왔을 때에도 '우리가 오늘날 이렇게 된 것이 당신의 잘못도 아니고, 저의 잘못도 아니야요. 그 묵고 썩은 관습이 우리를 이렇게 만든 것입니다'라고 말할 정도로 개화 된 여성이지요.

그런 S가 아무런 행동도 하지 않는 채 마음의 병만 앓다가 속절없이 죽는다는 것은 독자의 기대를 충

> 족시키지도 못할 뿐만 아니라 인간 삶의 미래를 개척해가야 마땅한 소설가의 의무를 다한 서술도 못 된다는 지적이외다. 말하기가 좀 뭣하오만, 주제 부분만 한정해서 평가한다면 《희생화》는 3년쯤 전에 발표된 나혜석의 《경희》보다도 시대적으로 뒤떨어진 작품이라는 것이 본인의 냉정한 평가올시다.
>
> 다만 작가 선생께서 섭섭하게 여기실까 싶어서 이 편지 서두에 했던 말을 되풀이하려 하오. 문체, 구성, 인물 배치 등 작가 선생의 창작 기법은 작금 우리 조선문단 최고봉이라 해도 결코 과찬이 아니라고 사료하는 바이오. 앞으로 더욱 정진하여 훌륭한 작품으로 이 사회에 기여해주시기를 진심으로 앙망할 따름이외다.
>
> 천학비재 **김동천** 삼가 씀

당시는 〈희생화〉(11월), 아르치바세프의 〈행복〉 번역문(8월), 쿠르트 뮌체르의 〈석죽화〉 번역문(9월)을 《개벽》에 연이어 발표하고, 조선일보에 입사해8) 러시아 작가 투르게네프의 〈첫사랑〉을 번역·연재함으로써 신진 작가의 기세를 하늘 높이 휘날려가기 시작하던 현진건이 황석우의 혹평에 부딪혀 잠시 주춤한 시점이었다.

〈희생화〉를 두고 평론가 황석우가 《개벽》 12월호에서 '예술적 형식을 갖추지 아니한, 그저 사실이 있는 그대로 기록한, 소설도 아니고 독백도 아닌 일개 무명의 산문'9)이라고 무참하게 공격했다. 현진건의 등단을 축하하기 위해 관훈동 집으로 찾아온 이상화, 백기만, 이장희가 얼굴을 붉히면서 이구동성으로 황석우를 성토한 것은 당연했다.

세 사람은 한 달 전 대구에서 〈희생화〉가 게재된 《개벽》 5호를 보고 대환호를 했었고, 서로 일정을 맞추어서 상경했다. 그들은 아직 정식 시인이 되지 못한 상태였다. 이상화는 15개월 뒤인 1922년 1월 《백조》 창간호에 〈말세의 희탄〉 등을 발표하면서, 백기만은 39개월 뒤인 1924년 1월 《금성》 창간호에 〈청개구리〉를 발표하면서, 이장희는 43개월 뒤인 1924년 5월 《금성》 3호에 〈봄은 고양이로다〉 등을 발표하면서 문단이 인정하는 기성 시인이 되었다. 따라서 세 사람이 보기에 21세 현진건의 소설가 등단은 대단한 사건이었고, 부러운 출세이기도 했으며, 크게 경축할 일이었다. 그런데 황석우가 〈희생화〉 발표 한 달 뒤 출간된 《개벽》 6호에 〈희생화와 신시를 읽고〉라는 평문을 써서 '소설도 아니다' 식의 매도 수준 혹평을 했다. 대단한 명작이라고 치켜세울 수는 없어도 상당한 수준작이라고 생각했던 세 문우는 분개하지 않을 수 없었다.

"황석우는 관능적이고 퇴폐적인 관념어로 된 난해시를 쓴다는 평10)을 듣는 인간 아닌가? 제 작품도 제대로 창작해내지 못하는 작자가 무얼 믿고 말도 안 되는 비평문을 써?"

 백기만이 그렇게 서두를 꺼내자, 이장희가 뒤를 잇는다.

 "우리말 사용 및 시어 선택에서도 매우 서투른11) 수준 미달의 시인이 시도 아닌 소설에 대해 뭘 안다고 함부로 썩은 청룡도를 휘두르나? 나이 몇 살 더 먹었다는 이유로 문단 권력을 행세하려 드는 잘못된 풍토는 반드시 척결되어야 해!"

 프랑스 유학을 계획 중인 이상화가 한 마디를 아니할 리 없다.

 "일본 유학 때 프랑스 상징주의 공부를 좀 했다지만, 보들레르처럼 시에 대한 미의식이 뒷받침된 것도 아니고, 그저 모호한 은유법과 난해한 상징어 사용, 그리고 지나친 주관의 개입12)으로 가득찬 시를 쓰면서, 나 참! 제 눈의 들보도 못 보면서 남의 눈의 티끌을 찾아내서는 그것을 들보라고 억지주장을 하고 있어!"

 백기만이 말한다.

 "아주 부적절한 비평이야. 잘 다듬어진 사건의 흐름, 정서적이면서도 객관적인 어휘와 문체 활용, 소년의 눈을 통해 사건을 채색하고 여과시켜 나간 서술, 김동인이나 염상섭 단편의 지리멸렬한 고백체 문장과 무미건조한 구성과 대비되는 수준 높은 기법 등 빙허의 작가적 역량은 대단해!13) 황석우의 작품 보는 눈이 형편없다고 말할 수밖에 없어!"

문우들이 이렇게 열을 올리니 현진건도 거들지 않을 수 없었다.
　　"〈희생화〉 발표 이후 기뻐서 뛰고 있던 내게 황석우의 비평은 청천에 벽력이었다네. 갈기갈기 잡지를 찢고 싶을 만치 분노했었지. 극도의 분노는 극도의 증오로 변하여 황석우란 자를 당장 죽여도 시원치 않을 것 같았다네. 몇 번이나 팔을 뽐내며 방안을 왔다 갔다 했었지. 나는 열에 떠서 (황석우의 글을 본) 그 날 밤을 새우며 그 비평에 대한 공박문을 생각했다네."14)
　　이상화가 자신의 일처럼 얼굴이 붉게 달아오른 채 재촉한다.
　　"그래서? 공박문을 어떻게 썼는가? 말해보게."
　　현진건이,
　　"발표를 하지는 않았지만, 이렇게 초안을 잡아 보았네."
하고는, 반박문의 내용을 문우들에게 소개했다.
　　"〈희생화〉를 무명 산문이라 한 그대의 비평은 매우 반갑다. 옛날 사람이 쓰지 않던 산문의 형식을 내가 새로이 발명한 것이니 나도 창조적 천재의 한 사람인 듯싶어서 어깨를 추스를 수 있기 때문이다. 그러나 애닯도다. 〈희생화〉와 같은 형식은 벌써 투르게네프의 단편 어디에선지 볼 수 있는 것이 유감천만이다. 투르게네프의 그런 작품을 모조리 무명 산문으로 돌린다면 〈희생화〉 홀로 무명 산문이란 이름 듣는 것을 어찌 한하랴. 다만 한 되는 것은 창조적 천재란 월계관을 내가 얻어 쓰지 못하는 일이다."15)

듣고 난 백기만이 두 손뼉을 요란하게 맞닥뜨려 박수소리를 일으키면서 말한다.

"좋군! 《개벽》 현철 학예부장이 자네의 당숙 아닌가? 다음 호에 반박문을 게재해 달라고 요청하게. 그렇게 되어서 공방이 여러 차례 오가면 단연 문단의 대단한 화제가 될 게야. 나아가 자네의 문학 작품에 대한 진정한 평가를 광범위하게 얻을 수 있게 되고! 〈희생화〉 자체가 주목할 만한 작품16)으로서 문학사적 의의가 그리 가볍지 않은 소설17)이라는 정당한 평가를 얻게 될 것이 틀림없어!"

고개를 끄덕여 수긍 의사를 밝히면서도 현진건은,

"난들 어찌 정당한 평가를 받기 위해 지상 논쟁을 펼치고 싶은 마음이 없겠냐만 … 그렇지만 당숙이 학예부장이란 것이 도리어 걸림돌이 되지 않겠나 여겨지네. '현철이 자기 조카라는 이유로 무명의 현진건에게 지면을 배정해 연속으로 번역 소설을 실어주고, 또 창작 소설까지 발표할 기회를 주고도 모자라18) 급기야는 공방을 벌일 무대마저 제공하다니, 정말 너무 하군!' 이렇게들 시기 섞인 성토가 대단할 게야." 하였다. 이상화와 이장희도 현진건의 생각에 동의를 표시했다. 그러자 백기만이,

"그렇다면 … 아무도 왈가왈부 할 수 없는 명작을 창작하여 논란을 잠재우는 수밖에 없네. 첫 작품 〈희

생화〉의 실험정신과 구성력으로 비춰볼 때 빙허는 충분히 그럴 능력이 있어, 암!"
하고 힘주어 말했다. 이상화와 이장희 또한 백기만의 격려에 곧바로 동의하였다.

실제로 현진건은 〈희생화〉 이후 불과 두 달 만에 발표한 〈빈처〉[1]로 대뜸 문단의 총아[19]로 떠올랐다. 1921년 1월호 《개벽》에 〈빈처〉가 실리자 문단 관계자들은 물론 문학애호가에 이르기까지 현진건 이름 석 자를 모르는 사람이 없게 되었다. 문단적 명성[20]을 얻은 것이었다. 〈빈처〉는 몇 달 뒤인 1921년 5월 《창조》에 발표된 김동인의 〈배따라기〉와 8월 《개벽》에 발표된 염상섭의 〈표본실의 청개구리〉보다 한 수 위의 세련된 면모를 보여주었다. [21]

다만 백기만, 이상화, 이장희 등 문우들은 이때도 〈희생화〉에 드러나 있던 문제점이 아주 불식된 것은 아니라는 충언을 해주었다. 백기만이 먼저,

"이보게, 빙허! 〈빈처〉는 정말 걸작이야! 자네의 작가적 역량에 경탄을 하지 않을 수가 없네. 식민지 치하를 양심적으로 살아가려는 지식인의 고뇌를 가난한 아내의 시선으로 리얼하게 묘사하고 있으니 참으로 공감이 가네. 다만 '도오선자道吾善者는 시오적是吾賊이요, 도오악자道吾惡者는 시오사是吾師이니라'[2]는 명

---

1) 166쪽에 〈빈처〉 전문 수록
2) 나의 좋은 점을 말해주는 사람은 나의 적이요, 나의 나쁜 점을 말해주는 사람은 나의 스승이니라.

심보감의 가르침을 원용해서 옥의 티를 말하자면 … 〈희생화〉 결말 부분이 작가의 옛날 소설식 한탄으로 끝난 게 옥의 티였듯이, 〈빈처〉도 '아, 아, 나에게 위안을 주고 원조를 주는 천사여!'라는 독백과 부부 간에 '뜨거운 입술이 …' 하고 막을 내린 것은 좀 아쉬운 대목이었네. 너무 센티멘탈하게 느껴져서 말이지."

라며 소감을 말하고, 이상화가 뒤를 잇는다.

"〈빈처〉는 일제에 대한 저항의식을 아주 기술적으로 은밀하게 담고 있다는 점에서 경탄을 불러일으키네. 지금 같은 일제 강점기에 돈 잘 번다는 것은 결국 무엇을 의미하나? 소설 속 처형의 남편이나 문중 친척인 T가 바로 그런 위인들인데, 주야로 요릿집이나 기생집을 돌아다니면서 기생을 얻어 미쳐서 날뛰며 제 부인을 폭행하거나, 돈 모으는 데에만 관심을 기울이는 소시민들 아닌가? 내놓고 친일 행각을 일삼거나, 그렇지는 않더라도 왜놈들이 시키는 대로 고분고분 살아가는 토착 왜구들이지. 그에 비해 소설의 주인공 '나'는 비록 가난하게 살지만 자존심을 지켜가며 품격을 유지하고 있고, 부부가 서로 의존해 살아가는 것이 행복이라는 건전한 의식을 가지고 있지 않는가! 소설을 읽는 독자들이 다 알 걸세. 어째서 우리나라의 양심적 지식인들이 한결같이 가난하게 살 수밖에 없는가 하는 것을 말일세."

이장희가 혀를 차며 고개를 가로젓는다.

"문제는 일부 평론가라는 작자들이 〈빈처〉를 두고 사소설이라는 둥, 개인 체험을 작품화했다는 둥 터무니없는 소리들을 하고 있다는 사실일세. 그렇게들 작품 분석력이 없는 작자들이 평론갑네 하니 참 답답한 일이야. 사소설이 되려면 작가가 서사의 중심축을 자신의 삶에 두어야 하지 않나? 〈빈처〉는 남자 주인공의 가난과 직업 없는 상황에 사건 전개의 중심축을 두고 있는데, 빙허가 돈벌이에 관심을 가지고 있지도 않지만 그렇다고 소설 속의 '나'처럼 아주 가난하고 무직 한량인가? 터무니없는 비평가들을 보면 내가 가슴이 답답할 지경이야."

이상화가 동조를 한다.

"그건 그렇네. 숨 막히는 이 사회를 실감나게 비판하고 비유적으로 폭로한 빙허의 소설을 두고 자전적 작품이라니…? 평론가라는 작자들이 왜 어불성설의 소리들을 해대는지 이해가 되지를 않네."

그러자 백기만이 환하게 웃으면서,

"나는 상화의 말이 오히려 이해가 안 되네. 작품을 보는 안목이 낮으니 자기 마음대로 그렇게 해석을 하는 것이지 무에 다른 이유가 있겠나? 그래도 빙허가 〈빈처〉라는 걸출한 작품을 내놓아 한국 문단의 기린아로 떠올랐으니 우리는 벗으로서 한량없이 기쁘기만 하네. 자네들도 그렇지 않은가?"

라며 축배를 들자고 제안한다. 이상화와 이장희도 '좋아! 좋아!' 한다. 이때부터는 그저 벗들끼리의 조촐한 술자리가 펼쳐진다.

그래도 술판이 무르익자 네 사람은 다시 문학 이야기로 돌아온다. 취기가 오른 현진건이 말을 먼저 꺼내면서 〈희생화〉에 대한 현정건의 독후감이 중심 화제가 되었다.

"남자가 혼자 외국으로 가버리면 되나? S가 죽은 줄을 알기는 아나? 자기 이야긴 줄도 모르고 뭐가 어째? 남자 주인공도 가해자인데 작가 선생이 그토록 너그럽게 다루어 주면 안 된다고? 그 말은 내가 하고 싶어! 형은 그러면 안 되지! 사람들이 우리집 이야긴 줄 알아챌까 봐 에둘러 사건을 설정했더라도 형은 K가 자기 처신을 비판하기 위해 내가 배치한 인물인 줄 알아야 할 것 아냐?"

혀가 꼬부라진 현진건이 넋두리를 늘어놓는다. 이상화가 그를 바라보면서 웃는다.

"이렇게 쥐한 빙허는 오늘 처음 보네!"

백기만이 말한다.

"정말 그렇네. S를 소설에서 그렇게 죽도록 만든 것이 빙허는 줄곧 마음이 아픈 모양이야."

8. 그 잘난 사내의 아내는 누구인가?

〈희생화〉의 S처럼 윤덕경도 나날이 말라가고 있었다.

1921년 9월 17일[22] 장티푸스 때문에 상해 천주교 병원에 입원해 있던 젊은 독립운동가 한 명이 결국 세상을 떠나고 말았다. 대한민국임시정부 재무차장으로 일해 온 윤덕경의 작은오빠 윤현진이었다.

그는 오직 나라 있는 줄만 알았지 내 몸 있는 줄은 몰랐다.[23] 임정 일에 너무나 헌신하느라 몸이 보기에도 애처로울 만큼 허약해졌고, 그렇게 상한 육신을 병균이 갉아먹었다.

윤현진은 나라의 독립도 보지 못했지만, 누이동생 덕경이 제 남편 현정건과 행복하게 살아가는 모습조차 단 한 번 목격하지 못한 채 우리 나이 30세에 숨을 거두었다.

그의 시신은 국내로 들어오지 못하고 상해 정안사 외국인 묘지에 묻혔다. 물론 현진건도 윤덕경도 그의 마지막 가는 길을 지키지 못했다.

현진건은 작은형수 윤덕경을 형 정건의 곁에 머물도록 하지도 못하고, 윤현진이 그토록 허무하게 순국하는 일을 예방하기는커녕 장례식에 참여하지도 못하는 자신의 무능함을 생각하면 밥도 먹을 수 없고 잠도 이룰 수 없었다. 그래서 날마다 폭음을 했다.

'나는 과연 무엇을 할 수 있는 존재인가…? 아무것도 하지 못하는 나는 도대체 죽지 않고 살아있다는 데서 어떤 의미를 찾을 수 있나…?'

연일 이런 자탄에 빠져 술만 마셔댔다. 그러기를 보름째, 아내 이순득이 조심스레 말을 건네 왔다.

"저어, 이런 말을 하면 마음에 탐탁하지 않게 여기시겠지만… 너무 오래 술로 세월을 보내시니 저라도 한 마디를 해야 옳지 않을까 싶어서…."

아내가 너무도 눈치를 보며 서두를 꺼내는 통에 오히려 현진건이 미안할 지경이었다. 그래도 술에 빠져 있던 숭이라 그가 화끈하게 큰소리로 대답을 했다.

"무슨 말씀이오? 망설이지 말고 해보시오. 부부지간에 못할 이야기가 무엇 있다고…."

그러자 이순득이 용기를 얻었는지 당초에 하고 싶었던 말을 술술 토로했다.

"무슨 일이 마음대로 아니 된다고 해서 화풀이로 그렇게 술만 마시는 것은[3] 일본이며 중국까지 유학

[3) 〈술 권하는 사회〉의 '(아내는) 그가(남편이) 술을 먹게 된 것은 일이 맘대로 아니 되어 화풀이로 그러는 줄도 어렴풋이 깨달았다'를 원용.

을 다녀온 지식인답지 못하다 … 싶어요. 왜 그렇게 술을 마시는지, 그것을 소설로 쓰셔요. 당신이 〈빈처〉 다음으로 어떤 작품을 창작해서 발표하는지 모두들 기대하고, 또 지켜보고 있지 않나요? 그토록 술을 마셔야만 하는 고민이라면 좋은 소설 재료가 되지 않을까요?"

아내의 말을 듣는 순간 현진건은 확 술이 깨어나는 느낌이었다.

'그렇다! 내가 중국에서 왜 국내로 돌아왔던가? 상해에서 형과 헤어지면서, 압록강을 건너면서, 소설을 써서 나라와 민족에 도움이 되는 사람으로 일어서리라 다짐했다. 이국만리에서 독립운동에 매진하다가 목숨을 잃는 지사들도 부지기수인데, 국내에서 기자네 소설가네 하면서 몸 편히 지내는 사람이 정신적 가책에 시달린다면서 연일 술이나 마시는 것은 어불성설이지, 암!'

그날 이래 현진건은 술집에 발을 끊은 것은 물론 집 안에 있는 술병과 잔도 모두 치워버리고24) 〈술 권하는 사회〉 창작에 몰두했다. 〈빈처〉 발표 열 달 뒤, 즉 윤현진 순국 두 달 뒤인 《개벽》 1921년 11월호에 〈술 권하는 사회〉가 발표되자4) 문단은 다시 한 번 현진건을 주목했다. 25)

그리고 두 달 뒤 현정건도 〈술 권하는 사회〉와 《백조》 창간호를 모두 본 소감을 전해왔다. 〈희생화〉

---

4) 192쪽에 〈술 권하는 사회〉 전문.

에 이은 두 번째 독후감이었다.

> "(전략) 항일 민족의식을 은유적으로 잘 표현한 〈술 권하는 사회〉, 감동적으로 읽었소. 〈빈처〉에 이어 또 다시 걸작을 창작한 작가 선생의 노고에 진정으로 고마움을 표하는 바이오. 〈빈처〉도 정말 감명깊게 읽었소만 그때는 너무나 바쁘고 급한 일이 많아서 미처 독후감을 쓸 겨를이 없었소. (중략)
>
> 작가 선생의 세 번째 발표작 〈술 권하는 사회〉를 읽은 우리나라 독자는 누구나 '정신이 바로 박힌 놈은 피를 토하고 죽을 수밖에 없지. 그렇지 않으면 술 마시는 일 말고는 도무지 할 게 없어!'라는 작중 주인공의 독백을 읽을 때, 남편의 괴로움을 깨닫게 된 아내가 '몹쓸 놈의 사회가 왜 술을 권하는고!'라며 내뱉는 탄식과 마주할 때 가슴을 칠 것이오. 이 소설이 무엇에 대한 비판이며 어떤 현실을 풍자하고 있는지 단숨에 알아볼 것이오. 문학 작품이 민족의 항일 의식을 고양하는 데 큰 몫을 할 수 있다는 사실을 〈술 권하는 사회〉는 아주 잘 보여주었소. 앞으로도 좋은 소설을 많이 창작해주기를 기대하오. 천학비재 **김동천** 삼가 씀"

독후감에는 '귀순장을 쓰고 항복해 들어간 이광수를 《백조》 동인에서 제거하는 것이 마땅하다'26)는 내용도 포함되어 있었다. 이광수는 1921년 4월 임시정부 기관지 《독립신문》의 발행인 역할을 내던지고 귀국해 우리나라 최초의 개업 여의사 허영숙과 재혼하였는데, 중국에서 항일운동을 한 이력에도 불구하고 일제에 피체되지 않았다. 당시는 동경2·8선언의 주역 송계백이 이미 옥중에서 순국한 뒤였으므로27) 독립지사들 사이에는 이광수가 총독부 스파이였던 게 틀림없다는 평판이 가득했었다. 현정건이 《백조》 동인에서 이광수를 제외시키라고 주문한 데에는 그런 사정이 있었다.

〈술 권하는 사회〉 이후에도 현진건은 1923년 9월 〈할머니의 죽음〉, 1924년 6월 〈운수 좋은 날〉5), 1925년 1월 〈불〉, 1925년 2월 〈B사감과 러브레터〉를 잇따라 발표했다. 작품마다 현진건의 소설은 호평을 받았다. 그런데 등단작 〈희생화〉 이래 출세작 〈빈처〉와 〈술 권하는 사회〉는 물론이고 〈B사감과 러브레터〉에 이르기까지 그의 소설 중에는 낭만주의 경향의 작품이 한 편도 없었다. 심지어 《백조》에 게재한 〈할머니의 죽음〉조차도 낭만주의가 아니라 사실주의 계열의 소설이었다. 《백조》가 낭만주의를 표방한 동인지라는 점을 감안하면 현진건은 '무늬만 동인'인 셈이었다. 그는 자신의 그러한 문학관을 〈이러쿵 저러쿵〉이라는 수필로 발표한 적도 있었다. 그 수필은 〈운수 좋은 날〉 발표 넉 달 전인 1924년 2월 《백조》에 게재되었다.

---

5) 211쪽에 〈운수 좋은 날〉 전문 수록.

(전략) 로맹 롤랑의 소설 가운데 있는 한 삽화,

"프랑스 병정이 전선에서 독일의 16~7세 되는 어린 병정을 찔러 죽이려한즉 그 소년이 손을 들며 '엄마! 엄마!' 하고 부르짖었다."

이런 이야기는 소설에 쓰이든지 아니 쓰이든지 사람을 움직이는 힘을 가졌다. 문예작품의 제재 가운데는 작가가 그 예술적 표현의 마술지팡이로 건드리기 전부터 찬연히 번쩍이는 인생의 실옥實玉이 많은 줄 생각한다. 예술은 예술적 가치만 있으면 물론 훌륭한 예술이다. 그러나 내용적 가치가 문예작품에 있어서 매우 중요하다고 나는 주장 않을 수 없다.

예술적 가치, 예술적 감명만을 짓는 걸로써 또는 있는 걸로써 만족하는 이도 있겠지만, 그것만으로 만족치 않는 이도 많을 줄 안다. 물론 예술적 가치, 예술적 감명이 인생에 필요지 않다는 건 아니다. 인생을 향상시키지 않는다는 건 아니다. 그런 그것만이라면 너무나 미약하다. 희박하다. 예술이 예술 되는 소이연所以然(까닭)은 거기 예술적 표현의 유무에 따라서 결정될 것이되, 그 결정된 예술이 인생에 대하여 중대한 가치가 있느냐 없느냐는 오로지 그 작품의 내용적 가치, 생활적 가치를 따라서 결정될 것이라 생각한다.

입센의 근대국가, 톨스토이의 작품이 일대一代(한 시대)의 인심을 진동시킨 이유의 하나는 그 속에 있는 사상의 힘이다. 그 예술만의 힘이 아니다. 예술에

> 만 숨어서 인생을 알려 않는 작가는 상아탑 속에 숨어서 은피리를 불고 있는 셈이다.
>
> 　문예는 경국대사經國大事(나라를 다스리는 큰 일)라고 하지마는 내 생각 같아서는 생활이 제1이요, 예술이 제2다. 이 논지를 고대로 승인하기에는 주저할 일이 한두 가지가 아니로되, 쓸데없이 예술의 환영만 따르며 실생활을 무시하려는 우리에게는 정문일침頂門一鍼(따끔한 충고)이라 하겠다. (후략)

　〈이러쿵 저러쿵〉은 구체적인 삶의 문제를 예술적으로 형상화해야 가치 있는 작품이 된다는, 형식과 내용을 일원적으로 인식하는 자신의 문학적 입장을 밝힌[28] 글이었다. 그 이후 첫 발표작이 〈할머니의 죽음〉이었고, 이어서 〈운수 좋은 날〉, 〈불〉, 〈B사감과 러브레터〉로 이어졌다. 〈할머니의 죽음〉과 〈B사감과 러브레터〉는 인간의 이중성을 세밀하게 묘사한 풍자적 작품이었고, 〈운수 좋은 날〉과 〈불〉은 식민 지배를 받고 있는 조선 민중의 처참한 궁핍을 고발한 작품이었다.

　그래서 하루는 이상화가,

　"나를 《백조》 동인으로 추천해 주었으면서 정작 본인은 리얼리즘 소설가로 활약하고 있으니, 이것 참 뭐라고 해야 하나?"

라면서, 내용상으로는 현진건의 문학적 성취를 칭찬하고 겉으로는 불만을 이야기하는 듯이 투덜댔다. 그

말에 백기만이,

"이 사람아! 《창조》, 《폐허》, 《백조》, 《금성》, 《영대》 등등 동인지들이 새벽별처럼 명멸하는 것이 작금의 문단 흐름이니 《백조》 동인들이 〈빈처〉를 발표한 혜성을 영입한 것이고, 빙허가 그만큼 역량 있는 작가로 인정을 받은 덕분에 자네를 《백조》 동인으로 추천할 수 있었던 것인데 무엇이 불만인가? 빙허가 나는 추천해주지 않은 것이 내게는 불만일세!" 하였다. 할 말이 마땅찮아진 이상화가 잠시 머뭇대는 중에 백기만이 또,

"자네는 사회주의 문학 운동을 하는 파스큘라 PASKYULA[6) 멤버 아닌가? 파스큘라의 주동 멤버인 김기진과 박영희가 본래 《백조》 창간 동인이었다는 사

---

6) 김기진, 박영희 등이 중심이 되어 1923년 문학의 계급성을 내세우며 결성된 사회주의 운동 계열의 문학인 단체로서 뒷날 조선프롤레타리아예술가동맹(KAPF)로 발전한다. 김기진과 박영희가 《백조》 창간 동인이었던 관계로 현진건은 이들의 영향을 받게 된다. 양진오, 《조선혼의 발견과 민족의 상상》(역락, 2008), 86쪽에 따르면, '(현진건은) 김기진처럼 사회주의 문학의 길을 걸어간 것은 아니다. 현진건은 《백조》의 낭만주의 문학을 지속하고 싶은 마음은 없었다. 식민지 현실은 엄중했으며, 그는 이 엄중한 현실에 관해 좀 더 밀착된 태도로 문학을 해야 한다고 생각했다. 이제 서서히 그만의 색채를 만들어가야 할 시점에 현진건은 이르게 된다. 현진건은 1924년 2월에 자신의 문학관을 정리한 글 〈이러쿵 저러쿵〉을 《개벽》 44호에 발표한다.'

실을 생각하면 그들과 아주 절친하게 지내온 빙허가 계급문학으로 아주 전향하지 않은 것만 해도 나는 문학적으로 천만다행이라 여기네. 계급문학을 잘못이라고 생각하지는 않지만 더 본질은 계급이 아니라 민족 아닌가? 독립 말일세, 독립!"
하고 목소리를 높였다. 이상화가 불쑥 잔을 내밀면서 더 큰 음성으로 외친다.
 "에이, 뎃네(되었네)! 술이나 한 잔 부라(부어라)!"
 듣고 있던 현진건이 '허허' 웃으면서 손을 내젓는다.
 "빌(별) 소리들을 다 한다! 술잔이나 마카(모두) 비아라(비워라)!"
 그렇게 작가적 위상은 나날이 올라가고 있었지만, 현진건 본인은 스스로 자신의 소설이 시대정신을 나타내는 데는 본질적으로 미흡하다고 판단하고 있었다. 그래서 잠시 후 이상화가,
 "앞으로 어떤 작품을 창작할 계획인가? 얼마 전(1925년 9월)에는 현철 선생이 주도하는 조선배우학교에서 복혜숙을 노라로 내세워 〈인형의 집〉을 초연하던데, 내 짐작으로는 그런 노라이즘 소설이라거나 《백조》 동인다운 낭만파 소설을 쓸 일은 없을 듯하고?"
라고 묻자 현진건이 이렇게 대답한다.
 "다들 알듯이, 나의 문학가로서의 첫 시도는 형의 각성을 촉구하는 속뜻을 감춘 채 여성에 대한 사회 불평등 해소를 촉구하는 〈희생화〉를 발표한 일이었지. 하지만 지나치게 에둘러 표현하는 바람에 기대효

과를 거두는 데에는 크게 미흡했어. 당사자인 형조차도 남자 주인공에 대한 좀 더 분명한 질타가 필요하다고 지적하지 않았나?

그 후 우리 사회의 내부 문제를 떠나 민족의 질곡을 다루기로 마음먹었고, 그 결과물이 〈빈처〉와 〈술 권하는 사회〉였다네. 뒤에 발표한 〈할머니의 죽음〉과 〈B사감과 러브레터〉는 이중성의 문제만 다루었지만, 〈빈처〉와 〈술 권하는 사회〉 두 소설은 지식인사회의 무기력증과 이중성을 질타하면서 좀 더 적극적인 행동을 독려하는 데에 창작 의도를 뒀었지.

물론 가난은 지식인들만 옥죄는 데 그치지 않으므로 우리 민중의 처참한 비인간적 실상을 〈운수 좋은 날〉과 〈불〉로 고발했지. 우리나라의 지식인과 민중이 가난의 수렁에 빠져 고통스럽게 사는 것은 일제 수탈 때문 아닌가? 그렇게 볼 때, 지금까지 내가 발표한 소설들은 그런대로 식민지하의 민족현실을 고발해왔다고 자평하고 싶네.

아무튼 목우(백기만) 말처럼, 가난이 일제의 수탈 때문인 것도 분명하고, 가난을 극복하자고 외치는 것이 일제로부터 벗어나자는 부르짖음인 것도 틀림이 없지만, 더욱 근본은 나라를 빼앗긴 채 피지배 민족으로 살아가고 있는 바로 그 현실 아닌가? 독립이 우리 민족 최대의 당대 과제란 말일세."

현진건이 긴 말을 마치자 이상화가 걱정스레 말한다.

"빼앗긴 나라를 회복하자는 내용의 민족적 또는 사회적 소설을 쓰겠다는 결심인데…."

백기만도 우려를 나타내었다.

"창작은 가능할지라도 발표가 불가능하지 않나? 왜놈들이 그런 소설 발표를 묵인할 리가 없는데? 두어 달 전에 본 자네의 〈조선혼과 현대정신의 파악〉도 그런 결심을 짐작할 수 있는 평론문이었지만, 소설은 그렇게 관념적이고 비유적으로 써서는 될 일이 아니니, 참으로 어려운 작업이 아니겠는가?"

〈조선혼과 현대정신의 파악〉은 진작 《개벽》에 원고를 넘겼는데 그쪽에서,

"내년 신년호에 게재하여 '새해에는 이런 작품이 많이 생산되면 좋겠다'는 취지의 글로 활용했으면 더 좋을 것 같아서 발표를 미루고 있다."

고 회신을 해온 글이다. 결국 〈조선혼과 현대정신의 파악〉은 1926년 1월호 《개벽》에 발표되었다. 백기만의 말을 듣자 현진건의 뇌리에는 바로 그 글이 떠오른다.

(전략) 시간과 장소를 떠나서는 아무 것도 존재치 못하는 것이다. 달나라의 소요逍遙(마음대로 돌아다님)도 그만둘 일이다. 구름바다의 유희로 그칠 일이다. 조선문학인 다음에야 조선의 땅을 든든히 디디고 서야 될 줄 안다. 현대문학인 다음에야 현대의 정신을 힘 있게 호흡해야 될 줄 안다. 남구南

> 歐(남부 유럽)의 쪽으로 그린 듯하다는 하늘에 동경의 한숨을 보내도 쓸데없는 일이다. 금강의 흰 멧부리에 부신 햇발이 백금으로 번쩍이지 않느냐. 까마득한 미래의 낙원에 상상의 날개를 펼침도 소용없는 노릇이다. 손을 빌리면 잡을 수 있는 눈앞에 쌀쌀하게 피인 한 떨기 개나리가 봄소식을 전하지 않느냐. 로만티시즘도 좋다. 리얼리즘도 좋다. 상징주의도 나쁜 것 아니요, 표현주의도 버릴 것 아니다. 오직 조선혼과 현대정신의 파악! 이것이야말로 다른 아무의 것도 아닌 우리 문학의 생명이요, 특색일 것이다. 달뜬 기염氣焰(높은 기운)에서 고지식한 개념에서 수고로운 모방에서 한 걸음 뛰어나와 차근차근하게 제 주위를 관조하고 고요하게 제 심장의 고동하는 소리를 들을 제 이것이야말로 우리 문학의 운명인 줄 깨달을 수 있을 것이다. (후략)

'시간과 장소를 떠나서는 아무것도 존재치 못한다', '조선문학인 다음에야 조선의 땅을 든든히 디디고 서야 한다', '현대문학인 다음에야 현대의 정신을 힘있게 호흡해야 한다'는 세 문장이 글 전체의 핵심 내용이었다.

현진건은 그러한 자신의 문학관을 소설로 형상화한 작품 〈고향〉을 1926년 1월 1일~3일 조선일보에 발표했다.

<고향>

　　대구에서 서울로 올라오는 차중에서 생긴 일이다. 나는 나와 마주 앉은 그를 매우 흥미 있게 바라보고 또 바라보았다. 두루마기 격으로 기모노를 둘렀고, 그 안에선 옥양목 저고리가 내어보이며, 아랫도리엔 중국식 바지를 입었다. 그것은 그네들이 흔히 입는 유지 모양으로 번질번질한 암갈색 피륙으로 지은 것이었다. 그리고 발은 감발(버선 없이 발에 무명을 감은 모습)을 하였는데 짚신을 신었고, 고부가리(1.5cm 정도의 머리카락)로 깎은 머리엔 모자도 쓰지 않았다. 우연히 이따금 기묘한 모임을 꾸미는 것이다. 우리가 자리를 잡은 찻간에는 공교롭게 세 나라 사람이 다 모이었으니 내 옆에는 중국 사람이 기대었다. 그의 옆에는 일본 사람이 앉아 있었다. 그는 동양 삼국 옷을 한 몸에 감은 보람이 있어 일본말로 곧잘 철철대이거니와 중국말에도 그리 서툴지 않은 모양이었다.

　　"도코마데 오이데 데스카?"

하고 첫마디를 걸더니만, 동경이 어떠니 대판이 어떠니, 조선 사람은 고추를 끔찍이 많이 먹는다는 둥, 일본 음식은 너무 싱거워서 처음에는 속이 뉘엿거린다(메스껍다)는 둥, 횡설수설 지껄이다가 일본 사람이 엄지와 검지손가락으로 짧게 끊은 꼿꼿한 윗수염을 비비면서 마지못해 까땍까땍하는 고개와 함께 '소데스카'란 한 마디로 코대답을 할 따름이요, 잘 받아주지 않으매, 그는 또 중국인을 붙들고 실랑이를 한다.

"네쌍나얼춰?"

"니씽섬마?"

하고 덤벼보았으나 중국인 또한 그 기름 끼인 뚠한 얼굴에 수수께끼 같은 웃음을 띨 뿐이요, 별로 대꾸를 하지 않았건만 그래도 무에라고 연해 응얼거리면서 나를 보고 웃어 보였다.

그것은 마치 짐승을 놀리는 요술쟁이가 구경꾼을 바라볼 때처럼 훌륭한 제 재주를 갈채해달라는 웃음이었다. 나는 쌀쌀하게 그의 시선을 피해버렸다. 그 주적대는 꼴이 어쭙잖고 밉살스러웠음이다. 그는 잠깐 입을 닥치고 무료한 듯이 머리를 더억더억 긁기도 하며 손톱을 이로 물어뜯기도 하고 멀거니 창밖을 내다보기도 하다가 암만해도 지질대지 않고는 못 참겠던지 문득 나에게로 향하며,

"어데꺼정 가는기오?"

라고 경상도 사투리로 말을 붙인다.

"서울까지 가오."

"그런기오? 참 반갑구마. 나도 서울꺼정 가는데 그러면 우리 동행이 되겠구마."

나는 이 지나치게 반가워하는 말씨에 대하여 무에라고 대답할 말도 없고 또 굳이 대답하기도 싫기에 덤덤히 입을 닫쳐버렸다.

"서울에 오래 살았는기오?"

그는 또 물었다.

"육칠 년이나 됩니다."

조금 성가시다 싶었으나 대꾸 않을 수도 없었다.

"에이구 오래 살았구나. 나는 처음 길인데 우리 같은 막벌이꾼이 차를 나려서 어데로 찾아가야 되겠는기오? 일본으로 말하면 기진야도(노동자 합숙소) 같은 것이 있는기오?"

하고 그는 답답한 제 신세를 생각했던지 찡그려 보았다. 그때 나는 그의 얼굴이 웃기보다 찡스리기에 가장 적당한 얼굴임을 발견하였다.

군데군데 찢어진 경성드뭇한 눈썹이 알알이 일어서며 아래로 축 처지는 서슬에 양미간에는 여러 가닥 주름이 잡히고 광대뼈 위로 뺨살이 실룩실룩 보이자 두 볼은 쪽 빨아든다. 입은 소테나 먹은 것처럼 왼편으로 삐뚤어지게 찢어 올라가고, 조이던 눈엔 눈물이 괴인 듯 삼십 세밖에 안 되어 보이는 그 얼굴이 십 년가량은 늙어진 듯하였다. 나는 그 신산辛酸(고생)스러운 표정이 얼마쯤 감동이 되어서 그에게 대한 반감이 풀려지는 듯하였다.

"글쎄요, 아마 노동 숙박소란 것이 있지요."

노동 숙박소에 대해서 미주알고주알 묻고 나서,

"시방 가면 무슨 일자리를 구하겠는기오?"

라고 그는 매어 달리듯이 또 채쳤다.

"글쎄요. 무슨 일자리를 구할 수 있을는지요."

나는 내 대답이 너무 냉랭하고 불친절한 것이 죄송스러웠다. 그러자 일자리에 대하여 아무 지식이 없는 나로서는 이외에 더 좋은 대답을 해줄 수가 없었던 것이다. 그 대신에 나는 은근하게 물었다.

"어데서 오시는 길입니까?"

"흥, 고향에서 오누마."

하고 그는 휘 한숨을 쉬었다. 그러자 그의 신세타령의 실마리는 풀려나왔다. 그의 고향은 대구에서 멀지 않은 K군 H란 외딴 동리였다. 한 백 호 남짓한 그곳 주민은 전부가 역둔토(역에 소속된 땅)를 파 먹고 살았는데, 역둔토로 말하면 사삿집(개인) 땅을 부치는 것보다 떨어지는 것이 후하였다. 그러므로 넉넉지는 못할망정 평화로운 농촌으로 남부럽지 않게 지낼 수 있었다. 그러나 세상이 뒤바뀌자 그 땅은 전부가 동양척식회사의 소유에 들어가고 말았다. 직접으로 회사에 소작료를 바치게나 되었으면 그래도 니으련만, 소위 중간 소작인이란 것이 생겨나서 저는 손에 흙 한 번 만져 보지도 않고 동척엔 소작인 노릇을 하며, 실작인(실제로 농사를 짓는 사람)에게는 지주 행세를 하게 되었다. 동척에 소작료를 물고 나서 또 중간 소작인에게 긁히고 보니, 실작인의 손에는 소출의 삼 할도 떨어지지 않았다. 그 후로 '죽겠다' '못 살겠다' 하는 소리는 중이 염불하듯 그들 입길에서 오르내리게 되었다. 남부여대(남자는 짐을 지고 여자는 머리에 이고)하고 타처(고향 아닌 곳)로 유리하는(떠돌아다니는) 사람만 늘고, 동리는 점점 쇠진해 갔다.

 지금으로부터 구 년 전, 그가 열일곱 살 되던 해 봄에 (그의 나이는 실상 스물여섯이었다. 가난과 고생 이 얼마나 사람을 늙히는가) 그의 집안은 살기 좋다는 바람에 서간도로 이사를 갔었다. 쫓겨가는 운명이거든 어디를 간들 신신하랴.

 그곳의 비옥한 전야도 그들을 위하여 열려질 리 없었다. 조금 좋은 땅은 먼저 간 이가 모조리 차지하였고, 황무지는 비록 많다 하나 그곳 당도하던 날부터 아침거리 저녁거리 걱정이라, 무슨 행세로 적어도 일 년이란 장구한 세월을 먹고 입어 가며 거친 땅을 풀 수가 있으랴. 남의 밑천을 얻어서 농사를 짓고 보니, 가을이 되어 얻는 것은 빈 주먹뿐이었다.

 이태 동안을 사는 것이 아니라 억지로 버티어 갈 제, 그의 아버지는 우연히 병을 얻어 타국의 외로운 혼이 되고 말았다. 열아홉 살밖에 안 된 그가 홀어머니를 모시고 악으로 악으로 모진 목숨을 이어 가는 중 사 년이 못 되어 영양 부족한 몸이 심한 노동에 지친 탓으로 그의 어머니 또한 죽고 말았다.

 "모친꺼정 돌아갔구마."
 "돌아가실 때 흰죽 한 모금도 못 자셨구마."
하고 이야기하던 이는 문득 말을 뚝 끊는다. 그의 눈이 번들번들함은 눈물이 쏟아졌음이리라.

 나는 무엇이라고 위로할 말을 몰랐다. 한동안 머뭇머뭇이 있다가 나는 차를 탈 때에 친구들이 사 준

정종병 마개를 빼었다. 찻잔에 부어서 그도 마시고 나도 마셨다. 악착한 운명이 던져 준 깊은 슬픔을 술로 녹이려는 듯이 연거푸 다섯 잔을 마신 그는 다시 말을 계속하였다. 그 후 그는 부모 잃은 땅에 오래 머물기 싫었다. 신의주로, 안동현으로 품을 팔다가 일본으로 또 벌이를 찾아 가게 되었다. 구주 탄광에도 있어 보고, 대판 철공장에도 몸을 담아 보았다.

벌이는 조금 나았으나 외롭고 젊은 몸은 자연히 방탕해졌다. 돈을 모으려야 모을 수 없고, 이따금 울화만 치받치기 때문에 한 곳에 주접을 하고 있을 수 없었다. 화도 나고 고국산천이 그립기도 하여서 훌쩍 뛰어나왔다가 오래간만에 고향을 둘러보고 벌이를 구할 겸 서울로 올라가는 길이라 한다.

"고향에 가시니 반가워하는 사람이 있습디까?"

나는 탄식하였다.

"반가워하는 사람이 다 뭔기오, 고향이 통 없어졌더마."

"그렇겠지요. 구 년 동안이면 퍽 변했겠지요."

"변하고 뭐고 간에 아무것도 없더마. 집도 없고 사람도 없고 개 한 마리도 얼씬을 않너나."

"그러면 아주 폐농이 되었단 말씀이오?"

"흥, 그렇구마. 무너지다 만 담만 즐비하게 남았더마. 우리 살던 집도 터야 안 남았는기오? 암만 찾아도 못 찾겠더마. 사람 살던 동리가 그렇게 된 것을 혹 구경했는기오?"

하고 그의 짜는 듯한 목은 높아졌다.
 "썩어 넘어진 서까래, 뚤뚤 구르는 주추는! 꼭 무덤을 파서 해골을 헐어 젖혀 놓은 것 같더마. 세상에 이런 일도 있는기오? 백여 호 살던 동리가 십 년이 못 되어 통 없어지는 수도 있는기오, 후!"
하고 그는 한숨을 쉬며 그때의 광경을 눈앞에 그리는 듯이 멀거니 먼 산을 보다가 내가 따라 준 술을 꿀꺽 들이켜고,
 "참! 가슴이 터지더마, 가슴이 터져."
하자마자 굵직한 눈물 두 방울이 뚝뚝 떨어진다. 나는 그 눈물 가운데 음산하고 비참한 조선의 얼굴을 똑똑히 본 듯싶었다.
 이윽고 나는 이런 말을 물었다.
 "그래, 이번 길에 고향 사람은 하나도 못 만났습니까?"
 "하나 만났구마. 단지 하나."
 "친척되는 분이던가요?"
 "아니구마. 한 이웃에 살던 사람이구마."
하고 그의 얼굴은 더욱 침울했다.
 "여간 반갑지 않으셨겠지요."
 "반갑다마다. 죽은 사람을 만난 것 같더마. 더구나 그 사람은 나와 까닭도 좀 있던 사람인데……"
 "까닭이라니?"
 "나와 혼인 말이 있던 여자구마."
 "하아!"

나는 놀란 듯이 벌린 입이 닫혀지지 않았다.
"그 신세도 내 신세만이나 하구마."
하고 그는 또 이야기를 계속하였다. 그 여자는 자기보다 나이 두 살 위였는데 한 이웃에 사는 탓으로 같이 놀기도 하고 싸우기도 하며 자라났었다. 그가 열네 살 적부터 그들 부모들 사이에 혼인 말이 있었고, 그도 어린 마음에 매우 탐탁하게 생각하였었다. 그런데 그 처녀가 열일곱 살 된 겨울에 별안간 간 곳을 모르게 되었다. 알고 보니 그 아비 되는 자가 이십 원을 받고 대구 유곽에 팔아먹은 것이었다. 그 소문이 퍼지자, 그 처녀 가족은 그 동리에서 못 살고 멀리 이사를 갔는데, 그 후로는 물론 피차에 한번 만나 보지도 못하였다.

이번에야 빈터만 남은 고향을 구경하고 돌아오는 길에 읍내에서 그 아내될 뻔한 댁과 마주치게 되었다. 처녀는 어떤 일본 사람 집에서 아이를 보고 있었다. 궐녀(그녀)는 이십 원 몸값을 십 년을 두고 갚았건만 그래도 주인에게 빚이 육십 원이나 남았었는데, 몸에 몹쓸 병이 들어 나이 늙어져서 산송장이 되니까, 주인 되는 자가 특별히 빚을 탕감해 주고 작년 가을에야 놓아 준 것이었다. 궐녀도 자기와 같이 십 년 동안이나 그리던 고향에 찾아오니까, 거기에는 집도 없고 부모도 없고 쓸쓸한 돌무더기만 눈물을 자아낼 뿐이었다. 하루 해를 울어 보내고 읍내로 들어와서 돌아다니다가, 십 년 동안 한 마디 두 마디 배워

두었던 일본 말 덕택으로 그 일본 집에 있게 되었던 것이었다.

"암만 사람이 변하기로 어째 그렇게도 변하는기오? 그 숱 많던머리가 훌렁 다 벗어졌더마. 눈도 푹 들어가고 그 이들이들하던 얼굴빛도 마치 유산을 끼얹은 듯하더마."

"서로 붙잡고 많이 우셨겠지요."

"눈물도 안 나오더마. 일본 우동집에 들어가서 둘이서 정종만 열 병 따라 뉘고 헤어졌구마."

하고 가슴을 짜는 듯한 괴로운 한숨을 쉬더니만 그는 지낸 슬픔을 새록새록이 자아내어 마음을 새기기에 지쳤음이더라.

"이야기를 다 하면 무얼 하는기오."

하고 쓸쓸하게 입을 다문다. 나 또한 너무도 참혹한 사람살이를 듣기에 쓴물이 났다.

"자, 우리 술이나 마자 먹읍시다."

하고 우리는 주거니 받거니 한 되 병을 다 말리고 말았다. 그는 취흥에 겨워서 우리가 어릴 때 멋모르고 부르던 노래를 읊조렸다.

볏섬이나 나는 전토는
신작로가 되고요 -
말마디나 하는 친구는
감옥소로 가고요 -
담뱃대나 떠는 노인은

공동묘지로 가고요 -
인물이나 좋은 계집은
유곽으로 가고요 -

　현진건은 〈고향〉에 조선총독부 산하 동양척식주식회사에 땅을 빼앗긴 조선인 가족이 유랑민이 되어 늙은 부모는 굶어죽거나 병들어 죽고, 아들은 일자리를 찾아 동양 3국을 떠돌며, 그와 부부가 될 뻔했던 농촌 처녀는 창녀로 팔려갔다가 지금은 산송장이 되어 간신히 목숨만 부지하고 있다는 내용을 담았다. 그리고 결말 부분에 '말마디나 하는 친구는 / 감옥소로 가고요'라는 최신 민요를 실어 주제를 노골적으로 나타내었다.
　〈운수 좋은 날〉에는 인력거꾼 김첨지가 어째서 그토록 가난해졌는지 명시하지 못했는데 〈고향〉은 그것이 일제 때문임을 분명히 했다. 농토가 일제의 전쟁 준비로 말미암아 신작로가 되고, 똑똑한 사람들이 독립운동을 하다가 감옥에 갇히고, 사회 체계가 붕괴된 탓에 지역사회를 이끌어오던 원로들이 공동묘지에 묻히는 처지가 되고, 여인들이 몸 파는 신세로 전락한 '음산하고 비참한 조선의 얼굴'이 일제의 지배와 수탈 때문임을 밝혀서 썼다. 그 바람에 〈고향〉을 수록한 창작집 《조선의 얼골》은 판매 금지가 되었다.
　〈고향〉을 창작한 1925년 연말 무렵에 〈새빨간 웃음〉도 썼다. 《개벽》 11월호에 발표한 〈새빨간 웃음〉은 본래 현진건이 장편으로 기획한 작품이었다. 그러나 제 1회 부분만 세상에 모습을 드러내고 끝나버렸다. 〈새빨간 웃음〉의 여자 주인공 경화의 팔뚝에 문신으로 새겨진 '백년 낭군 김상렬'은 1933년 12월 20일부터 1934년 6월 17일까지 동아일보에 연재한 장편 〈적도〉에 독립운동가 김상렬로 다시 등장하고, 경화는 명화로 이름만 바꾸어 역시 팔뚝에 같은 내용의 문신을 새기고 나타난다. 그만큼 〈새빨간 웃음〉은 남녀관계의 치정을 제재로 한 소설인 양 위장하고 있었지만 실상은 독립운동을 주제로 한 작품이었다.

하지만 《개벽》도 독립운동가들을 주인공으로 하는 이 소설을 더 이상 연재하지 못했다. 이미 통권 72호를 발간하는 중 40회 이상이나 판매 금지 조치를 당했던 《개벽》이었으니 〈새빨간 웃음〉 연재를 포기한 것도 무리가 아니었다.

그런데 1925년 11월 1일, 〈새빨간 웃음〉 첫 회이자 마지막 회가 실린 《개벽》 제63호가 발매된 바로 그날, 마른하늘에 벼락같은 일이 현진건에게 일어났다. 〈희생화〉 이래 〈고향〉에 이르기까지 소설가로서의 명성은 점점 드높아져 왔지만, 막내형수 윤덕경에게는 아무런 도움이 되지 못했다는 자책감을 가지고 살아온 현진건의 뒤통수를 동아일보가 무지막지하게 갈긴 것이었다. 아직은 〈새빨간 웃음〉 연재가 중단되리라고 짐작하지 못하던 시점이었으므로 현진건은 《개벽》에 실린 〈새빨간 웃음〉 첫 회 내용 끝의 '繼續

(계속)' 글자를 바라보면서 유쾌한 기분을 즐기고 있었다.

그때 갓 인쇄가 끝난 당일 동아일보가 향기로운 잉크냄새를 풍기면서 현진건의 책상 위에 놓인다. 조선일보·《동명》·시대일보를 거쳐 동아일보로 옮겨진 지 두 달밖에 되지 않은 현진건이 동아일보 편집국 자기 책상에 앉은 채 1925년 11월 1일치 동아일보를 넘기다 말고 의자 옆으로 '쿠당탕!' 넘어진다. 요란한 소리가 나자 편집국 안의 모든 사람들이 두 눈을 크게 뜨고 현진건 쪽을 바라본다. 하지만 막상 현진건 본인은 미처 남들이 주목하는 줄도 알지 못할 만큼 충격을 받은 상태다.

'이게 뭐야?'

그야말로 놀라고 자빠질 일이었다.

'독자 과제, 기자 기사' 형태의 연재 기획물 〈독자와 기자〉가 그날부터 새 내용을 담기 시작했다. 무심코 읽으니, 제목 글자들이 "기미 春에 변장 出境, 昔日은 화류 名星, 화조월석의 번화한 화류계를 떠나 상해로 가기까지의 짤막한 로맨스, 6년간 소식 없는 현계옥 내력"이었다. 화류계의 이름난 별이었던 현계옥이 짧은 로맨스를 남기고 1919년 봄 국경을 넘어 상해로 떠나갔는데, 그 이후 6년에 걸친 내력이 궁금하다는 독자의 요청이 있어 오늘부터 그에 대해 취재한 결과물을 연재한다는 뜻이었다.

'뭐가 어쩌고 어째?'

털썩 바닥에 주저앉은 상태이면서도 현진건은 화가 머리끝까지 솟구쳐 올랐다. 그 바람에, 넘어졌던 현진건이 용수철처럼 벌떡 일어선다. 지켜보던 기자들이 오히려 놀라서 뒷걸음질을 칠 지경으로 현진건의 동작은 날렵했다.
　현진건이 두 팔로 책상을 짚고 서서 신문을 다시 읽는다. 아니나 다를까, 기사 본문에는 현계옥이 '현어풍(玄御風= 가명)이란 청년'을 따라 상해로 갔다는 사실까지 명기되어 있다.
　'가명? 가명이라고 써놓은 것이 무슨 의미가 있나? 형과 현계옥의 관계는 세상이 다 아는데! 우리 신문이 무엇 때문에 현계옥이를 다루며, 형과 연애담은 또 왜 미주알고주알 써댄단 말인가? 그것도 내가 엄연히 이 신문사 기자로 있는데 한 마디 상의도 없이?'
　현진건의 얼굴이 점점 붉어진다. 낌새를 알아챈 다른 기자들은 슬금슬금 현진건의 낯빛과 눈빛을 살피면서 상황을 지켜보고 있다. 신문을 자신의 책상 위에 내동댕이친 현진건이 자리를 박차고 편집국장 자리를 향해 나아간다. 마침 편집국장 홍명희는 주필실에 가고 없다. 그래도 '편집국장 홍명희' 명패는 공중으로 치솟았다가 땅바닥으로 내던져진다. 현진건이 집어던진 것이다.
　난장판이 벌어졌는데 편집국장석 바로 앞자리 즉 학예부장 자리의 주인이 줄곧 '나 몰라라' 할 수는 없는 일이다. 학예부장 허영숙이 얼떨결에 자리에서 일어선다. 와병 중인 남편을 대신하여 신문사에서 근무해오던 허영숙은 배우자가 이광수라는 후광에다가 그녀 본인이 조선 최초의 여자 의사라는 이력에 힘입어 학예부장에 취임해 있었다. 하지만 상황이 상황인 만큼 당혹감과 난처함에 놀란 그녀의 얼굴은 평상시의 빛을 아주 잃어버렸다. 간신히,

"무, 무엇 때문에, 이, 이렇게 소란을 피우는 겝니까?"

라고 한마디를 하였다가, 면전에 현진건의 고함소리가 떨어지자 그만 혼비백산을 한다.

"오? 학예부장도 간부회의에 참석을 했을 테니 현계옥 기사가 나온다는 사실을 사전에 알았겠군요? 대답을 해보시지요? 이런 것이 무엇 때문에 우리 신문에 게재가 된 겁니까?"

주춤주춤 물러서면서 허영숙이,

"그, 그래도, 이렇게 고함을 질러서 될 이, 일은 아니지 않나요? 으, 음성을 낮추고, 아, 앉아서 차, 차근차근하게 이야기를 해보심이 …?"

하고 말리듯이 말을 해보지만, 현신건의 고성은 기세가 꺾일 기색이 아니다.

"이게 침착하게 말할 수 있는 사안입니까? 누가 이런 기사를 신문에 싣기로 결정을 한 겁니까? 편집국장입니까? 주필입니까?"

허영숙이 대답을 할 수 있는 사안이 아니다. 여전

히 얼굴은 하얗게 질려 있지만 그래도 놀란 심장만은 어지간히 가라앉힌 그녀가 간신히,

"빙허 선생에게 마음적으로 부담이 된다는 점 때문에 다들 신경을 썼지만, 그래도 내용이 독립운동 관련이라… 나라와 민족을 위해서…."
라고 대답한다.

그 말에 현진건은 차마 '그렇다면 학예부장 선생의 남편은 상해에서 계속 독립신문 발행을 책임지지 않고 무엇 때문에 귀국을 하시었소? 나라와 민족을 위해서라면 동아일보에서 월급을 받는 것보다는 독립신문에서 무보수로 복무하는 것이 훨씬 보람있는 활동이 아니었을까요…? 궤변을 늘어놓아도 분수가 있어야지!' 하고 허영숙을 쏘아붙이지는 못한다. 이광수는 현진건 본인이 상해에 머물고 있을 당시 형 현정건의 임시정부 동지였다. 나이도 형과 같고, 천하가 알아주는 유명인사이기도 하고, 한때《백조》동인이기도 했다. 이래저래 얽힌 인연을 떨쳐버리지 못한 현진건은 이도 저도 못한 채 망설이다가 마침내 국장의 책상 위를 주먹으로 내리쳤다. '쾅!' 소리가 편집국 안에 울려 퍼졌다.

책상 위에 박힌 주먹을 부르르 떨던 현진건이 다시 몸을 세워 어디론가 달려간다. 주필실이다. 문을 '쾅당!' 하고 열치고 들어서는데, 송진우 주필과 홍명희 편집국장이 웃는 얼굴로 그를 바라본다. 누군가가 어느새 편집국에서 벌어진 소동을 보고한 모양이다.

미처 현진건이 항의를 시작하기도 전에 송진우가 다독인다.

"지면에도 그렇게 밝혀놓았지만… 경성에 사는 김영식이라는 독자가 요청을 한 사안이지 않나? 그렇잖아도 빙허와 유관한 사안이라 신경이 많이 쓰였지만, 독자가 원하는 일인데 무시를 할 수도 없었고…."

"독자가 보도해 달라고 한다고 모두 기사화를 합니까?"

"어허, 사람도… 기사 본문에도 은연중 문장화를 해 놓았지만, '현계옥은 남다른 뜻으로 상해에 갔다', '현어풍이라는 청년은 시국에 대하야 남다른 불평을 품고 혹은 중국으로, 혹은 노령(러시아)으로, 혹은 일본으로 각지로' 돌아다녔다 등등, 사실상 독립운동 이야기를 독자들에게 전달하는 데 목적을 둔 기사 아닌가? 현계옥의 연애 이야기를 보도하는 척하면서 독립투쟁을 전달할 수 있으니 기삿감으로는 이만한 재료도 없지 않나? 이해를 해주시게."

논리상 송진우의 변명에 큰 하자가 있는 것도 아니지만 여전히 현진건은 분을 삭이지 못한 음성으로 항변한다.

"그렇다고 나한테 일언반구도 없이 기사화를 한다는 것이 말이 됩니까? 가명으로 썼다고는 하지만 모두들 현어풍이 나의 형 현정건인 줄 다 아는데… 이 기사를 보는 나의 형수는 마음이 어떻겠습니까? 그런 측면은 생각이나 해보았습니까?"

"자네한테 미리 상의를 했으면 신문에 싣는 것이 가당키나 했을까? 공과 사를 분별할 수밖에 없다고 헤아려 주시게나. 언론을 통해 나라의 독립에 기여하려는 것이 우리 모두의 공통된 마음 아닌가?"

이날 저녁 주필 송진우는 따로 술자리까지 만들어 현진건을 위로했다. 두 사람 외에 신문사 간부들도 대거 참석하였다. 송진우는 서른아홉, 현진건은 스물일곱, 나머지 참석자들도 대체로 서른 안팎이었으니, 모두들 당대의 사회 지도층이었지만 나이로 치면 혈기방장한 청년들이었다. 한참 술을 주고받으면서 이런저런 이야기를 나눈 끝에 송진우가,

"내일 하루는 현계옥 기사를 내보내지 않겠네. 그렇게라도 우리가 빙허의 마음을 알고 있다는 표시를 낼 테니 이제 그만 화를 푸시게나."

라며 다시 한번 현진건을 달랬다. 그러자 재차 분이 솟구친 현진건이 갑자기 자리에서 일어나,

"그래봤자 독자들의 궁금증만 더욱 유발하지 무슨 도움이 있습니까? 가련한 막내형수, 신문 보고 얼마나 낙담을 하실까…!"

하며 한탄을 하더니,

"당신은 술이나 먹어라, 먹어라!"

하고 술잔을 내미는가 싶은 순간, 돌연 송진우의 뺨을 '철썩!' 소리가 나도록 갈겼다. [29] 그래도 송진우는 '허허!' 웃으면서 현진건을 부둥켜 안는다. 허영숙이 어쩔 줄 몰라 안절부절 몸을 허둥대지만 송진우

도 현진건도 미동 없이 계속 그렇게 붙어 있다. 방 안에 있던 다른 사람들도 반은 웃고, 반은 엉거주춤한 표정을 짓고 있다.

과연 다음 날 신문에는 현계옥 기사가 실리지 않았다. 하지만 그 이튿날부터 〈6년 간 소식 없는 현계옥 내력〉은 다시 속개되었다. 모두 여섯 차례가 연재된 기사는 현정건이 현계옥에게 "오빠"라고 부르지 못하게 했다는 이야기, 전라북도 옥구의 전 아무개라는 청년이 현계옥에게 같이 살자고 했다가 한 마디로 거절당한 이야기, 현계옥이 현어풍에게 "여자로만 여기지 말고 동지로 여겨달라"고 하여 그녀도 상해로 가게 되었다는 이야기, 현계옥이 김원봉을 만나 의열단 단원이 되었다는 이야기, 현계옥이 서양 남자와 부부인 척하여 폭탄을 운반해낸 이야기 등등 소상하게도 보도하고 있었다.

송진우나 허영숙의 공언대로 현계옥 기사는 우리나라 독자들에게 독립운동 이야기를 감명깊게 전해주었다고 평가할 만한 출중한 기획보도임에는 틀림이 없었다. 그렇다 하더라도, 현진건에게 이 기사의 가장 큰 문제는 시종일관 현어풍을 현계옥의 '남편'이라고 기술한 사실이었다. '형이 현계옥의 남편이라면? 그렇다면 윤덕경은 형의 무엇인가?' 막내형수에게 할 말이 없게 되었다는 점을 생각하면 현진건은 넋이 나갈 지경이었다.

'나 본인이 동아일보 기자인데, 그 동아일보가 여

섯 차례나 되도록 현계옥 기획 기사를 연재하면서 "현정건과 현계옥이 부부 사이"라고 온 세상에 공언하는 사태가 일어났으니, 더할 나위 없을 만큼 충격을 받았을 막내형수에게 내가 무엇이라 변명을 할 수 있으랴!'

혼자 술집에 앉아 독주를 들이키면서 현진건은, '중국에 남아 무장 독립운동에 투신을 했어야 옳았는데… 무엇하러 귀국을 해서 이런 꼴로 살아가고 있단 말인가… 막내형수는 또 무슨 낙으로 살아서 숨을 쉬고 있을까… 기대를 걸었던 작은오빠 윤현진은 온몸을 던져 임시정부 건설과 활동에 매달렸다가 젊은 나이에 세상을 떠나버렸고, 중국으로 떠나면서 문제 해결을 위해 애써보겠다고 맹세했던 시동생은 하는 일도 없고 귀국해 버렸고… 남편도 아무 소식이 없고… 신문까지 나서서 다른 여자가 남편의 아내라고 보도하고… 게다가 하나뿐인 시동생이 그 신문의 기자로 재직 중인데도… 도대체 무슨 희망이 있어 막내형수는 하루 하루를 버텨내고 있을까…?'
하고 혼잣말을 중얼거린다.

'신문은 틀림없이 보셨을 것이고… 막내형수가 뭐라고 연락을 해올 텐데… 어째서 그런 식으로 기사가 났을까요? 그렇게 되도록 시숙은 무엇을 했나요? 막내형수가 그렇게 물어오면 할 말이 없으니 나는 어쩌면 좋단 말인가…?'

그러나 윤덕경은 시동생 현진건에게 아무 말도 하

지 않았다. 윤덕경이 현진건에게 마음의 말을 곡진하게 토로한 것은 그로부터 무려 7년이나 흐른 1933년 2월 8일이었다.

9. S를 죽인 내가 죄인입니다

"창작집을 간행해서 지금까지의 작품 활동을 총점검했으니 이제는 어떠한 새로운 길을 개척할 계획이신가?"
《조선의 얼골》 출간 기념회에서 이상화가 그렇게 물었을 때 현진건은,
"끊임없이 고민을 하고 있네. 〈고향〉보다 좀 더 진전된 내용을 다루어야 하지 않겠는가?"
하면서 생각이 많은 표정을 지었다. 이상화가 고개를 끄덕이면서 말했다.
"〈고향〉을 읽으면서 나도 그리 짐작을 했네. 노동자인 '그'와 지식인인 '나'가 항일 민족의식으로 가득 찬 민요를 독자들에게 들려주면서 '동행'을 하지 않았는가? 소설에는 나오지 않지만, 만약 현실이라면 나는 그 두 사람이 압록강을 건너 만주로 가지 않았을까 짐작하네."
그러자 현진건이 엄지손가락으로 입술을 살짝 가리며,

"쉿! 천기를 누설하면 하늘이 벌을 내린다는 사실을 모르는가?"
하였다. 이상화가 '껄껄~!' 소리를 내어 웃으면서 화답했다.
"조금은 괜찮겠지? 하눌님도 융통성이 있으실 터…! 벗 사이에 인지상정으로 조금씩 미래 계획을 공유하는 것 정도는 용서를 하실 것이야!"
"허허, 그렇겠군! 일제의 검열망을 피하면서도 우리 민족의 당대 과제에 초점을 맞춘 그런 작품을 구상 중일세. 그러려면 인물 배치와 구성 등 여러 면에서 단선적인 단편으로는 형상화하기가 아무래도 무리일 것이야. 그래서 장편을 계획하고 있네."
"자네는 본래부터 내용적 가치가 중요하다고 인식해온 작가 아닌가? 서사는 창조하면 되겠지만 검열 때문에 형식이 더 문제가 되니 이거야 원… 본말이 전도되어도 성도가 있어야지! 왜놈들에게 나라를 빼앗긴 채로 살다보니 꼴이 말이 아니야! 참으로 '술 권하는 사회'르세!"
"아무튼… 궁리를 해서 좋은 기법을 찾아야지."
그래도 《조선의 얼골》 출간 기념회 때 현진건의 낯빛은 일찍이 본 적이 없을 만큼 보기 드물게 밝고 화사했다. 그래서 백기만이,
"빙허! 수작들을 실은 창작집 출간을 다시 한번 경하하네. 그래서 그런지 정말 얼굴빛이 좋아! 아주 눈이 부셔!"

하고 덕담을 하였고, 그 말을 받아 이장희도,
"그럼, 당연하지 않고! 얼마나 뜻깊은 일인가! 훌륭한 창작집 발간으로 문단의 대단한 주목도 받고, 이번 출간을 계기로 향후 창작 방향도 분명하게 확정을 할 터이니 어찌 기분이 상쾌하지 않겠나!"
하며 맞장구를 쳤다. 그만큼 현진건의 안색이 그날 유난히 밝았던 것이다.

그런데 문학적 전향은 현진건보다 이상화가 먼저 결실을 맺었다. 그 동안 〈나의 침실로〉 등 '백조파'다운 작품을 발표해온 이상화는 1926년 6월호 《개벽》에 〈빼앗긴 들에도 봄은 오는가〉를 내놓으면서 민족문학 경향을 강력하게 드러내었다.

지금은 남의 땅 ― 빼앗긴 들에도 봄은 오는가?

나는 온 몸에 햇살을 받고
푸른 하늘 푸른 들이 맞붙은 곳으로
가르마 같은 논길을 따라 꿈속을 가듯 걸어만 간다.

입술을 다문 하늘아 들아
내 맘에는 내 혼자 온 것 같지를 않구나!
네가 끌었느냐 누가 부르더냐 답답워라 말을 해다오.

바람은 내 귀에 속삭이며
한 자욱도 섰지 마라 옷자락을 흔들고

종다리는 울타리 너머 아가씨같이 구름 뒤에서 반갑다 웃네.

고맙게 잘 자란 보리밭아,
간밤 자정이 넘어 내리던 고운 비로
너는 삼단 같은 머리털을 감았구나. 내 머리조차 가뿐하다.

혼자라도 가쁘게 나가자.
마른 논을 안고 도는 착한 도랑이
젖먹이 달래는 노래를 하고, 제 혼자 어깨춤만 추고 가네.

나비, 제비야, 깝치지 마라.
맨드라미 들마꽃에도 인사를 해야지.
아주까리기름 바른 이가 지심 매던 그 들이라도 보고 싶다.

내 손에 호미를 쥐어다오.
살진 젖가슴과 같은 부드러운 이 흙을
발목이 시리도록 밟아도 보고, 좋은 땀조차 흘리고 싶다.

강가에 나온 아이와 같이,
셈도 모르고 끝도 없이 닫는 내 혼아,
무엇을 찾느냐 어디로 가느냐, 웃어웁다, 답을 하려무나.

나는 온 몸에 풋내를 띠고,
푸른 웃음 푸른 설움이 어우러진 사이로,
다리를 절며 하루를 걷는다. 아마도 봄 신명이 지폈나 보다.

그러나 지금은 — 들을 빼앗겨
봄조차 빼앗기겠네.

　1932년 4월 29일 상해 홍구공원에서 폭탄을 던져 일본군 육군대장 등을 처단하는 윤봉길 지사가 중국으로 망명해 독립운동에 투신하기로 결심하는 데에는 《개벽》 1926년 6월호에서 〈빼앗긴 들에도 봄은 오는가〉를 읽은 것이 큰 계기로 작용했다는 사실은 뒷날 널리 알려졌다.[30] 그에 견줄 때, 현진건이 〈적도〉의 전신인 〈해 뜨는 지평선〉을 집필한 일은 순서가 그와 반대였다.
　절친한 벗 상화가 빼어난 민족시 〈빼앗긴 들에도 봄은 오는가〉를 발표한 것을 보고 너무나 기뻐하고 축하했지만, 정작 본인은 낙엽이 우수수 떨어지는 늦가을이 되도록 새롭게 시도할 장편소설의 개요도 작성하지 못한 채 시간만 흘려보냈다. 그러던 중 해를 넘겨서는 안 된다는 결기가 들었고, 첫 회만 선보이고 중단한 〈새빨간 웃음〉을 개작해서 발표하기로 마음을 정했다. 비록 서사의 전체 골격을 완성하지는 못했지만 그것은 연재를 하는 중에 차차 보완을 해서 해결하기로 하고, 우선 첫 발표부터 개시해야겠다고 결심했던 것이다.
　'시작이 반이라고 했으니 일단 첫걸음을 떼어놓으면 어떻게든 완성까지 갈 수 있겠지….'

제목은 〈해 뜨는 지평선〉으로 정했다. 독립된 나라, 우리 한국인들의 희망이 엿보이는 새 나라를 암시하는 뜻이었다. 〈새빨간 웃음〉의 병일을 〈해 뜨는 지평선〉에서는 박병래로, 〈새빨간 웃음〉의 경화를 〈해 뜨는 지평선〉에서는 윤애경으로 바꾸었다. 〈해 뜨는 지평선〉에는 〈새빨간 웃음〉에 나오지 않는 '김좌진의 부하' 김활해를 주요 인물로 등장시켰다. 김좌진의 부하는 배재학교 4학년 때 삼일운동에 적극 가담했고, 그 후 상해로 망명하여 가정부(임시정부)에서 활동한 이력이 있는 인물로, 군자금을 모으기 위해 국내에 잠입한 것으로 배치했다.

하지만 그것을 서사의 중심축으로 했다가는 즉각 총독부의 검열에 걸려 독자와 만나는 것이 불가능해진다. 현진건은 대부호 박병래와 음악가 출신 젊은 여성 윤애경을 부부로 설정하고, 김활해와 윤애경이 과거 연인이었으며, 박병래 윤애경 부부의 결혼 피로연에 김활해가 침입하여 칼을 휘두르는 것으로 소설 서두를 조직했다. 소설의 전체 갈등이 치정 관계를 둘러싸고 흘러가는 양 위장한 것이었다. 이윽고 현진건은 며칠 전에 1회분을 써서 《조선문단》에 넘겼다. 그렇게 한 해가 저물어가고 있었다.

1926년 12월 28일 오후, 대구에서 피체되어 혹독한 고문을 당하며 옥중에 갇혀 있던 이종암 지사에게 일제가 징역 13년을 언도했다는 소식이 동아일보 편집국으로 들어왔다.

의열단 사건은 28일 오후 10시40분 대구 지방법원 2호 법정에서 금천金川 재판장으로부터 이종암李鐘岩에게 징역 13년, 배중세裵重世에게 1년, 한봉인韓鳳仁에게 8개월에 2년간 집행유예에 처하되, 미결 기한을 200일 간으로 가산한다는 판결 언도가 있었는데, 법정에는 방청인이 만원이었고, 경관의 엄중한 경계가 있었다.

대구지사가 보내온 기사를 읽으면서 현진건은 걱정에 휩싸였다.
'건강도 좋지 않다던데 …. 이종암 선배가 악랄한 고문과 열악한 감옥살이를 무사히 버텨낼 수 있을까…? 세상을 떠나지 않고 어떻게든 살아서 다시 만날 수 있어야 할 텐데….'
답답한 가슴을 짓누르면서 현진건은 본문에 '의열단 이종암 13년 언도, 어제 대구법원의 판결'이라는 제목을 붙였다. 내일 신문에 실릴 내용이므로 지금 제목을 붙여서 인쇄 부서로 넘겨야 한다.
"이종암 지사가 의열단이라는 사실이 강조된 제목이군요. 과연 기사 제목을 붙이는 데에는 천부의 재능을 타고 나셨습니다. 잠깐 사이에 어찌 이런 제목을 뽑을 수 있는지 참 신기합니다."[31]
같은 사회부 장용서 기자가 현진건에게 감탄사를

연발한다.

"뭐, 별 것이라고…."

그러는 순간, 총소리가 편집국 유리창을 뚫고 사람들의 고막을 흔든다. 오후 2시경, 소리가 난 곳은 황금정(현 을지로) 일대다.

"동척 쪽이야!"

누구랄 것도 없이 이구동성으로 동양척식주식회사 경성지점을 지목한다. 다른 곳도 아니고 동척 일대에서 총소리가 났다! 아무리 신문사 편집국이지만 기사 쓰고 제목 붙이는 일에 집중을 할 수 있는 국면이 아니다. 모두들 계단을 뛰어내려 밖으로 달려 나간다. 동척 경성지점은 신문사 출입문에서 동남쪽이다. 총독부의 철거 계획 발표로 온 나라가 시끌시끌한 광화문을 오른쪽에 둔 채 다들 동척 방향을 응시한다.

의열단 나석주 지사가 오전에 조선식산은행과 동양척식주식회사 경성시점을 사진 답사한 후, 조금 전인 오후 2시 5분경 식산은행에 폭탄을 던지면서 시작된 사건이었다. 곧 이어 나 지사는 2시 15분쯤 동척으로 달려갔다. 그는 동척 현관에서 일본인 한 명高木吉光과 동척 직원 한 명武智光을 사살한 뒤 2층으로 올라가 토지개량부 기술과장실 차석大森太四郞을 거꾸러뜨렸고, 달아나는 과장도 추격하여 쓰러뜨렸다. 이어 폭탄을 개량부 기술과실에 투탄했다. 그러나 불발이었다.

나석주는 동척 사옥으로 들어올 때 밟았던 길을 되

돌아 나가면서 일본인 두 명을 더 저격했다. 건물을 벗어난 나석주는 권총을 든 채 황금정 거리로 나섰다. 총소리를 듣고 달려온 경기도 경찰부 경부보田畑唯次도 가슴을 쏘아 쓰러뜨렸다. 신고를 받고 순사들이 몰려왔다. 이렇게 연이어 터진 총소리가 동아일보 유리창까지 뒤흔든 것이었다.

나석주는 황금동 2정 삼성당 건재약국 앞에 이르러 권총으로 자신의 가슴을 세 번 쏜 뒤, 순사들을 향해 남은 탄환을 발사하면서 그 자리에 혼절했다. 나석주는 경기도 경찰부 차량에 실려 총독부 병원 외과 수술실로 옮겨졌다. 그는 한참 지난 후 겨우 의식을 되찾았지만, 굳게 입을 다문 채 아무 말도 하지 않았다. 일제 경찰이 나석주에게,

"너는 어차피 죽는다. 이름이라도 밝혀두는 것이 좋지 않으냐?"

하였다. 그제야 나석주는 대답을 했다.

"나는 황해도 재령군 북률면 남도리 나석주다."

일경이 다시 물었다.

"의열단원인가?"

"그렇다."

그 후 나석주는 더 이상 말이 없었다. 그리고 이내 숨을 거두었다. 1926년 12월 28일 오후 네 시경이었다.

현진건은 사건 기사에 '대낮 폭발한 근래 초유의 대사건, 동척과 식산 은행에 폭탄 투척, 권총을 난사

하여 일거에 7명 저격, 12월 28일 오후 2시 황금정의 일대 참극, 탈출한 범인은 길에서 자살, 가두에서 경부 사격, 다음은 자기 가슴에 총격' 등의 크고 작은 제목을 붙여 본문 앞에 커다랗게 게시했다. 사진부에서는 나석주 의사의 사진을 긴급히 구해서 지면에 반영하는 데 성공했다. 하지만 총독부의 보도 통제 탓에 나석주 의사의 거사는 이듬해 1월 13일에야 신문에 실렸다. 그래서 '12월 28일'이 '작년 12월 28일'로 바뀌었다.

당일, 밤늦게 귀가한 현진건은 〈해 뜨는 지평선〉 원고뭉치를 꺼내었다. 이종암의 고난에 대한 안타까움, 나석주의 죽음에 대한 분통, 두 사람에 대해 이야기하면서 동료들과 마셔댄 폭음으로 머리부터 팔다리까지 온몸이 끝없이 지쳐 있었지만, 현진건은 마치 하루 내내 아무 일도 없이 평온한 시간을 보냈던 사람처럼 반듯하게 앉아서 〈해 뜨는 지평선〉의 줄거리를 가다듬고, 일부는 본문도 썼다. 대단원 부분에 도달하면 김활해가 나석주 의사처럼 자폭하도록 설정하고, 세상물정 모르고 살아온 박병래의 여동생 등 여러 인물들도 우여곡절 끝에 독립군이 될 결심으로 압록강을 건너는 입체적 인물로 배치했다.

변화를 준 부분은, 〈고향〉에 빗대어 말하자면 '나'와 '그'를 서울에서 하차시키지 않고 곧장 국경을 넘는 것으로 바꾼 셈이었다. 실제 현실로는, 허위 의병대장의 제자 박상진이 평양 법원에 부임하지 않고 중국에 망명한 일을 소설로 재현한 형국이었다. 나석주 지사의 동척 의거를 계기로 현진건은 소설 속에 독립운동 관련 내용을 본래 초안보다 훨씬 강화했던 것이다.

그렇다 해도, 현진건의 변화는 낭만에서 민족으로 전향한 이상화의 변신과는 경우가 달랐다. 그 동안 〈술 권하는 사회〉, 〈운수 좋은 날〉, 〈고향〉 등 민족주의 경향의 소설을 주로 발표해온 현진건이었으므로 내용상 돌변을 보여준 것은 아니었다. 단편에서 장편으로 갈래를 바꾼 시도일 뿐이었다.

하지만 본격적으로 시도한 첫 장편 〈해 뜨는 지평선〉은 3회로 발표가 끝나버렸다. 1회로 그친 〈새빨간 웃음〉보다는 연재 횟수가 길었지만 초반부에 막을 내렸다는 점에서는 대동소이한 사태였다. 운영 자금을 조달하지 못한 《조선문단》이 1927년 3월호를 낸 후 잡지 발간을 중단해버린 때문이었다.

낙담한 현진건은 붓을 놓고 말았다. 그 이후 2년 4개월이라는 긴 시간 동안 현진건은 소설을 쓰지 못했다. 피가 마르도록 궁리한 끝에 독립운동 이야기를 기술적으로 담아낸 작품을 간신히 창작해본들 발표 지면이 없는 현실 앞에서 현진건은 아무 것도 할 수가 없었다.

게다가 그 중간에 형 현정건이 일제에 붙잡혀 투옥되는 일까지 벌어졌다. 1928년 3월이었다.

상해 프랑스 조계 안에서 독립 운동가들이 활동을

펼치는 것은 1919년 이래 비교적 안전했다. 그런데 장개석이 폭력적 방법으로 '청당淸黨'을 밀어붙이면서 사정이 뒤집어졌다. 그 동안 중국 통일을 목표로 국민당과 공산당이 협력해서 조직한 국민혁명군이 통일 반대 세력인 북쪽의 군벌들을 타도하기 위해 추진해 온 북진이 차질없이 성과를 거두어왔고, 남경과 상해까지 점령하면서 최종 통일이 눈앞에 다가왔다.

그 과정에 장개석은 20만 군대를 거느리게 되었는데, 노동자들의 무장 봉기가 일어나자 재벌들은 장개석에게 결단을 촉구했다. 장개석은 국공 합작을 파기하고 권력을 독점하기로 작심, 1927년 4월 12일 군대와 폭력배들을 동원해 시위 군중을 습격하고 기관총 사격을 실시했다. 광동성에서만 2,000명이 피살되었다. 혼란 중인 4월 28일에는 구강서점 주인 아들의 스승인 공산당 지도자 리다자오李大釗가 북방 군벌에게 처형되기도 했다.[32]

이때부터 프랑스는 자신들의 조계 안에서 한국 좌파 독립운동가들이 활동하는 것을 못마땅하게 여기기 시작했다. 급기야 프랑스는 일본 경찰이 법조계 안으로 들어와 지사들을 체포하는 데 도움을 주기까지 했다. 그 바람에 현정건이 일제에 끌려가는 사태가 발생했다. 신의주의 최창조·이희적·탁창하, 진주의 손홍팔, 그리고 친형인 현석건 등 여러 변호사들이 자진하여 힘을 보탰어도 4년3개월에 걸친 투옥과 고문을 막아낼 수는 없었다.

현정건은 1932년 6월 10일 출옥했다. 그러나 고문 후유증과 오랜 영어 생활로 얻은 병으로 말미암아 6개월 만인 1932년 12월 30일 세상을 떠나고 말았다. 동아일보가 1933년 1월 1일 신문에 그의 얼굴 사진과 함께 '출옥 후 병고 중이던 현정건 씨 영면, 30일 오후 의전병원서, 분투와 고난의 일생'이라는 제목의 부음 기사를 실어 애통해 했지만, 그렇다고 현정건이 다시 살아서 돌아올 리도 없는 일이었다.

그것으로 끝이 나지도 않았다. 형이 죽고 난 이래 41일째 멍한 마음으로 신문사 의자에 몸을 얹고 있는 현진건에게 전화가 왔다. 다가오는 49재를 앞두고 현진건의 심정이 점점 가라앉고 있던 무렵이었다. 전화는 대구에서 아버지 현경운이 걸어온 것이었다.

"예, 접니다. 어찌 전화를 다 하셨는지요?"

현경운은 다 죽어가는 목소리로,

"어, 서, 대구로, 조, 좀, 내려, 오너라…."

하였다. 너무나 가늘고 힘이 없는 음성이어서 처음에는 무슨 말을 하는지 알아들을 수도 없었다. 현진건이,

"예? 무슨 말씀이신지요? 알아들을 수가 없습니다."

하고 큰 소리로 되물었다. 그러나 저쪽에서는 재차 다 죽어가는 기색의 중얼거림만 들려왔다.

"내, 가, 다, 죽어… 간다…. 네가, 어서, 좀, 와야겠다…."

놀란 현진건이,

"뭐라구요? 뭐라고 하셨어요? 아버지!"

하고 고함을 질렀지만, 이미 현경운은 전화통을 놓아 버린 뒤였다. 먹통이 된 전화기에 대고 현진건이,

"죽어간다고요? 아버지가 돌아가시기 직전이란 말입니까?"

하고 확인차 물어보지만, 공연히 편집국의 다른 사람들만 놀라게 할 뿐이었다. 모두들 '저 집에 또 누가 죽었다는 말인가?' 하는 표정으로 안타깝게 현진건을 쳐다본다.

황망해진 현진건은 '신문사 일은 내가 알아서 처리를 할 터인즉 일단 대구로 출발하십시오'라고 말하는 장용서 기자를 뒤로 하고 동아일보 건물을 빠져나와 부랴부랴 경성역(현 서울역)으로 달렸다.

기차는 캄캄한 밤에야 현진건을 대구 계산동 집으로 데려다 수었다. 허위허위 대문 앞에 도착하니 백기만과 이상화가 마치 초병처럼 양쪽에 나뉘어서 서 있다.[7] 조등이 걸려 있지는 않지만 어쩐지 공기가 이상하다. 여느 때 같으면 현진건이,

"어찌 여기들 서 있나? 무슨 일인가?"

하고 묻기도 전에 두 사람이,

"어서 오게. 반갑네."

라고 인사들을 할 일이지만, 진건이 그렇게 먼저 까

---

[7] 이장희는 1929년 11월 3일 스스로 생을 마감하였으므로 이날 계산동 집 앞에서 현진건을 기다릴 리가 없다.

닭을 묻는데도 오늘은 두 사람 모두 아무 말이 없다. 그러다가 이상화가,

"안으로 들어가 보게. 기다리고 계시네."
한다. 아버지 현경운이 기다리고 있다는 이야기다. 그러는 두 벗을 멍하니 바라보다가, 이윽고 말없이 고개를 끄덕이면서 진건이 뜰을 거쳐 본채로 가는데, 현경운이 정말 거의 죽어가는 사람인 양 흐느적거리면서 대청으로 나온다.

"와, 왔, 느, 냐…."

현진건은 신문사에서 전화를 받을 때에도 '아버지 별세'가 아닌 줄이야 알고 있었지만, 겨우 거동을 하는 현경운을 보자 '다 죽어간다'면서 자신을 이곳까지 오게 한 사유가 무엇인지 더욱 가늠할 수가 없다. 그런 생각이 낯빛에 드러났는지 현경운이 종이 한 장을 내밀며,

"이, 이것을, 보, 보아라…."
한다.

"뭡니까? 아버지?"

"바, 아, 라…."

현진건이 종이를 펼쳐든다. 누군가가 자신에게 보낸 서한이다.

놀랍게도 문장이 '시숙'으로 시작되어 있다. 그렇다면? 형수가 썼다는 말이 아닌가! 황급한 마음으로 읽어 내려간다.

싀숙(현진건)이여, 이 고절한 형수는 생각고 또 생각고 천만 번 생각하여도 싀숙형님(현정건)에게 대한 유감이 한두 가지가 아니오니 안해 된 나로서는 잊고자 하여도 잊을 수 없고, 또 형수의 지나간 일을 회고하고 앞길을 생각하니 희망 없는 이 인생이 살아 무엇하리요? 차라리 죽어 남편의 뒤를 따라감만 같지 못합니다. 쓸쓸한 세상을 등지고 멀고 먼 저 나라로 끝없이 한없이 싀숙형님을 찾아서 영원히 갑니다.

싀숙이여, 많은 수고를 끼치오니 미안한 말씀 어찌 다 기록하리까. 용서하시고, 죽은 몸이라도 형님과 한 자리에서 썩고자 하오니 같이 묻어 주시고, 형편이 되는 대로 이 두 백골을 선산에 안장하여 주소서. 우리 내외 사십이 넘었으나 남녀 혈육이 업스니 백골인들 거두어 줄 이 업고 불쌍히 생각할 이 업스니 모든 것을 싀숙에게 부탁합니다. 할 말이 첩첩하오나 눈물이 앞을 가리어 흉장이 막히어 이만 적나이다.

1933년 2월 8일

셋째형수

빚을 정리 못하여 나날이 미루다가 지금 대강 정리하엿습니다. 나머지 빚은 살림 방매해서(팔아서) 갚아주소서.

"이, 이게… 어, 어찌된…."

현진건이 아버지를 쳐다본다. 현경운이 말이 없다.

'이를 누구에게 물어본단 말인가?'

언뜻 그런 생각이 현진건의 뇌를 무의식적으로 스치고 지나간다. 정신이 없는 얼떨결 중에 주변을 두리번거리니 아내 이순득이 자신을 향해 다가오면서 눈물을 쏟고 있는 것이 눈에 들어온다. 백기만과 이상화도 대문 안으로 들어와 눈시울을 붉힌 채 서 있다. 20년을 윤덕경과 함께 살아온 계모도 안방 입구에서 연신 옷고름으로 눈물을 닦고 있다. 어느덧 열일곱이 된 이복동생 성건도 갓난아기 때부터 윤덕경의 귀여움을 받으며 자란 까닭에 슬픔이 북받치지 않을 리가 없는지 훌쩍거리면서 제 어머니의 곁에 붙어 있다.

이순득이 남편을 빈소로 안내한다. 윤덕경의 빈소는 49재를 기다리며 분향소로 남아 있는 남편 현정건의 영전과 더불어 차려져 있다. 현경운은 독립운동을 하다가 아들이 죽은 것이야 세상에 부끄러울 것이 없지만, 연이어 며느리가 제 남편 탈상도 하기 전에 자진하여 목숨을 버린 일을 세상에 알려 조문객을 받을 수는 없다면서 조등도 못 달게 했다. 그렇다고 초상을 아니 치를 수는 없는 일이다. 소문을 듣고 많은 사람들이 문상을 왔지만 머물러서 술잔을 나눌 분위기는 아니었으므로 절을 마치고는 모두들 돌아갔다.

현진건이 윤덕경의 영정 앞에 엎드려 눈물을 쏟는다.

"형수님, 어쩌자고 이러셨습니까? 아무 도움도 되어드리지 못한 저는 무슨 양심으로 살라고 이렇게 스스로 세상을 버리셨습니까? 어떻게 이러실 수가 있습니까? 저한테 마지막 말씀을 남기셨습니다. 왜 저에게 남기셨습니까? 이 못난 시동생이 그래도 형수님 마음에 가장 가까운 사람이었습니까? 원통합니다, 형수님, 어허허허!"

이순득도 덩달아 통곡을 한다. 현진건의 울음이 계속 이어진다.

"어허허, 형수님! 형수님! 저에게는 어머니 같고, 누이 같기도 하고, 친근한 벗이기도 했습니다. 저는 너무 어린 나이에 생모를 잃어 그때만 해도 어머니를 여읜 슬픔을 잘 알지 못했습니다. 그런데 형수님, 어허허! 어찌 저에게 어머니를 잃는 애통함을 안겨주십니까? 저에게는 누이가 없는데, 어째서 저에게 누이를 영원히 잃는 슬픔을 주십니까? 어째서, 어째서!"

백기만과 이상화도 현진건 옆에 꿇어 앉아 있다. 두 사람도 10세 전후 어릴 때 윤덕경의 귀염을 받은 인물들이라 보통의 조문객들과는 마음의 감상이 달랐다. 게다가 시동생인 벗 진건이 저토록 온몸이 녹아내리는 애통을 드러내고 있으니 더 더욱 슬픔의 결이 짙고도 무거웠다. 이어지는 현진건의 중얼거림이 그렇지 않아도 애절한 마음을 가누기 어려워 힘겨워 하는 두 벗의 가슴을 찢는다.

"어허허, 형수님! 이럴 줄 알았으면 제가 고월(이장희)처럼 형수님보다 먼저 이 세상을 뜰 것 그랬습니다. 형수님의 이 모습을 보려고 제가 지금까지 발버둥을 치며 살았단 말입니까? 설마 무능하고 무기력한 시동생을 꾸짖으시려고 이렇게 참담한 면모를 보이신 것은 아니실 터이고, 도대체 왜 그랬습니까?

희망 없는 인생이라 하셨습니까? 어허허, 형수님! 어찌 이토록 가혹한 말씀을 남기셨습니까? 살아 있다는 것이 그래도 희망이지 달리 어떤 눈에 뵈는 희망이 별나게 있겠습니까? 원망 많은 형님 제사를 지내는 것도 살아계셔야 실천할 수 있는 희망이고, 보잘 것 없는 시동생 글도 비평해 주실 수 있으니 그 또한 희망이 아니겠습니까?

어허허, 형수님! 이제야 형수님께서 제 첫 소설을 보신 이래 아무 말씀도 아니하신 까닭이 헤아려집니다. 〈희생화〉의 S가 그렇게 삶을 마감하도록 한 것, 잘못했습니다. 제가 잘못했습니다.

어허허, 형수님, 제가 잘못했습니다. S가 왜 그렇게 죽어야 합니까? 얼마든지 이 사회를 위해서 뜻깊은 일을 할 수 있는 인재인데, 여자라는 이유로 그렇게 죽게 만들었습니다.

제가 잘못했습니다. 작가인 제가 잘못한 것입니다. 제 짧은 생각이 S를 죽였습니다. 제가 S를 죽도록 만들어 버린 까닭에 형수님도 오늘날 이처럼 세상을 버리신 것이 아닌가 하는 참담한 생각이 듭니다. 아니, 제가 형수님을 죽도록 만든 것입니다! 어허허, 형수님! 잘못했습니다, 제가 잘못했습니다!"

다른 사람들은 무슨 말인지 모르지만 백기만과 이상화는 현진건의 넋두리를 알아듣는다. 두 사람도 심장이 찢어지는 것 같고, 눈물이 범벅이 되어 앞을 분별하지 못하는 지경이 된다. 그래도 두 벗은 이윽고 '이 사람아, 진정을 하시게!' 하면서 현진건을 말린다. 현진건이 그들에게 이끌려 잠시 옆방으로 옮겨진다.

현진건이 출근하지 못하는 동안 동아일보는 윤덕경의 타계 소식을 보도했다. 동아일보 1933년 2월 12일치는 〈고 현정건씨 미망인 작야昨夜(어젯밤) 자살, 조용히 독약 마시고 따라간 윤덕경 녀사, 부군이 간 지 41일 동안 가사를 정리, 혈액에 점철된 망명가 가정, 결연結緣(혼인) 20년에 동거는 반세半歲(반 년)〉이라는 제목 아래 그녀의 죽음을 구구절절 독자들에게 알렸다.

> 20여 성상을 불우한 망녕의 생애를 보내다가 드디어 4년 3개월[33] 동안 옥중생활을 하고 나온 후 얼마 되지 아니하야 병으로 죽은 현정건 씨의 미망인 윤덕경 씨는 현씨 사후 41일 만에 현씨의 뒤를 따라 음독 자결하얏다.
> 윤씨는 23년 전 16세 되던 해에 현씨와 혼인을 하

얏스나 풍운아로 태어난 현씨는 신혼 초정이 다하기 전에 집을 떠나 해외에 망명하야 버리엇다. 그 후 윤씨는 20여 년을 하루와 같이 현씨의 돌아오기를 기다리다가 작년 7월에 평양형무소에서 출옥한 현씨를 맞아 불과 5개월 만에 현씨와 사별하야 버리엇슴으로 부질없는 운명을 슬퍼하고 당장에 현씨를 쫓아가려 하얏스나 집안사람의 감시로 그도 뜻대로 하지 못하고 그날 그날 조석상식을 현씨의 영전에 바쳐오며 지내오면서 한편으로는 가산 정리를 하여 이것이 다 마쳐지매 현씨를 따라간다는 유서를 한 장 남기고 현씨의 영전 아래서 약을 먹고 밤 12시에 그만 뜻대로 죽어버리엇다.

윤씨가 돌아가며 남겨놓은 유서의 내용에는 윤씨가 얼마나 현씨의 죽음을 슬퍼하얏스며, 또 애닯은 윤씨의 일생이 얼마나 눈물겨웠던 것을 알 수 잇으니 유서 중에

"현씨를 찾아 이 세상을 등지고 멀고 먼 저 나라로 끝없이 한없이 갑니다"라는 문구와, 죽은 뒤에 대해서는

"죽은 몸이라 하더라도 현씨와 한 자리에서 썩고자 하오니 같이 묻어주시고, 형편이 되는 대로 이 두 백골을 선산에 안장하야 주소서."

하는 문구가 잇섰다.

현씨와 윤씨 사이에는 결혼 23년에 단지 5, 6개월의 동거밖에 하지 못하야 슬하에 일점 혈육조차 없어 단지 가회동 177의 13에서 출옥 후 단아한 생활을 하다가 그와 같은 인생의 최대 비애를 남기고 죽어진 후

> 영혼의 생전이 얼마나 불우하엿든가! 지금도 그들
> 이 살던 가회동 집에는 윤덕경 씨의 문패가 남향
> 대문에 쓸쓸히 붙어 잇고, 역시 남향 대청에 현씨
> 가 출옥 후에 쓰던 회색 중절모가 걸려 잇엇다.

 동아일보는 이틀 뒤인 1933년 2월 14일 신문 1면 맨 위에 윤덕경의 죽음을 다룬 사설도 실었다. 〈변치 않는 정과 의리〉라는 제목의 사설은 또 한번 독자들의 마음을 슬픔에 젖게 했다.

> 어제 우리 신문에는 현씨의 안해 윤씨부인이 죽
> 은 남편을 따라 죽은 일을 보도하였다. 세상에 마
> 음 붙일 곳이 없어서 마침내 앞서 묻힌 남편과 썩
> 기나 같이 썩기로 결심하고 독약을 마신 것이라 한
> 다. 그가 그 시숙에게 보낸 유시를 읽을 때 누구나
> 눈물이 없지 못하였을 것이다.
> 　우리는 남녀가 정사 기타 여러 가지 자살을 종
> 종 신문에서 본다. 그러나 이번 윤씨부인이 남편을
> 따라 죽은 사건과 같이 높고 깊고 아픈 감동을 주
> 는 자살은 참으로 드믄 일이다. 예로부터 우리 땅
> 에는 죽은 남편을 따라 죽는 안해가 적지 아니하였
> 다. 이러한 안해를 열녀라 하여 나라에서 정문을
> 내리고 세상이 그와 그의 집을 높였다. 그러나 근
> 래에 와서는 차차 이러한 일이 줄어가서 거의 옛날

이야기가 되어 버리려 할 때에 이번 윤씨부인 일이 생긴 것이다.

우리는 윤씨부인의 정경에 끝없는 동정을 가지거니와 동시에 윤씨부인의 이번 행위를 사회적으로 보아서 비판을 내리지 아니할 수 없다. 첫째로 우리는 윤씨부인이 남편을 따라서 죽는다는 그 일만을 떼어서는 옳지 않다는 판단을 내리지 아니할 수 없다. 윤씨부인이 그 유서에 남겨진 교양과 식견으로 보아서 단지 옛날 사람의 본을 받아서 인습적으로 이 일을 했다고 믿지 않고 자신의 넉넉하고 또 득망한 생각을 가지고 한 것임을 믿는다.

그렇다 하더라도 그가 남편을 따라갈 길은 무덤으로 가는 길이 아니라 사회봉사의 길이었다고 보는 것이 옳을 것이다. 이만한 열정과 의리를 가진 이가 남은 인생을 세상일에 바치지 아니하고 한번 죽어 인생을 잊는 길을 취한 것은 비난하지 아니할 수가 없다. 이것은 아마 윤씨부인 한 사람의 책임이 아니요, 우리 조선 민족의 인생관의 책임일 것이다.

인생의 고뇌, 의무, 권리를 전체적으로 생각하지 아니하고 매양 개인적으로, 기껏 가족적으로밖에 더 생각하지 못하는 데 책임이 있다고 믿는다. 윤씨부인이 남편을 따라 죽는 것보다 무슨 일을 하더라도 오래 살아서 남편이 위하던 세상을 위해서 고생하는 것이 도리어 더 남편을 사랑하는 일이 되었다고 믿는다.

　그러나 우리는 위에 말한 비난을 초월하는 높고 높은 무엇을 윤씨부인의 일에서 본다. 그것이 무엇이냐. 곧 한번 허한 이에 대한 영원히 변치 아니하는 정과 의리다. 이것이 윤씨부인으로 하여금 이십 년 고절을 지키게 하고 마침내 남편을 따라 목숨을 버리는 이번 일을 하게 한 것이다. 이것이야말로 모든 조선의 여성들에게 만이 아니라 남녀를 통한 모든 조선 사람에게 잇고자 하는 높고 귀한 덕이다. 경박에 흐르려 하는 조선에 이 값진 표본을 보여준 끝에 윤씨부인의 이번 불행한 일이 효과와 위로를 찾을 것인가 한다.

10. 이렇게 환한 웃음은 10년 만에 처음

신문사 근무로 돌아왔지만 현진건은 소설을 쓰지 못했다.
처음으로 절필한 때는 1926년 1월 1~3일 조선일보에 단편 〈고향〉을 발표한 후 1927년 1월 〈해 뜨는 지평선〉 연재 시작 때까지 12개월 동안이었다. 그 후 1927년 3월 〈해 뜨는 지평선〉 3회차 발표 후 1929년 7월 〈신문지와 철창〉 발표까지 27개월에 걸쳐 또 붓을 들지 못했다. 세 번째 절필은 1931년 11월 〈연애의 청산〉 이래 형 현정건의 순국과 형수 윤덕경의 자살까지 15개월 동안이었다.
그랬는데, 윤덕경의 자살이 있었던 1933년 2월 이후에도 그해 12월 20일 동아일보에 장편 〈적도〉 연재를 개시할 때까지 10개월 간 소설을 쓸 수 없었다. 등단 이래 소설가로 활동해 온 세월이 총 12년인데 그 중 5년을 절필로 보냈다. 그만큼 마음이 이래저래 텅 비고 허하였던 것이다.
뿐만 아니라, 1934년 6월 17일 〈적도〉 연재를 마친 뒤 1938년 7월 20일 〈무영탑〉 연재를 개시할 때까지 4년이라는 긴 세월 동안에도 현진건은 소설을 쓰지 못했다. 독립운동가들의 삶을 연애소설 형식에 담아내었던 〈해 뜨는 지평선〉을 새롭게 개작하여 장편소설 〈적도〉로 발표했지만 어쩐지 마음은 텅 빈 벌판처럼 황량하기만 할 뿐 도무지 안정이 되지를 않았다.

그 동안 송계백, 윤현진, 신규식, 박은식, 김좌진, 이종암, 그리고 형 현정건이 참담하게 세상을 떠났다. 송계백은 25세의 나이로 혹독한 고문을 당한 끝에 옥사하였고, 막내형수 윤덕경의 작은오빠 윤현진은 임시정부 수립과 운영 과업에 매달려 몸을 혹사하다가 끝내 병사하였다. 신규식은 독립운동가들의 대동단결을 촉구하는 단식을 벌이던 중 43세의 나이로 분사하였다. 임시정부 2대 대통령으로 활동한 박은식은 67세 나이로 자연사를 했으니 그나마 다행이기는 했으나 그래도 병사였다. 심좌진은 공산당 계열 동포에게 암살당하였고, 의열단 부단장 이종암은 악랄한 고문과 오랜 투옥 후유증으로 순국하였다. 형 현정건도 4년 이상 고문과 옥중 취조를 당한 끝에 형기를 마친 뒤 이내 운명하였다. 현성건의 죽음 이후 윤덕경은 스스로 목숨을 끊었고, 현계옥은 러시아로 떠나버려 그 이후 행방조차 묘연해졌다.

그런가 하면, 나혜석과 최린은 프랑스 파리에서 연애 사건을 일으켜 세상 화제가 되기도 했다. 심지어 최린은 현진건이 〈적도〉를 연재 중이던 1933년부터 친일파로 변신하여 반민족 행위를 일삼았다. 배정자는 '당대 친일파 및 일본인의 두려움의 대상이었던 대한통의부 비밀암살단 박희광朴喜光의 위협으로 은퇴'34)하였는데, 그 무렵 57세이던 그녀는 25세의 일본인 순사와 살림을 차렸다.

그같은 여러 일들을 겪으면서 현진건은 소설 창작에 조금씩 열의를 잃어갔다. '민족주의 소설을 발표하는 행위가 나라의 독립에 진정 도움이 되기는 되는 것일까'라는 회의가 짙게 깃든 때문이었다. 그런 마음에 빠져 현진건이 붓을 꺾고 지내던 1935년 11월 3일, 동경에서 베를린 올림픽 출전 마라톤 대표 선발전이 열렸다. 동아일보는 경기 결과를 호외로 제작해서 배포했다.

〈조선 반도의 손기정, 마라톤 세계 최고 기록 수립!〉
〈마라톤 조선 대기염, 손기정 군 전대미문의 최고 기록 작성!〉

손기정이 세운 2시간 26분 42초는 당시 세계 최고 기록이었다. 그렇지 않아도 1932년 로스앤젤레스 올림픽 이후 마라톤은 육상 종목 최고의 인기 스포츠로 한반도에 부상해 있었다. 35) 로스앤젤레스 출전 선수들이 좋은 성적을 낸 덕분이었다. 당시 김은배가 2시간 37분 28초로 6위, 권태하가 2시간 42분 52초로 9위, 일본인 츠다律田가 2시간 35분 42초로 5위에 올랐다. 그런 상황에, 1936년 8월 9일 열릴 베를린 올림픽 마라톤 경기를 앞두고 예선에서 손기정이 세계 신기록을 달성했던 것이다. 나라가 발칵 뒤집힌 것은 당연했다.

평소 체육 관련 기사를 읽는 데에 별로 세심하지 않던 사회부장 현진건도 호외를 보다가,

"손기정이라면 조선 신궁 마라톤 대회에서(1933년 10월) 세계 신기록으로 우승했던 선수 아닌가?"

라며, 운동부(체육부) 기자 이길용에게 묻는다. 이길용이,

"그렇네. 손기정은 그 대회 때 마라톤 경주에 처음 출전했는데, 2시간 29분 34초 4라는 믿을 수 없는 세계 신기록으로 우승을 움켜쥐었지. 하늘이 낳은 마라톤 천재야!"

하면서 새삼 경탄을 한다. 이길용은 현진건과 나이가 한 살 차이에 지나지 않고, 무엇보다도 정치성향에서 서로 깊이 통하는 바가 있어 평소에도 절친하게 지내왔다. 현진건이 몇 달 전 일을 회상하면서 말을 잇는다.

"손 선수가 우리 신문 주최 제3회(1933년 4월) 경영(경성-영등포) 단축 마라톤에서 우승했을 때 악수를 나눈 적이 있지."

"아, 반도 호텔에서 열린 만찬 때 말인가?"

"그렇다네. 그때 손 선수를 보다가 문득 옛날 생각이 나서…."

그날 현진건은 손기정의 고향이 신의주라는 것을 알게 되었다. 그러자 상해로 유학을 가고 또 돌아오는 길에 목격한, 압록강 인근 들길을 뛰어다니는 소년들이 기억에 되살아났다. 그래서 경성 육상연맹 회장인 몽양 여운형 옆에 손기정이 서 있는 것을 보고 다가가,

"압록강 주변에서 소년들이 달리는 것을 많이 보았는데, 손 선수도 등하교 때 그렇게 뛰어다닌 경험이 오늘날 마라톤을 하는 데에 큰 도움이 된 게 아닌가?"

하고 물은 적이 있었다. 손기정이 미처 대답을 하기 전에 몽양이,

"오, 그럴 듯한 추론일세. 역시 소설가는 궁리가 남달라!"

하고는, 현진건을 손기정에게 소개했다.

"기정아. 이 분은 아주 유명한 소설가시기도 하고, 또 동아일보 사회부장으로 계시는 빙허 현진건 선생이시다. 인사를 드려라."

이어서 그는 현진건에게,

"손 선수는 내 아들 홍구와 양정 동기인데, 둘이 아주 죽마고우라네. 그런즉 앞으로 많이 밀어주시게."

하였다. 이윽고 손기정이 현진건에게 꾸벅 절을 하고는,

"압록강에서 뛰어다니는 아이들을 많이 보셨다고 하셨습니까? 저도 약죽 보통학교 다닐 때 아침저녁으로 뛰어 다녔더랬습니다. 아마도 그때 다리에 근육이

생기고 폐활량도 크게 늘었던 것 같습니다, 하하."
하였다. 현진건이,

"그때 내가 본 소년 중에 손 선수가 있었는지도 모르지…."

하면서, 문득 마츠다 후미코도 떠올리는 등 회상에 푹 젖어드는데, 손기정이 불쑥,

"그때가 언제였습니까?"

하고 묻는다. 퍼뜩 정신을 차린 현진건이,

"기미년(1919) 전후였지, 그 때가…."

하자, 손기정이 싱긋 미소를 지으면서,

"에이, 소설가 선생님은 농담을 무척 재미나게 하십니다. 제가 그토록 나이가 많아 보입니까? 그 무렵이라면 저는 아직 보통학교에 들어가지도 않았습니다."

하더니,

"제가 학교 도서관에서 《조선의 얼골》도 모두 읽었고, 〈해 뜨는 지평선〉도 읽었습니다. 앞으로도 선생님께서 발표하시는 소설은 하나도 빼놓지 않고 부지런히 읽겠습니다."

하며 꾸벅 절까지 올렸다. 그래서 현진건도,

"허허!"

하고 소리를 내어 웃으면서,

"내 말은 손 선수가 늙어 보인단 이야기가 결코 아니었네. 이토록 젊은 호남아를 보고 누가 그리 생각을 하겠나? 술에 대취를 하였다면 모를까…? 내가

이까짓 포도주 몇 잔에 취할 위인으로 보이는가? 그도 그렇네만, 전에도 앞으로도 나의 열렬한 애독자로 남겠다 하니 이렇게 고마울 데가 있나! 하여간 손 선수도 농담을 아주 재미나게 하는 사람이군! 그렇지 않은가, 하하하!"
하여, 세 사람이 서로를 번갈아 쳐다보며 웃음을 교환했었다.

1936년 8월 9일 독일 시간 오후 3시 2분, 28개국 56명의 마라톤 선수들이 42.195km를 완주하기 위해 힘차게 출발했다. 그들은 메인 스타디움을 꽉 채운 12만 관중들의 하늘을 찢을 듯 높고 엄청난 환호와 응원 세례 속에서 운동장을 두 바퀴 돈 다음, 마라톤 탑을 지나 장외로 달려 나갔다. 선두에는 로스앤젤레스 올림픽 마라톤 우승자인 아르헨티나의 자발라가 섰다.

그런데 선두권 4명에 들어 발을 내딛고 있는 손기정은 가슴이 터질 것처럼 고통스러웠다. 상쾌한 상태를 유지해야 42.195km를 무사히 주파하고, 또 월계관도 쓸 수 있을 터인데 마음과 몸은 오히려 그 반대였다. 섭씨 32도의 폭염이 원인도 아니었다. 북해에서 불어오는 바람으로 말미암아 공기가 끈끈한 때문도 아니었다.

가슴을 쿡쿡 쑤셔대는 고동 탓이었다. 고동이 너무 드세어 그것이 고통스러웠다. 윽박지르듯이 솟구쳐 대는 고동이 문제였다. 숨이 가빠서가 아니라 정신을 뒤흔들어대는 감정의 소용돌이 때문에 빚어진 고통이었다.36)

'반드시 우승을 해서 민족의 기개를 세계에 떨쳐야 한다!'

그런 생각이 오히려 짐이 되어 악귀처럼 사람의 목을 졸라오고 있었다.

'그래, 죽자! 오늘 여기서 죽자!'

조금 전 출발선으로 들어서면서도 그렇게 다짐을 했었다.

"승룡 선배! 우리 죽기로 뛰자!"

남승룡에게 그렇게 말했었다. 두 사람은 동갑이다. 그래도 "선배!"라고 호칭을 하는 것은 손기정이 양정고보에 뒤늦게 입학해서 그의 학교 후배가 된 때문이다.

일본은 손기정과 남승룡 중 한 사람을 탈락시키고, 그 대신 일본 선수를 둘 올림픽에 내보내려고 베를린까지 와서 3차 선발전을 실시했다. 1차, 2차 예선전에서 손기정과 남승룡이 번갈아 우승하자 그런 꼼수를 획책했던 것이다. 〈빼앗긴 들에도 봄은 오는가〉의 민족시인 이상화의 동생 이상백이 일본 올림픽 대표단 총무였지만, 그런 횡포를 막을 만한 힘은 없었다. 어쨌든 손기정과 남승룡은 베를린 현지 예선에서도 나란히 1, 2위를 차지하여 실력으로 출전권을 따냈다.

"그래! 달리는 것이 아무리 힘들기로서니 총을 들고 만주에서 밤낮으로 뛰어다니는 독립군들보다는 쉬운 일 아니겠나? 우리 중에서 우승을 차지하지 못하면 둘 다 이곳에서 죽자!"

"맞소! 우리는 기록으로 봐도 가장 강력한 우승 후보 아뇨! 죽기로 뛴다면 우승 트로피를 못 들 리가 없소!"

남승룡의 각오에 손기정은 더욱 분발을 했었다. 그 동안 베를린에서 외국 기자들을 만나면 한반도를 그림으로 그려주고, 그 아래에 'KOREA, 손긔정'이라 써주었던37) 손기정이다. 자신과 남승룡 중 하나를 탈락시키려고 갖은 술수를 다 부려온 일본놈들을 생각하면 둘이서 우승과 준우승을 독차지해도 성이 차지 않을 것만 같다. 그리고 그것은 터무니없는 욕심인 것도 아니다. 그들이 지금 비록 눈으로 볼 수 있는 일은 아니었지만, 한국에서 발간된 당일 조선중앙일보는 '대망의 마라손에 손, 남 양군 제패? 금 9일 오후 11시(조선 시간)에 출발, 쾌보 기다리는 반도 산하'라는 제목을 달았다. 손기정과 남승룡이 베를린 올림픽 마라톤을 제패할 것으로 예상된다는 보도였던 것이다.

스타디움을 벗어나자마자 뜻밖에도 마라톤 코스는 시원한 녹음을 보여주었다. 메인 스타디움에서 느꼈던 폭염의 기운은 빗자루로 확 쓸어버리기라도 한 듯이 순식간에 사라지고 없었다. 베를린 서부 사로텐부르크Charottenburg 일대 삼림에 올림픽 메인 스타디움을 건설한 히틀러가 마라톤 선수들을 위해 경기장 밖에 숲속 코스를 설계해둔 덕분이었다. 그 동안 몇 차례 실제 코스를 달려보고, 또 어제 그르네발트Grunewald라는 이름의 거대한 숲 인근에 있는 '자유의 종탑 전망대'에 올라 확인을 해본 바 그대로였다. 전망대에서 보면 올림피아 스타디움과 여러 경기장, 그리고 주변의 베를린 숲도 조망이 되었는데, 특히 그르네발트 숲과 하펠Havel 호반 사이로 왕복하는 마라톤 코스를 한눈에 바라볼 수 있다는 것이 감동, 또 감동이었다.

출발하고 4km까지는 자발라가 계속 선두를 지켰다. 자발라에게는 아르헨티나 대통령의 비서 한 명이 보좌역으로 붙어서 1년 전부터 베를린 현지 적응 훈련을 해왔다.[38] 자발라는 4km 지점을 13분 4초 2로 통과했다. 그 뒤를 포르투갈의 디아즈, 미국의 브라운, 영국의 하퍼 등이 쫓고 있었다. 핀란드 선수 세 명도 앞서거니 뒤서거니 하면서 힘차게 내딛는 중이었다. 바짝 그 후미를 추격하는 손기정과 자발라 사이는 시간상으로 30초가량 거리 차이가 났다.

'모두들 단거리를 뛰듯이 달리고 있다! 내가 세계 신기록 보유자라더니 엉터리 정보였나? 저 서양인들이 나보다 더 빠르단 말인가?'

문득 손기정은 절망감이 들었다.

'이렇게 가다가는 좋아본들 5위쯤 하겠다. 이런 낭

패가…. 조금 전에 승룡 선배와 맹세한 대로 여기서 죽어야 한단 건가?'

뛰면서 생각에 빠졌다.

'로스앤젤레스에서 김은배 선배가 6위를 하고, 권태하 선배가 9위를 했다. 그렇다면…?'

5등을 해도 괜찮은 성적 아닌가, 싶기도 했다. 그러다가 문득 마음을 다잡았다.

'손기정! 무슨 생각을 하고 있나? 정신 차려!'

아니나 다를까, 과속을 한 탓인지 1km를 더 전진하여 5km 지점에 가니 기권자들이 속출하기 시작했다. 그 광경을 보자 손기정은 다시 자신감이 회복되었다.

'동네 달리기를 하나? 올림픽에 와서 막무가내로 뛰다가 겨우 5km 만에 기권을 하다니!'

그때부터 새삼스럽게 힘이 솟구쳐 올랐다. 몸에 박차를 가하니 10km 지점에서 하퍼를 따라잡을 수 있었다. 그런데 뜻밖에도 하퍼가 손기정을 보며,

"슬로우! 슬로우!"

하고 제지를 했다. 너무 빠르게 뛰다면서, 오버 페이스를 하지 말라는 충고였다. 나중에 알고 보니 하퍼는 본래 종목이 장애물 경기로, 이번 마라톤이 첫 출전이었다. 그런데도 코치가 지시한 대로 아주 규칙있게 달리면서 손기정을 걱정한 것이었다. 손기정은 하퍼가 어쩐지 믿음직스러워 그와 보조를 맞춰가며 계속 달렸다.

잠시 시원하게 느껴졌던 날씨가 '10년 만에 유럽을 덮친 폭염'이라는 명성답게 다시 마라톤 선수들을 뜨겁게 몰아붙이기 시작했다. 다들 그랬지만 손기정도 표정이 일그러지고 호흡은 턱에 걸렸다. 온몸이 땀투성이로 뻑뻑해졌다. 지쳤다. 그나마 위안은 15㎞ 지점에서 미국의 브라운과 포르투갈의 디아즈를 추월한 것이었다. 둘은 바나나를 까먹으면서 달리고 있었는데, 하퍼와 손기정에게 앞자리를 순순히 내주었다.

앞에는 자발라뿐이었다. 손기정과 하퍼가 자발라에게 바짝 붙은 것은 반환 지점이었다. 1시간 11분 29초에 반환점Wendepunkt을 통과한 자발라는 되돌아서서 달리는 것을 잊었는지 그냥 앞으로 나아가려 했다. 그만큼 다리가 풀렸다는 뜻이다. 가만히 보니 눈빛이 다소 몽롱했다. 얼굴도 온통 소금기로 뒤덮여 있었다.

'저런 정도라면 자발라도 제칠 수 있겠다!'

손기정은 용기가 백배로 치솟는 기분이었다. 하퍼도 그런 느낌을 받았는지 반환점을 돌 때 둘 다 허벅지 근육이 불끈거리며 힘껏 밖으로 솟구쳤다. 손기정과 하퍼가 확인할 수 있는 일은 아니었지만, 두 사람의 뒤를 이어서는 미국 브라운, 남아프리카 고르만, 스웨덴 에녹슨이 반환점을 돌았다. 어느 새 따라붙은 남승룡도 8위로 반환점을 돌았다. 일본인 시오아쿠는 아직 반환점에 도달하지 못했다.

어느덧 27㎞ 지점이 되었다. 자발라가 눈앞에서 뛰

고 있었다. 손기정은 자발라의 하얀 정구모자가 바람에 흔들리는 것을 보는 순간, 무슨 까닭에선지 자발라가 아니라 하퍼가 최종 경쟁자라는 느낌을 받았다. 손기정은 점차 속도를 높였다. 그러는 사이에 30km 지점이 되었고, 전체 코스 중 선수들을 가장 고통스럽게 만드는 비스마르크 언덕이 마귀처럼 참가자들을 기다리고 있었다.

그때였다. 다리가 교차되는 듯하던 자발라가 언덕에 채 미치지 못한 지점에서 '쿡!' 쓰러지고 말았다. 손기정이 다가가니 자발라는 입에 거품을 물고 넘어져 의식조차 잃어버린 채 혼절해 있었다. 대회 임원들이 그를 구급하기 위해 몰려들고 있었다. 그렇다고 그 광경을 마냥 구경하고 있을 수는 없는 노릇이라 손기정은 고갯길을 헉헉 거친 숨을 몰아쉬며 계속 올라갔다.

하퍼가 2위, 어느덧 남승룡이 3위로 달리고 있었다. 비스마르크 언덕길은 고개이기는 했지만 좌우로 울창하게 우거진 숲이 만들어준 그늘 덕분에 조금 전까지보다 오히려 시원했다.

'이 고개만 넘으면 모든 것은 끝이다! 월계관은 내 것이다! 조선의 것이다! 뛰어라, 손기정! 여기서 죽을 각오를 하지 않았느냐? 이제 마지막인데 무엇을 망설이느냐? 마지막 힘을 다 쏟아부어라!'

마침내 고갯마루에 닿았다. 적십자 마크를 단 중년 여자 간호사가 선두 주자를 반기면서 물을 주었다. 찬물을 병아리마냥 딱 한 모금만 입에 넣었다가

도로 뱉어 갈증만 죽인 후 남은 물을 고스란히 그대로 얼굴에 들이부었다. 갈증이 극심할 때는 물을 마시는 것이 오히려 고통을 주는 까닭이다. 손기정은 간호사에게 손을 흔들어 작별을 고한 후 내리막길을 힘차게 내달렸다.

멀리 올림픽 스타디움의 마라톤 탑이 눈에 들어왔다. 순식간에 우승자의 입장을 알리는 나팔소리가 스타디움을 가득 메워가기 시작했다. 손기정이 들어서자 관중들은 흥분에 빠져 함성을 질러댔다. 그 고함소리 사이를 헤집고 '선두는 일본의 손기정!'이라고 부르짖는 아나운서의 목소리가 쟁쟁하게 하늘로 올라갔다.

"여기는 올림픽 주 경기장의 결승전 지점입니다.
우리는 마라톤 우승자 일본 선수를 기다리고 있습니다.
12만 명의 관중들도 일어서서 그를 기다리고 있습니다.
우승자인 일본japanische 선수 손Son이 들어서게 될
주 경기장의 정문인 검은 문을 조용히 주시하고 있습니다.
그 한국koreanishe 대학생8)은
세계의 건각들을 가볍게 물리쳤습니다.
그 한국인은 마라톤 구간 내내

---

8) 실제로는 양정고보 5학년이었음. 이 중계방송 내용은 손기정 자서전 《나의 조국 나의 마라톤》(학마을, 2012) 49쪽에서 재인용한 것으로, 독일역사박물관(DHM) 독일방송기록보관실(DRA)에 자료로 보관되어 있다.

아시아의 힘과 에너지로 뛰었습니다.
작열하는 태양을 뚫고,
거리의 딱딱한 돌 위를 지나 뛰었습니다.
이제 그가 엄청난 막판 스퍼트로 질주하며 들어오고 있습니다.
트랙의 마지막 직선 코스를 달리고 있습니다.
대단한 선수입니다.
최고의 힘을 지닌 천부적인 마라토너입니다.
1936년 올림픽 마라톤 우승자 손이
막 결승전을 통과하고 있습니다."

한국 신문들은 베를린 올림픽에 특파원을 파견하지 않았다. 그 탓에 일반 국민들은 마라톤 결과를 당일에 알 재주가 도무지 없었다. 결국 라디오 상회 앞에는 NHK(일본방송협회) 중계를 들으려는 인파가 말 그대로 구름처럼 모였다.

사회 지도층과 체육계 인사들도 중계를 들을 수 있는 곳에 우르르 운집해 눈과 귀를 맞댔다. 동아일보 사장실에도 9일 밤 11시쯤 조선체육회 간부 김규, 양정학교 교장·교감 안종원과 서봉훈, YMCA(조선기독교청년연합회) 체육부 간사 장권, 고려육상연맹 이사 최재환, 로스앤젤레스 올림픽에 마라톤과 권투 선수로 출전했던 김은배와 장을수 등이 라디오 중계를 청취하기 위해 모여 있었다. 베를린 체류 마라톤 코스 자문을 맡고 있던 안철영이 책상 위에 도면을 놓고 손으로 줄곧 이곳저곳을 짚어가면서 실황을 해설했다. 방 안은 안철영의 말 이외에는 숨소리 하나 들리지 않았다.[39]

자정이 지나 이윽고 10일 새벽 1시 반, 방송 전파를 타고 "일착! 일착! 손기정 일착!" 소리가 울려 퍼지기 시작했다. 사장실에 모여 있던 인사들은 서로 얼싸안고 춤을 추었다. 누군가는 훌쩍훌쩍 울어대기도 했다.

곧 이어 편집국 전령이 요란하게 울어댔다. 사장실에서 걸려온 전화였다. 동일 건물 안에 있어 넘어지면 코가 닿을 지척이지만 달려올 시간을 아끼느라 전화를 건 것이다. 소식만 기다리고 있던 임병철 편집기자가 얼떨결에 수화기를 잡으니,

"손군 일착! 손군 우승! 올림픽 신기록! 남군 삼착!"
하는 소리가 귀청을 찢을 듯이 때려온다. 경황이 없어 누구의 음성인지도 분간을 못 하는 채로 그가,

"손군 일착! 손군 우승! 올림픽 신기록! 남군 삼착!"
하고 들려오는 소리를 고스란히 반복하니, 편집국 안은 마치 공습이라도 받은 양 요란하고 어수선하고 벅적지근해진다. 사람들이 이리 뛰고 저리 뛰고 난리법석이다. 거기에 불을 붙인 사람이 또 있었다. 본래는 편집국에 머무르고 있을 직원이 아니지만 '마라손' 소식이 너무나 궁금한 나머지 이 방으로 올라와 귀를

쫑긋 세우고 있던 제판부의 백운선 씨가,

"만세! 만세! 만만세!"

하며 목청껏 소리를 지르자, 사람들이 덩달아 고래고래 고함을 지르고 팔짓몸짓으로 편집국 허공을 뒤흔들어댄다. 흡사 기미년 독립만세운동을 재현하고 있는 것만 같다. 사장실에서 나와 편집국으로 들어오던 현진건은 그 광경을 보며 상해에서 맞았던 1919년 3월을 떠올린다. 17년이나 지난 옛날 일인데다가 국내에서의 만세운동과는 달리 긴장감이 거의 없었던 프랑스 조계 내 시위였던 탓에 지금은 그 날짜조차도 기억에 가물가물하다. 잠시 고개를 갸우뚱하면서 현진건이 흘러간 추억을 되짚어보는 중에, 문득 누군가가 중얼중얼 한탄하는 목소리가 칼날처럼 현진건의 귓속을 찔러온다.

"조선 사람이라면 조선 태극기 같은 기를 달고 뛰어야 좋은데 일본 놈의 기를 달고서 기를 쓰고 뛰었으니 이를 어쩌누!"[40]

이길용도 그 말을 들었다. 두 사람의 눈길이 찰나같이 마주친다. 하지만 두 사람이 그 일로 말을 주고받을 겨를은 없다. 무엇보다도 가장 중요하고 시급한 당면과제는 호외를 제작해서 배포하는 일이고, 그 다음은 각 지방 지국에 '마라손 제패' 소식을 전파하는 일이다.

벌써 기자들이 일곱 대의 전화기에 달라붙어서 각 지방 지국으로 소식을 알리고 있다. 본사야 말할 나

위도 없지만 각 지방 지국도 독자들의 물음에 신속히 응대를 해야 한다. 잠도 자지 않고 밤새도록 마음을 졸여온 독자들은 각 지방 지국의 수화기에 불을 질러댈 것이다. 종이에 찍은 호외로 새 소식을 알리는 것은 차후에 실천할 일이고, 지금은 우선 말로 낭보를 알리는 것이 시급하다.

일상적인 신문 발행 시각이 아니었으므로 당연히 호외를 발행했다. 2시 35분 호외를 실은 오토바이가 요란한 종소리를 내며 경성역으로 달려갔다. 호외 배달의 제일선 부대가 출동한 것이다.[41] 호외에는 "대망의 올림픽 마라손, 세계의 시청 총집중리(총집중하는 중에) 당당 손기정 군 우승, 남군도 3착"이라는 제목이 달렸다.

그 이후에도 마라톤 제패 소식을 보강한 호외가 연이어 발간, 배포되었다. 동아일보는 사설에 '지금 손·남 양 용사의 세계적 우승은 조신의 피를 끓게 하고 조선의 맥박을 뛰게 하였다. 그리고 한 번 기起하면(일어나면) 세계라도 장중掌中(손바닥 안)에 있다는 신념과 기개를 가지게 하였다'라고 호기롭게 외쳤다.

조선일보도 사설에 '우리는 이번 손·남 양군의 승리로써 민족적 일대 영예를 얻은 동시에 민족적 일대 자산을 얻게 되었다. 이것을 기회로 스포츠, 기타 온갖 방면에 일대 세계적 수평 운동이 일어나기를 바라는 바이다'라며 짐짓 독립운동을 북돋우는 기세를 드러내었다.

조선중앙일보도 사설에 '마라톤의 패권이 끝끝내 조선이 낳은 일청년—靑年(한 청년)의 수중에 파지되었다(움켜쥐었다)는 소식이 한 번 조선에 전하자마자 새벽하늘에 울리는 종소리와 같이 조선 민중의 귀를 쳤다. 이리하여 너무도 오랜 동안 승리의 영예와는 연분이 멀어졌던 조선 민중의 최초의 망연한(놀라운) 경악에서 지금은 의심 없이 승리의 기가 우리들에게 돌아온 것을 확신할 때 이 위대한 환희의 폭풍은 적막한 삼천리강산을 범람하고 진감(진실로 감동)시킴에 충분하였다'라고 감격하였다.

우승 소식이 들려온 이래 보름 동안 민간 신문들은 연일 자긍심과 민족혼을 일깨우려는 기사로 지면을 가득 채웠다. 각계에서 보낸 축하 전보와 선물을 접수한 명단을 발표하고 각지의 축하 행사는 하나도 빠지지 않고 보도했다. 42) 160cm의 손기정 선수가 자신보다 훨씬 '크고 우람한 체격'의 히틀러와 만나 조선인 최초의 악수를 나누었으며, 그로부터 "마라톤 우승을 축하한다"는 격려를 들었다는 소식도 알렸다43).

그뿐이 아니었다. 총독부는 8월 25일 오후가 되어서야 알았지만, 동아일보와 조선중앙일보 기자들은 8월 10일 '마라손 제패' 낭보가 전해지고 사흘 뒤인 8월 13일치 신문을 통해 당당하게 언론 독립운동을 펼쳤다.

처음 호외를 낼 때만 해도 시상식 사진이 없었다.

왼쪽에 영국의 하퍼, 가운데 높은 단상에 월계수 화분을 든 손기정, 오른쪽에 남승룡 선수가 나란히 서 있는 사진을 동맹통신이 서울의 각 신문사로 보내온 것은 8월 12일이었다. 사진을 받아 쥔 이길룡은 이틀 전 편집국에서 들었던 '조선 사람이라면 조선 태극기 같은 기를 달고 뛰어야 좋은데 일본 놈의 기를 달고서 기를 쓰고 뛰었으니 이를 어쩌누!' 하는 한탄이 갑자기 자신의 머릿속 가득 들어차는 것을 경험했다. 그 탄식의 목소리가 골수를 파헤치는 듯이 맹렬하게 머릿속 사방을 마구 뒤집어대는 것이었다.

　이길용은 그 길로 조선중앙일보 유해붕 기자와 만났다. 유해붕은 로스앤젤레스 올림픽 5000m 예선 때 손기정과 겨루기도 했던 양정고보 육상부 선배로, 개인적으로는 손기정이 베를린 올림픽에 출전하기까지 물심양면으로 도와준 후원자였다. 두 사람은 순식간에 의기투합했다. 본래 될 일은 바로 되고 안 될 일은 하세월인 법이니, 이길용과 유해붕의 '한 신문만 그렇게 하는 것보다는 여러 신문이 동시다발로 일을 밀어붙여야 효과를 따져보더라도 백배 바람직한 추진 방법이지'라는 합의는 그런 이치가 낳은 결과물이었다.

　"사장 등 경영진에게는 말을 하지 말고 그냥 밀어붙이세."

　"당연합니다! 사전 결재를 요청하면 어느 경영진이 그렇게 하라고 허락을 하겠습니까? 우리 신문의 여운형 사장이나 동아의 송진우 사장이나 일선 기자들이 보고 없이 과감하게 이런 일을 해주기를 더 바랄 겁니다."

"그렇겠지? 본인들에게 형사 책임을 미루지 않고 민족언론다운 면모는 과시할 수 있으니 좀 좋은가?"

"허허, 우리끼리 아전인수가 넘쳐나고 있습니다!"

"그런가, 허허! 그래도 동아와 조선중앙만 거사를 하세. 다른 신문들까지 끌어들이려다가는 사전에 탄로가 날 수도 있네."

"맞습니다. 물론 우리 두 사람도 이 일로 만난 적이 없습니다."

"당연하네. 우리 두 사람은 또 각자 신문사에서 단독으로 이 일을 추진한 것으로 최종 책임을 지세. 우리 둘만 죽으면 되지 많은 사람들을 다치게 할 필요는 없으니 말일세."

"물론입니다. 물론이고말고요!"

그런데 유해붕과 달리 이길용에게는 편집권이 없었다. 그것은 사회부장 현진건의 권한이었다. 좀처럼 이용하지 않는 택시까지 타고 부랴부랴 신문사로 돌아온 이길용은 5″X7″보다는 작고 4″X5″보다는 약간 큰 시상식 전송사진을 품에 넣은 채 건물 계단으로 현진건을 불러내었다.

"왜 그러나? 편집국 안도 아니고 이런 곳에서 나를 만나자고 하다니? 기생집 같은 데 가자고 해서는 내가 안 간다는 건 잘 알 테고, 뭣 때문인가?"

현진건이 우스갯소리를 섞어가며 이길용에게 묻는

다. 그러나 이길용은 얼굴에 웃음기가 아주 싹 가셨다. 게다가 머뭇머뭇하기까지 한다. 손은 양복 안주머니를 들락거리고, 입술도 달싹달싹 한다. 현진건이,

"어허, 이 보시게! 도시 뭣 때문에 이러나?"
하고 재촉한다. 이윽고 이길용이 품속에서 사진을 꺼낸다. 현진건이 화들짝 놀라면서,

"어? 그 사진이 왔군! 어째서 사진부가 그것을 나한테 아니 보였을꼬? 그리고 그게 왜 거기서 나와? 뭔가 이상한 일이군!"
하고 기자다운 감각을 드러낸다. 이길용이 이실직고를 한다.

"빙허! 실은 방금 조선중앙 유해붕을 만나고 오는 길이네. 손기정 선수의 상의에 있는 일장기를 말소하기로 의견일치를 봤다네. 일장기를 없애버린 사진을 내일 신문에 싣자고 말이지."

현진건이 흠칫 놀라는 표정을 짓다가 이내 이길용을 정색으로 바라본다.

"좋은 생각일세! 베를린 제패 소식이 전해져왔을 때 누군가가 일장기를 달고 월계관을 썼다며 한탄하지 않았나? 그 말을 듣는 순간 머리에 화살을 맞는 느낌이었다네. 그런데 자네가 이런 기막힌 발상을 해냈군! 소설가인 나보다도 상상력이 월등하니 이를 어떻게 상찬해야 하나! 아무튼 신속히 추진을 하세!"

이길용이 현진건의 두 손을 움켜잡고서 목이 잠긴

음성으로,

"고맙네! 고마워!"

한다. 현진건이,

"어허, 이런 사람을 보았나? 우리나라가 언제부터 귀하의 나라였나? 고맙다니? 순종황제의 대를 이은 임금을 만나는 듯한 기분이군!"

하자, 이길용이 그제야,

"별소리를 다하네! 아무튼 시간이 없으니 빨리 일을 추진하겠네. 빙허는 그저 아무 것도 몰랐던 것으로 해주게. 괜히 이길용이 건의하는 것을 허락했다고 말하지 말게! 언젠가는 총독부 놈들한테 끌려갈 텐데 … 그때 말일세."

한다. 현진건이 웃으면서,

"어허, 내일이나 모레 나라가 독립을 되찾으면 그런 소리는 다 무용지물일세. 아니 그런가?"

하자, 이길용이 다시 한번 현진건의 두 손을 꼬옥 부여잡는다.

1936년 8월 13일 동아일보와 조선중앙일보는 손기정, 하퍼, 남승룡의 시상식 사진을 실으면서 손기정 옷의 일장기를 없애버린 신문을 발간했다. 조선중앙은 이날 신문에서 남승룡 선수 옷의 일장기도 지워버렸다.[44)]

8월 25일에도 동아일보는 일장기를 말소했다. 그날 현진건과 이길용은 길거리로 나와 행인들에게 신문을 직접 배포했다. 이리 뛰고 저리 뛰며 부지런히 신문을 나눠주느라 현진건은 얼굴에 땀이 송송 묻어 나왔지만 얼굴빛은 환하기만 해서 전혀 힘든 기색이 아니었다.

그 모습을 한참 동안 바라보고 있던 이길용이 현진건에게,

"빙허의 안색이 오늘같이 밝고 신명나는 경우는 본 기억이 없네! 기사 쓰고 편집하고 제목 달고 그런 일보다 길거리에서 신문 배포하는 일이 훨씬 적성에 맞는 모양일세! 아, 소설 쓰는 일보다도 더 말일세!"

하며 농담을 던졌다. 그제야 몸을 바로세운 현진건도,

"내가 봐도 그렇다 싶네! 이렇게 유쾌하다니! 세상에 바라는 것을 모두 이룬 기분일세! 《조선의 얼굴》 출간 때보다도 더 유쾌하군! 아, 정말 이런 마음은 처음이야!"

하면서 활짝 웃어보였다.

11. 설렁탕 한 그릇, 막걸리 한 사발

8월 25일 오후부터 검거가 시작되었다. 현진건, 이길용, 이상범, 유해붕, 김경석, 신낙균, 임병철, 백운선, 서영호. 최승만, 송덕수 등 동아와 조선중앙의 일장기 말소 의거 관계자들이 차례차례 편집국·제판부·사진부 등에서 끌려 나갔다.

일제는 그들을 가둔 즉시 고문 형틀에 묶었다. 일제 경찰은 현진건 등을 긴 의자에 묶고 가재로 입과 코에 덮은 후 주전자로 물을 붓는 물고문부터 자행했다. 일장기 말소를 김성수·송진우·여운형 등 경영진의 지시에 따라 이루어진 거대 조직 사건으로 조작하는 것이 저들의 목표였다. 1911년의 105인 사건 때처럼 수많은 지사들을 한꺼번에 엮어서 민족언론계 지도자들을 일망타진하겠다는 노림이었다.

일제 형사들도 악랄했지만, 민족을 배신하고 저들에게 붙은 친일 순사들의 고문은 더욱 무자비했다. 민족의식이란 깨알만큼도 없는, 조선인 탈을 쓴 형사들은 한층 지독했다. [45] 그들은 인정사정없이 몽둥이를 휘둘렀고, 기절을 하면 깨어날 때까지 기다렸다가 다시 고문을 했다. 이 놈 저 놈 돌아가면서 발길로 차고, 따귀를 때리고, 목칼로 머리와 어깨를 두들겨 패는 등 갖은 악형을 다했다. 물고문만 해도 한 사람 앞에 물을 네다섯 바께스나 강제로 먹였다.[46)]

하지만 아무리 그렇게 해도 애당초 경영진의 허락을 받고 진행한 거사가 아니었으니 저들이 원하는 답이 나올 리 없었다. 게다가 당시 법률에는 일장기 모독을 처벌할 수 있는 조항도 없었다.[47)] 결국 일제는 사람을 한 달 이상이나 무법천지로 고문한 끝에 '다시는 언론계에 종사하지 않겠다'는 서약을 받은 후 9월 26일 모두를 풀어주었다.

그 후 현진건은 세상을 떠나는 날까지 일제의 방해 탓에 직장 없이 살아야 했다. 일제는 현진건이 동아일보에 연재하던 장편소설 〈흑치상지〉를 강제로 중단시켰고, 창작집 《조선의 얼골》을 판매 금지 도서로 묶었다. 현진건은 가족의 생계를 꾸리기 위해 양계도 했지만, 제대로 알지도 못하는 일이 성공으로 이어질 리 없었다. 그는 끝내 집마저 없는 궁핍 상태로 내몰렸다.

일제 강점기 말기인 1940년 이후 무수한 시인·작가들이 반민족 행위에 가담했다. 일제가 전쟁을 일으킨 이래 승리를 거듭하자 '앞으로 일본이 세계 최강국이 되고, 그러면 우리의 독립은 아주 불가능하다'라고 짐작한 결과였다.[48)] 김대준도 친일 작품을 발표했다.

현진건에게는 현계옥 연재 기사 건으로 마음이 불편했던 1926년의 동아일보 신춘문예에 김대준이 당선되면서 반갑게 재회했던 추억이 남아 있었는데, 친일문학 작품 발표로 말미암아 그것마저 아주 쓴 물거품으로 변해버렸다. 소식을 들은 현진건은 아무 말 없이 막걸리만 연거푸 들이켰다. 안주는 달리 있을 리 없었고, 본인의 닭이 낳은 계란 하나를 제물로 삼았다.

현진건은 혹독한 적빈 속에서도 끝까지 일제에 맞서는 민족문학가의 면모를 지켰다. 대부분의 한국인들이 순응했던 창씨개명도 하지 않았다. 1943년 4월 25일, 현진건은 아내 이순득과 외동딸 현화수만 남겨둔 채 시대가 자신에게 떠안긴 가난과 질병의 '희생화'가 되었다. 같은 날, 어릴 적부터의 막역한 벗 이상화도 대구에서 세상을 떠났다.

며칠 전, 손기정은 이상화의 동생 이상백을 만났다. 세계 제패 후 마라톤을 떠난 손기정의 근래 소원은 중국으로 떠나는 것이었다.

손기정은 움직일 때마다 환호 군중이 뒤따랐는데, 그것이 독립운동으로 이어질까 우려한 일제는 빈틈없이 순사를 붙여 그를 억압했다. 마라톤 우승 환영 모임도 올림픽이 끝나고 두 달이나 지나서야, 그것도 서울 시내 체육교사들만 참석시킨 가운데 열렸다.

손기정이 대학 진학을 희망하자 일제는 향후 마라

톤을 하지 않는 조건으로 메이지 대학 입학을 허가했다.49) 간신히 대학을 졸업한 그는 은행에 잠시 근무하다가 그만두었고, 압록강을 건너갈 기회만 줄곧 노리던 중 여운형 선생에게 부탁하는 것이 첩경이라고 판단, 그의 본거지인 반도 호텔로 찾아갔다. 몽양은 이상백을 추천하면서,

"내가 이야기를 해놓을 테니 마음놓고 찾아가 보거라."

하였다. 일본 체육회 전무를 지낸 이상백은 1936년 베를린 올림픽 일본 선수단 총무였으므로 손기정도 얼굴 정도는 아는 인사였다.

"천하의 손기정이 하는 청인데 모른다고 할 리야 있겠느냐? 그것도 나까지 거드는데…. 허허, 아마도 네 소원은 머잖아 성취가 될 것이야."

여운형의 말마따나, 이상백은 금속 수매 회사를 운영하는 조성기 씨에게 말해서 손기정을 그의 회사 직원 신분으로 만든 후 여권을 손에 쥐어주었다.50)

오랜 숙원이 며칠 사이에 풀리자 손기정은 하늘로 날아오를 것만 같았다. 베를린 마라톤에서 우승을 눈앞에 두고 12만 관중의 환호를 받으며 마지막 트랙을 돌 때보다도 어쩌면 더 기분이 좋았다. 그래서 어제 이상백을 다시 찾아가서,

"제가 저녁식사라도 한 번 모시겠습니다."

라고 청을 하였다. 손기정이 그렇게 말하자 이상백이 '허허' 너털웃음을 지으면서,

"마라톤 영웅이 하자면 해야지. 감히 그대의 말을 거역할 자가 조선인 중에는 없을 테니!"
하였다. 그러면서,

"상화 형님이 빙허 선생을 못 만난 지 너무 오래되었다면서 불원간 한번 회동할 수 있게 해주면 좋겠다고 연통을 보내왔으니, 그때 같이 만나세. 내가 너무 바빠서 따로 시간을 내기가 어렵다네."
하였다. 손기정이,

"저야 뭐, 아무 때나 상관이 없습니다. 두 분을 뵙게 되면 저로서는 큰 영광이지요. 분부대로 제 시간을 맞추겠습니다."
하자, 이상백이 손기정을 바라보며 너털웃음을 짓는다.

"그런가? 허허, 고마우이."

그 후 이상백이 혼잣말을 하듯이 사정을 손기정에게 설명한다.

"그건 그렇고… 육당(최남선) 주례하에 빙허 선생 따님 혼례가 치러진 날이 언제였던고? 3월 25일이었나? 아직 한 달이 채 아녀 되었군…. 빙허 선생과 월탄(박종화) 선생을 사돈 맺게 한 당사자가 형님 본인인데, 정작 결혼식에는 숙환 때문에 참여를 못했다네.51) 그런데 그새 얼마 지났다고 새삼스레 벗을 만나러 올라오시겠다니, 반가워 해야할지 걱정을 해야할지…. 아무튼 두 분의 우정이 대단한 것은 인정하지 않을 수 없지만, 모두들 건강이 아주 아니 좋으신 분들이라 염려를 하지 않을 수가 없다네…."

손기정이 잠시 '소설가 현진건과 시인 이상화가 그토록 절친한 벗이었구나!' 하고 생각에 잠기는데, 이상백이,

"이렇게 하세. 빙허 선생이 가능하신 날짜부터 알아보는 게 합당하겠어. 상화 형님이 상경하셨는데 그날따라 빙허 선생이 시간을 낼 수 없으시면 그야말로 낭패 아닌가? 그런즉 자네가 내일 중으로 빙허 선생을 댁으로 찾아뵙고, 어느 날이 좋으시고 어느 날이 안 되시는지 여쭙게. 그리고 말이지… 기회를 엿보아 은근슬쩍 선생께서 대구에 한번 내려가실 의향이 있으시면 이상백이 좋은 승용차로 모시겠다고 하더라는 말씀도 드려보게. 한 달 전 결혼식에도 못 오신 상화 형님의 건강 상태를 감안하면 대안도 강구를 해보아야 하지 않겠나? 빙허 선생도 대구에 못 가보신 지가 오래 되었을 텐데… 선생께서 내려가시겠다고 하시면 더욱 좋으련만…. 아무튼 결과를 나한테 알려주면 내가 상화 형님과 상의를 하겠네."
하였다. 손기정이,

"예! 잘 알겠습니다."
하자, 이상백이,

"아차! 깜빡 잊었군. 나이가 마흔이 되니 깜빡깜빡하는 때가 많아."
하며 쓴웃음을 짓고는, 손기정을 향해,

"일시가 정해지면 서울이든 대구든 회동 장소는 내가 아주 좋은 곳으로 정하고, 경비도 모두 부담할

테니 손 선수는 신경을 쓰지 마시게. 내가 어찌 마라톤 영웅에게 대접을 받겠는가? 특히 나의 형님과 빙허 선생을 함께 모시는 자리가 된 만큼 응당 그렇게 해야지! 경우가 그렇지 아니한가? 자네가 그리 양해를 하시게."
하였다. 손기정도 어쩔 수 없이,
"아휴, 알겠습니다. 공연히 제가 말씀을 드렸나 봅니다."
라고 대답하였다.
그리하여 손기정의 손에는 지금 이상백이 준 주소가 들려 있다. 손기정은 동대문 너머에 있는 현진건의 집을 찾아 물과 진흙이 뒤엉킨 신설동 뻘길을 걷고 있는 중이다. 이 길은 가토 기요마사가 기세등등하게 짓밟고 지나간 진격로이기도 하고, 허위 의병군이 주검만 여럿 남기고 참담한 낯빛으로 물러섰던 퇴각로이기도 하다. 또 1919년 2월 어느 날 현정건이 한남권번으로 계옥을 찾아갈 때 걸었던 길이기도 하다. 다만 손기정은 그런 일들을 잘 알지 못하므로 지난날에 얽매일 까닭이 없다. 손기정은 그저,
'오늘은 내가 현진건 선생께 저녁식사를 한번 대접해야겠다.'
하고 궁리에 빠져 있을 따름이다.
'무엇이 좋을까?'
동대문을 지날 때 보았던 허름한 식당 몇 곳의 풍경이 새삼 눈앞에 뿌옇게 떠오른다.

그때 문득 절묘하다 싶은 생각 한 가지가 손기정의 머릿속을 뜨겁게 뒤흔들면서 솟아난다.

'설렁탕이 좋겠군! 〈운수 좋은 날〉에 나오는 음식 아닌가! 김첨지가 마시던 막걸리도 한 잔 대접하고!'

손기정은 벌써 현진건을 만나기라도 한 듯 얼굴이 화사하게 밝아온다. 그는 빙허를 만나면 할 말을 예습삼아 주섬주섬 중얼거려본다.

"선생님! 제가 머잖아 압록강을 건너가게 되었습니다. 선생님 소설에 나오는 '해 뜨는 지평선'을 직접 찾아가는 것입니다. 격려하고 칭찬해 주십시오.

기미년 무렵 중국을 왕래하실 적에 압록강 물가를 뛰어다니는 소년들을 많이 보셨다고 하셨습니다. 그 아이들 중에 손기정도 있지 않나 짐작하셨더랬지요?

드디어 정말 그렇게 되었습니다. 신의주에 가면 아이 때처럼 힘껏 한번 뛰어볼 겁니다.

선생님! 제가 다시 이 나라로 돌아올 때에는 사람이 사람답게 살 수 있는 좋은 세상이 펼쳐져 있지 않겠습니까? 저도 하고 싶은 대로 마라톤을 할 수 있고, 선생님께서도 뜻하시는 바대로 멋진 소설을 창작할 수 있는 그런 나라가 되어 있을 것입니다.

건강하게 오래오래 사셔야 합니다. 선생님도 알고 보니 이제 겨우 마흔넷밖에 안 되셨더라고요. 저도 벌써 서른셋입니다, 선생님! 그러니까 아시겠지요? 저하고 노년의 벗이 되어 막걸리도 나누어 마시고, 설렁탕도 함께 먹고, 그렇게 신나게 살아갈 수 있을 때까지 건강을 지키셔야 한다, 그 말씀입니다. 약속 하실 수 있겠습니까, 선생님!"

손기정이 진흙으로 뒤엉킨 신설동 뻘밭길을 한참 걷다가 숨을 고르려고 잠깐 멈춰 서서 고개를 드니, 저 멀리 현진건 선생이 기거하는 누추한 집 한 채가 아득하게 눈에 들어온다. 미풍도 불지 않지만 달리 움직이는 것도 없는 동대문 뒤쪽 저녁하늘은 점점 어두워져가는 먹구름에 짓눌려 그저 음울하고 적막하기만 하다.

'한바탕 비가 쏟아질 기색이잖아? 큰일이군 … 그리 되면 설렁탕과 막걸리를 대접할 수가 없게 되는데 ….'

집으로 다가가는 좁은 길 좌우에는 붉은 듯 푸른 듯 보랏빛인 듯 멀리서는 좀처럼 분간되지 않는 등불 여럿이 허공에 몸을 기댄 채 매달려 있다. 여전히 거리가 저만치[52] 떨어진 탓에 손기정은 아직 그것의 정체를 미처 알아채지 못한다.

12. 현진건이 알지 못하는 후일담

　현진건이 세상을 떠나고 841일(27개월 19일) 지난 뒤 나라가 독립을 되찾았다. 이제는 일장기를 지울 일도 없어졌건만, 현진건은 그 일을 알지 못하는지 다시는 서울에 모습을 나타내지 않았다.

　독립운동가들 중에는 국내 정치가 친일파들에 의해 좌우될 뿐만 아니라, 미국과 소련의 충돌로 통일 민족 국가 수립이 난관에 봉착하자 직접 현실 정치에 투신한 사람이 많았다.
　"미군 사령관 하지가 일본인 총독을 그대로 두려 했을 때 이미 볼 장 다 본 것이었어. 미군정이 총독부의 행정기관과 관리들을 그대로 인수받았으니 친일파 준동이야 예정된 결과 아닌가?"
　"어디 그 책임이 미군정에게만 있겠는가? 한민당을 중심으로 한 친일 정객들이 부추긴 탓도 크지. 조병옥이 경무부장이 되고, 장택상이 수도경찰청장이 된 게 한민당의 추천 덕분이라지 않던가!"

"어쩌려고 나라 돌아가는 꼴이 이 모양인가! 일본 놈들에게 당해서 몸과 마음에 상처를 입은 것보다 더 쓰리고 고통스럽네!"

독립운동을 함께 했던 동지들은 만날 때마다 그런 한탄에 젖어야 했다. 미군정은 우재룡 등이 다시 세운 광복회 활동도 법으로 금지했다. '친일파 중용'이라는 비판에 대해 미군 측은 '그들은 pro-Jap, 즉 친일파가 아니라 pro-job, 즉 자기 직무에 충실했던 사람들'이라고 옹호했다.

"제국주의에 저항한 전투적 민족주의자들은 불편하고, 고분고분한 친일파들이 자기들 마음에 쏙 드는 게지."

"장택상이가 수도경찰청장이 된 뒤 일제 때 독립운동가들을 체포하고 고문했던 자들을 대거 등용했는데, 그들에게 이승만을 대통령으로 추대한다, 좌익을 때려잡는다, 내 아버지를 죽인 독립운동가들을 탄압해 가슴에 맺힌 울분을 푼다, 이렇게 말했다는 소문이 있소."

"오메 큰일이어라. 장택상이 지(자기) 아비를 죽인 원수를 갚으려 들믄(들면) 광복회를 모두 때려잡아야 할 것 아니어라(아니겠소)? 개인으로 범위를 국한해 불믄(보면), 박상진 총사령, 우재룡 지휘장, 채기중 경상도 지부장, 임세규 형행부장, 강순필 형행부원이 계획 수립과 처단 지시, 그리고(그리고) 직접 총살 등의 사업을 실행한 분들인디(분들인데)······. 백산 이외의 동지들은 일제 때 이미 순국해 부렸으니(버렸으니) 장택상이가 원수를 갚아 불겠다면(보겠다면) 백산 우재룡뿐이여라(뿐이라오)."

"지난 4월 9일에는 장택상의 수족 하수인인 노덕술이가 약산 김원봉을 끌고 가서 고문을 했다고 하오. 일제 때에도 일본놈들에게 단 한 번 잡히지 않고 강력한 항일 투쟁을 해온 약산이 해방된 조국에서 친일 반민족 경찰에게 체포되어 가서 온갖 욕설을 듣고 갖은 고문을 당하고 보니 너무도 억울해서 풀려난 뒤 사흘밤낮을 통곡했다는 겁니다."

"노덕술 같은 놈이 활개를 치는데 더 말할 게 뭐가 있겠습니까?"

사람들은 친일파 중용의 상징으로 흔히 노덕술을 들었다. 강우규·김병환 등 수많은 지사들을 체포하여 고문하고, 의친왕을 중국 단둥에서 붙들어 환국시킨 친일파 고등계 형사 심태식은 그 이후 가평 군수 등을 역임하면서 경찰을 떠났지만, 노덕술은 처음부터 끝까지 경찰에 몸을 담은 채 수백 명의 독립지사들을 고문했고, 해방 이후에도 같은 짓을 되풀이했다. 그 노덕술의 뒤에는 광복회가 저단한 친일파 부호 장승원의 아들 장택상이 있었다.

1948년 1월 24일, 미군정 수도경찰청장 장택상을 죽이려는 저격 사건이 일어났다. 장택상이 출근하려고 집을 나서는 순간 청년 두 명이 수류탄을 집어던졌다. 장택상은 피해를 입지 않았으나 경호원 두 명과 지나가던 학생 한 명이 부상을 입었다. 수류탄을 던진 청년 두 명 중 한 명은 그 자리에서 붙잡혔다.

경찰은 25세 박성근이 범인이라고 발표했다. 노덕술은 자신을 수도경찰청 수사과장으로 기용해준 장택상을 암살하려 든 박성근을 진심으로 증오했다. 노덕술은 박성근을 끌고 가 구타하고 고문했다.

"감히 우리 보스에게 수류탄을 던져? 너 같은 놈은 내가 솜씨를 보여주마. 나로 말할 것 같으면 일제 때 무수한 독립운동가들을 체포하여 고문한 최고 기술자지."

노덕술은 직접 곤봉을 들고 박성근의 머리를 무자비하게 구타하면서 고문했다. 박성근이 실신을 하면 노덕술은 부하 김재곤, 박사일 등을 시켜 물고문을 실시했다. 사람의 머리를 강제로 물속에 집어넣어 숨을 쉬지 못하게 하는 잔혹한 고문이었다. 결국 박성근은 사망하고 말았다.

"이놈이 죽어버렸습니다. 어떻게 하면 좋겠습니까?"

당황한 김재곤이 노덕술에게 긴급히 보고했다.

"뭘 어떻게 해? 쥐도 새도 모르게 처리해야지. 일제 때 한두 번 해본 일이냐?"

그들은 2층 취조실 창문을 열고 밖을 내다보며 고래고래 고함을 질렀다.

"저 놈 잡아라! 저 놈 잡아!"

김재곤이 선창을 하면 박사일이 후창을 했다.

"박성근이가 도망쳤다아! 박성근이가 도망쳤다아!"

경찰청 내 사람들이 밖을 내다보고, 행인들도 소리나는 일대를 호기심 서린 눈으로 살폈지만 아무도 없었다.

"빨리 주변을 수색하라! 멀리 못 갔을 것이다아! 빨리 뒤져라!"

노덕술 등은 밤이 오기를 기다려 박성근의 시신을 차에 싣고 한강으로 달려갔다.

"저쪽으로 가서 처넣고 빨리 돌아가자!"

노덕술의 지시에 따라 김재곤과 박사일이 수족처럼 움직였다. 김재곤이 도끼로 한강에 얼음구멍을 내는 동안 박사일은 박성근의 시신을 질질 끌고 그리로 다가갔다. 이내 박성근을 머리 쪽과 발 쪽으로 나누어 잡은 둘은 시신을 얼음구멍 속으로 밀어넣었다.

"잘 했어! 아주 감쪽같아!"

다음날 노덕술은 사건의 전말을 장택상에게 보고했다. 장택상은 자신의 암살 기도 사건을 담당한 노덕술 이하 14명에게 '직무를 충실하게 이행한 공로를 찬양하여 2월 5일 최고 2만 원에서 5천 원까지 특별 상여금을 주었다.'

여섯 달 뒤 박성근 치사 사건의 진상이 드러나게 되었다. 대한민국 단독정부 수립을 앞두고 수도경찰청과 치열한 자리다툼을 하고 있던 경무부의 수사국이 노덕술을 1948년 7월 24일 구속했다.

노덕술은 당시 수도경찰청의 안살림을 담당하는 관방장으로 있었다.

  다음날 수도경찰청 부청장 김태일이 경무부에 왔다.

  "사무상 필요로 노덕술에게 문의할 일이 있으니 피의자의 신병을 잠깐 인도해 주시오."

  잠시 후, 수도경찰청은 노덕술이 도주했다고 발표했다. 경무부는 이틀 뒤인 7월 26일, 노덕술 사건이 고문 치사 사건 및 은폐 조작 사건이라고 발표한 뒤 노덕술을 전국에 지명 수배했다.

  수도경찰청 부청장 김태일은 그 다음날인 27일, 경무부 수사국이 발표한 고문치사 및 은폐조작 사건의 진상은 '사실무근이며 완전 모략'이라고 주장하는 기자회견을 열었다. 그러자 다시 경무부는 '김태일 수도경찰청 부청장이 노덕술을 빼돌린 것은 민심을 현혹시키고 경찰 질서를 문란시킨 행위'라며 그에게 정직 처분을 내리는 한편, 김태일의 기자회견 내용을 반박하는 담화를 발표했다.

  "나라꼴이 이게 뭔가? 이게 나란가?"

  국민들은 라디오를 통해 중계되는 경찰 관서끼리의 난투극을 보며 혀를 찼다. 전국에 지명수배가 내려진 노덕술도 자신의 도피처(?)에서 라디오를 청취했다.

  "노덕술이는 못 잡는 거야, 안 잡는 거야?"

  여론이 들끓었다. 당시 노덕술은 줄곧 수도경찰청

청사 안에 머무르고 있었다. 노덕술은 결국 박성근 고문 치사 사건이 일어난 지 꼭 1년 만인 1949년 1월 24일에 검거되었다. 체포 당시 노덕술은 4명의 경관으로부터 호위를 받으면서 6정의 권총과 34만여 원의 거액까지 지니고 있었다.

노덕술이 검거되고 얼마 뒤인 1949년 2월 12일 대통령 이승만은 국무회의에서 '노덕술을 잡아들인 반민특위 조사관 2명과 그 지휘자를 체포해 의법 처리하고 계속 감시하라.'고 명령했다. 이승만은 노덕술이 수도경찰청 수사과정일 때에도 이화장으로 불러 '그대와 같은 애국자가 있어서 우리 같은 사람들이 두 발을 뻗고 편안하게 잠을 잘 수가 있다.'라며 칭찬한 바 있었다.

결국 노덕술은 무죄로 풀려났다.

노덕술이 체포되기 바로 전날에도 세상에 충격을 주는 일이 일어났다. 항일 전선에서 활동했던 테러리스트 백민태가 서울지방검찰청을 찾아가 '놀라운 음모가 추진되고 있다.'면서 양심선언을 했다.

"수도경찰청 수사과장 최란수, 사찰과 부과장 홍택회, 서울 중부서장 박경림 등이 반민특위 간부 15명을 38선까지 유인해 살해한 뒤, 그들이 월북을 기도했기 때문에 사살했다고 발표하려 했습니다. 제가 그들로부터 살해에 사용하라고 받은 권총, 수류탄, 암살 대상자 명부를 증거로 제출합니다."

제헌국회에는 친일파 처벌을 위해 '반민족 행위 특

별조사위원회'가 구성되어 있었다. 친일파들의 사주를 받은 왕년의 일제 경찰들은 반민특위 간부 15명을 살해한 뒤 '38선 부근에서 월북을 시도했기 때문에 어쩔 수 없이 사살을 했노라.' 덮어씌우려 했던 것이다. 백민태의 양심선언으로 이 음모는 차단되었지만 비슷한 일은 그 이전에도, 그 이후에도 계속 벌어졌다.

 백민태의 양심선언 직후인 1949년 5월에는 의열단 창립 이전 김원봉과 함께 중국에서의 독립운동을 모색했던 김약수 등 이승만 정부에 비판적인 국회의원 13명이 구속되었다. 이들에게는 남조선노동당 국회프락치부의 지시에 따라 활동하고 있다는 혐의가 씌워졌다. 재판 과정에서 피고인들은 모두 혐의 사실을 부인했다. 그러나 재판부는 고문으로 인한 허위진술의 자백 내용과 신빙성이 검증이 되지 않은 암호문서를 근거로 국회의원 13명에게 모두 유죄를 선고했다.

 '저렇게 덮어씌워 사람들을 죽이고 국회의원들을 투옥하는 세상에서 나는 과연 무엇을 해야 한단 말인가?'

 그렇게 흔들리고 있는 독립지사들의 마음을 결정적으로 무너뜨린 사건도 있었다. 1947년 7월 19일 여운형이 암살되었고, 독립운동가를 잡아 고문을 일삼아온 친일 경찰 노덕술이한테 해방 뒤에 끌려가 고문당하는 치욕을 겪은 김원봉이 북으로 가버렸고, 1949년 6월 26일 육군 소위 안두희가 종로 평동 경교장으로 들어가 45구경 권총을 발사하여 김구를 암살했다.

안두희는 범행 1주일 전 대통령 이승만을 만났다.

이런 와중에도 1950년 5월 제 2대 국회의원에 당선되는 독립운동가도 있었다. 국회는 6월 19일 개원했다. 그러나 불과 며칠 뒤 전쟁이 일어나면서 국회는 개점 휴업 상태가 되고 말았다. 이때 국민방위군 사건이 일어나고 보도연맹 학살이 자행되었다.

"이승만 일당이 전쟁 중에 50만 명의 청년들을 군인 비슷한 신분으로 만들어 국민방위군을 창설해놓고는, 예산은 다 빼돌려 떼어먹고 청년들에게는 옷도 주지 않고 밥도 주지 않아 10만 명 청년들이 굶어 죽었소. 참으로 천인공노할 범죄요! 이승만 이후를 노려 자기의 정치적 지지 세력을 육성해오던 국방장관 신성모가 대한청년단 출신들이 많이 포진한 신정동지회라는 단체를 후원하려고 조직적으로 예산을 빼돌리는 과정에서 국민방위군 대규모 사망 사건이 빚어졌다는 거요. 그러나 보니, 국민방위군 예산은 먼저 보는 자가 임자가 되었는데, 고관이 먼저 보게 되는 것이 조직의 이치인즉 높은 자리에 앉은 자부터 크게 해먹고 나면 아래로 내려가면서 야금야금 챙겨먹었다고 합니다. 국가 감찰위원회(현새 감사원) 1년 예산이 3천만 원인데 국민방위군 부사령관 윤익헌이 혼자서 100일 만에 그 열 배인 3억 원을 탕진했어요. 그런데도 이승만은 자신이 총애해온 사령관 김윤근을 대동하여 대구를 순시하고, 신성모는 1951년 1월 국회에서 '국민방위군 사건에 대해 문제를 제기하는 자는 제

5열(간첩)'이라고 몰아 붙였습니다. 이런 일이 벌어지는 우리나라, 이게 나라입니까?"

"어디 그뿐이요? 일제의 '시국대응 전선全鮮 사상보국연맹'을 고스란히 답습해서 조직한 보도연맹 사건도 있을 수 없는 참사였소. 보도연맹은 이승만 정권과 그 밑에 기생하는 관변 인사들이 공산주의나 사회주의 계열의 운동을 한 이력이 있는 사람들을 끌어모아서 급조한 반공단체 아닙니까? 그러니까 보도연맹이 겉으로는 '좌익사상에 물든 국민들을 보호하고 인도한다'고 했지만, 실제로는 그 반대로 갈 것이라는 사실은 너무도 자명한 예측 아니었겠소? 일제도 1941년에 사상보국연맹을 만들고는 곧 이어 '조선 사상범 예방 구금령'을 가동했었지요. 일제가 항복한다고 두 손을 드는 일이 몇 달만 늦춰졌더라도 아마 여기 있는 우리들은 모두 개죽음을 당했을 겁니다. 그런데 이승만 정권에는 시간이 많았습니다. 보도연맹은 1949년 말에 가입자가 30만 명이나 되었고, 서울만도 거의 2만 명이었습니다. 전쟁이 나자 이승만 정권과 그 앞잡이들은 보도연맹 회원들을 온 나라 곳곳에서 마구 학살했습니다. 그 탓에 골짜기, 강가, 빈터, 광산…… 우리나라 방방곡곡은 민간인을 죽이는 총소리로 가득 찼어요."

독립운동가로서 국회의원에 당선되었던 김시현은 1952년 5월 민주국민당을 탈당했다. 그는 이승만을 제거해야 전쟁의 참상과 도탄에 빠진 민중을 구제할 수 있다고 판단하였다. 6월 25일 부산 충무동 광장에서 한국전쟁 2주년 기념식이 열렸다. 김시현은 대통령 이승만을 저격하려다 실패하고 사형을 언도받았다. 그 후 무기 징역으로 감형되어 수형 생활을 하던 중 4·19혁명으로 석방되었다. 김시현은 1960년 제5대 민의원 선거에 무소속으로 출마하여 다시 당선되었지만 1961년 5·16군사쿠데타로 정치 활동을 접을 수밖에 없었다9).

일제는 대한민국임시정부 주석 김구와 의열단 단장 김원봉을 그토록 죽이고 싶어했다. 일제는 김구에게 60만 원(현시세 약 200억 원), 김원봉에게 100만 원(약 320억 원)의 어마어마한 현상금까지 걸었다. 하지만 35년 긴 세월 동안 일제는 그 소원을 이루지 못했다. 독립 이후 남과 북은 단 몇 년 만에 일본 제국주의의 꿈을 이루어주었다.

2021년, 현진건이 〈빈처〉와 〈술 권하는 사회〉를 발표한 지 100주년이 되는 해였다. 〈빈처〉와 〈술 권하는 사회〉는 《개벽》 2021년 1월호와 11월호에 각각 발표되었다.

2021년 11월 1일 오후, 서울 어떤 중학교 국어 교

---

9) 국민은 김시현을 이승만 저격 사건 후에도 다시 국회의원으로 뽑았지만, 대한민국 정부는 지금(2021년)도 그를 대통령 암살 미수범이라는 이유로 독립유공자로 인정하지 않고 있다. 김시현은 1966년 세상을 떠났다.

사가 〈술 권하는 사회〉 발표 100주년을 맞아 문예반 학생들과 함께 종로구 부암동 '현진건 집터'를 찾았다.

"선생님! 서울에 이런 동네가 있는 줄 몰랐어요! 정말 공기가 좋아요!"

반장 학생이 그렇게 말하자 다른 학생이,

"그래서 바로 옆에 청와대도 있잖아!"

하고 맞장구를 쳤다. 그러고는 이어서,

"여기가 현진건 소설가가 양계를 했던 곳이에요?"

하며 물었다. 교사가,

"맞아! 집은 없어지고 빈터뿐이지만…. 자, 여기 집터 표지석 보이지? 반장이 한번 읽어볼까?"

하자, 학생이 돌에 새겨져 있는 안내문을 읽기 시작한다.

"**현진건 집터** 玄鎭健家址 Former Site of Hyeon Jin-geon's House : 현진건(1900-1943)은 근대문학 초기 단편소설의 양식을 개척하고 사실주의 문학의 기틀을 마련한 소설가이다. 그의 작품은 자전적 소설과 민족적 현실 및 하층민에 대한 소설, 역사소설이 주류를 이루고 있다. 그는 친일문학에 가담하지 않은 채 빈곤한 생활을 하다가 1943년 장결핵으로 세상을 떠났다."

다 읽은 학생이 교사에게 묻는다.

"그런데 선생님! 전에 수업 시간에는 현진건이 '일장기 말소 의거'로 일제에 체포되어 옥살이와 고문을 당한 독립유공자라고 말씀하셨는데, 왜 여기는 언급이 안 되어 있나요?"

교사가 고개를 갸우뚱하면서 중얼거리듯이 대답한다.

"글쎄…."

같은 날 오후, 대구의 어떤 중학교 국어교사도 〈술 권하는 사회〉 발표 100주년을 맞아 문예반 학생들과 함께 달서구 두류공원 '현진건 문학비'를 찾았다.

"쌤(선생님)! 현진건이 대구 출신인 줄 이번에 처음 알았어예(알았습니다)."

반장 학생이 그렇게 말하자 다른 학생이,

"영어 학원에서 맨닐(날마다) 만나는 고등학생 형도 모른다 카더라(하더라), 뭐! 전교 1등 한다 카던데!"

하고 맞장구를 쳤다. 그러고는 이어서,

"문학비를 와(왜) 여다(여기에다) 세웠어예(세웠습니까)? 생가가 계산동이면 거게(거기에) 세우는 기(것이) 훨씬 나슬(나을) 텐데…."

하며 제 생각을 밝혔다. 교사가,

"맞아! 그런데 생가가 어디인지 아직 정확하게 몰라. 서울에 살던 집도 모두 없어졌고, 무덤도 없어….

여기에 문학비라도 세워졌으니 그나마 다행이지. 그건 그렇고, 자, 문학비 안내문을 반장이 한번 읽어볼까?"
하자, 학생이 돌에 새겨져 있는 글을 읽기 시작한다.

"**현진건 문학비** 빙허 현진건(1900~1943) 현진건은 대구에서 태어난 한국 사실주의 문학의 대표 작가이다. 그가 치욕의 일제 치하에 살면서 극명하게 묘사한 현실은 그대로 '조선의 얼굴'이었다. 생애를 통하여 끝내 불의와 타협하지 않은, 지조와 문학 정신을 기리고자 여기 비를 세운다."

다 읽은 학생이 교사에게 묻는다.
"그런데 쌤! 전에 수업 시간에는 현진건이 '일장기 말소 의거'로 일제에 체포되가꼬(체포되어 가지고) 옥살이와 고문을 당한 독립유공자라고 말씀하셨는데, 여기는 와(왜) 그 말이 언급이 안 되어 있능교(있습니까)?"
교사가 고개를 갸우뚱하면서 중얼거리듯이 대답한다.
"글쎄…."(끝)

장편소설 〈일장기를 지워라〉 본문 속에서 현진건의 등단작 〈희생화〉와 1926년 발표작 〈고향〉을 읽었습니다. 현진건은 1926년 3월 20일 창작집을 발간하면서 책 이름을 《조선의 얼골》이라고 붙였는데, 〈고향〉에 나오는 '음산하고 비참한 조선의 얼굴'이라는 표현을 활용한 것이었습니다. 그 외 〈일장기를 지워라〉와 현진건의 작품세계를 이해하는 데 도움이 될 수 있도록 그의 또 다른 대표작들인 〈빈처〉〈술 권하는 사회〉〈운수 좋은 날〉을 소개해 드립니다.

빈처

현진건 단편소설

1

"그것이 어째 없을까?"

아내가 장문을 열고 무엇을 찾더니 입안말로 중얼거린다.

"무엇이 없어?"

나는 우두커니 책상머리에 앉아서 책장만 뒤적뒤적하다가 물어 보았다.

"모본단1) 저고리가 하나 남았는데…."

"…."

나는 그만 묵묵하였다. 아내가 그것을 찾아 무엇 하려는 것을 앎이라. 오늘 밤에 옆집 할멈을 시켜 잡히려는 것이다. 이 2년 동안에 돈 한 푼 나는 데는 없고 그대로 주리면 시장할 줄 알아 기구(器具)와 의복을 전당국2) 창고(典當局倉庫)에 들이밀거나 고물상 한 구석에 세워 두고 돈을 얻어 오는 수밖에 없었다.

---

1) 중국이 원산지인 비단의 한 종류. (★) 현진건 소설에는 독자들의 이해를 돕기 위해 곳곳에 현대식 뜻풀이를 덧붙였습니다. 하지만 이 책에 수록된 현진건 소설의 문장은 원문 그대로는 아니므로 연구 대상으로 삼을 수는 없습니다.

2) 값나가는 물건을 맡기면 돈을 꾸어주는 업체

지금 아내가 하나 남은 모본단 저고리를 찾는 것도 아침거리를 장만하려 함이라. 나는 입맛을 쩍쩍 다시고 폈던 책을 덮으며 '후 -!' 한숨을 내쉬었다.

봄은 벌써 반이나 지났건마는 이슬을 실은 듯한 밤기운이 방구석으로부터 슬금슬금 기어 나와 사람에게 안기고, 비가 오는 까닭인지 밤은 아직 깊지 않건만 인적조차 끊어지고 온 천지가 빈 듯이 고요한데 투닥투닥 떨어지는 빗소리가 한없는 구슬픈 생각을 자아낸다.

"빌어먹을 것, 되는 대로 되어라."

나는 점점 견딜 수 없어 두 손으로 흩어진 머리카락을 쓰다듬어 올리며 중얼거려보았다. 이 말이 더욱 처량한 생각을 일으킨다. 나는 또 한 번 '후 -!' 한숨을 내쉬며 왼팔을 베고 책상에 쓰러지며 눈을 감았다.

이 순간에 오늘 지낸 일이 불현듯 생각이 난다.

늦게야 점심을 마치고 내가 막 궐련[卷煙]3) 한 개를 피워 물 적에 한성은행(漢城銀行) 다니는 T가 공일이라고 놀러 왔었다. 친척은 다 멀지 않게 살아도 가난한 꼴을 보이기도 싫고, 찾아갈 적마다 무엇을 뀌어내라고 조르지도 아니하였건만 행여나 무슨 구차한 소리를 할까 봐서 미리 방패막이를 하고 눈살을 찌푸리는 듯하여 나도 발을 끊고, 따라서 찾아오는 이도 없었다.

다만 이 T는 촌수가 가까운 까닭인지 자주 우리를 방문하였다. 그는 성실하고 공순하며 설설(屑屑)한 소사(小事)4)에 슬퍼하고 기뻐하는 인물이었다. 동년배(同年輩)인

---

3) 종이로 말아 놓은 담배
4) 설설한 소사 : 가루만큼이나 작은 일

5) 우리 둘은 늘 친척 간에 비교 거리가 되었었다. 그리고 나의 평판이 항상 좋지 못했다.

"T는 돈을 알고 위인이 진실해서 그 애는 돈푼이나 모을 것이야! 그러나 K(내 이름)는 아무짝에도 못 쓸 놈이야. 그 잘난 언문(諺文)6) 섞어서 무어라고 끄적거려 놓고 제 주제에 무슨 조선에 유명한 문학가가 된다니! 시러베아들7) 놈!"

이것이 그네들의 평판이었다. 내가 문학인지 무엇인지 하는 소리가 까닭 없이 그네들의 비위에 틀린 것이다. 더군다나 나는 그네들의 생일이나 혹은 대사(大事) 때에 돈 한 푼 이렇다는 일이 없고, T는 소위 착실히 돈벌이를 하여 가지고 국수밥소라8)나 보조를 하는 까닭이다.

"얼마 아니 되어 T는 잘살 것이고, K는 거지가 될 것이니 두고 보아!"

오촌 당숙은 이런 말씀까지 하였다 한다. 입 밖에는 아니 내어도 친부모 친형제까지라도 심중(心中)으로는 다 이렇게 생각할 것이다. 그래도 부모는 달라서 화가 나시면,

---

5) 나이가 같은

6) 한글

7) '믿을 수 없다'는 뜻의 '실實 없다'에 사람을 가리키는 '배輩(폭력배 등)'가 붙어서 만들어진 '실없는 배'를 사람들이 쉽게 소리내기 위해 "시러배"라 발음하게 되었다. 이 현실발음을 표준어로 인정하고, 거기에 낮춰 말하는 '아들'을 덧붙인 '시러배아들'이라는 말이 생겨났다.

8) 국수나 밥 등을 담는 놋그릇

"네가 그리하다가는 말경(末境)9)에 비렁뱅이10)가 되고 말 것이야."
라고 꾸중은 하셔도,
 "사람이란 늦복 모르느니라."
 "그런 사람은 또 그렇게 되느니라."
하시는 것이 스스로 위로하는 말씀이고, 또 며느리를 위로하는 말씀이었다. 이것을 보아도 하는 수 없는 놈이라고 단념을 하시면서 그래도 잘되기를 바라시고 축원하시는 것을 알겠더라.

 여하간 이만하면 T의 사람됨을 가히 알 수가 있다. 그리고 그가 우리 집에 올 것 같으면 지어서 쾌활하게 웃으며 힘써 재미스러운 이야기를 하였다. 단둘이 고적하게 그날그날을 보내는 우리에게는 더할 수 없이 반가웠다.

 오늘도 그가 활발하게 집에 쑥 들어오더니 신문지에 싼 기름한 것을 '이것 봐라' 하는 듯이 마루 위에 올려놓고 분주히 구두끈을 끄른다.
 "이것은 무엇인가!"
 나는 물어 보았다.
 "저, 제 처의 양산이야요. 쓰던 것이 벌써 다 낡았고 또 살이 부러졌다나요."
그는 구두를 벗고 마루에 올라서며 나오는 웃음을 참지 못하여 벙글벙글하면서 대답을 한다. 그는 나의 아내를 보며 돌연히,

---

 9) 인생의 마지막 시기
 10) 빌어먹는 사람, 거지

"아주머니 좀 구경하시렵니까?"
하더니 싼 종이와 집을 벗기고 양산을 펴 보인다. 흰 비단 바탕에 두어 가지 매화를 수놓은 양산이었다.

"검정이는 좋은 것이 많아도 너무 칙칙해 보이고… 회색이나 누렁이는 하나도 그것이야 싶은 것이 없어서 이것을 산 걸요."

그는 '이것보다 더 좋은 것을 살 수가 있나' 하는 뜻을 보이려고 애를 쓰며 이런 발명11)까지 한다.

"이것도 퍽 좋은데요."

이런 칭찬을 하면서 양산을 펴 들고 이리저리 홀린 듯이 들여다보고 있는 아내의 눈에는 '나도 이런 것을 하나 가졌으면' 하는 생각이 역력히 보인다.

나는 갑자기 불쾌한 생각이 와락 일어나서 방으로 들어오며 아내의 양산 보는 양을 빙그레 웃고 바라보고 있는 T에게,

"여보게, 방에 들어오게그려, 우리 이야기나 하세."

T는 따라 들어와 물가 폭등에 대한 이야기며, 자기의 월급이 오른 이야기며, 주권(株券)을 몇 주 사두었더니 꽤 이익이 남았다든가, 이번 각 은행 사무원 경기회(競技會)에서 자기가 우월한 성적을 얻었다든가, 이런 것 저런 것 한참 이야기하다가 돌아갔다.

T를 보내고 책상을 향하여 짓던 소설의 결미(結尾)12)를 생각하고 있을 즈음에,

"여보!"

---

11) 잘못이 없음을 말로 밝힘.
12) 끝부분, 결말

아내의 떠는 목소리가 바로 내 귀 곁에서 들린다. 핏기 없는 얼굴에 살짝 붉은빛이 돌며 어느 결에 내 곁에 바싹 다가앉았더라.

"당신도 살 도리를 좀 하셔요."

"…"

나는 또 '시작하는구나' 하는 생각이 번개같이 머리에 번쩍이며 불쾌한 생각이 벌컥 일어난다. 그러나 무어라고 대답 할 말이 없이 묵묵히 있었다.

"우리도 남과 같이 살아 보아야지요?"

아내가 T의 양산에 단단히 자극을 받은 것이다. 예술가의 처 노릇을 하려는 독특한 결심이 있는 그는 좀처럼 이런 소리를 입 밖에 내지 아니하였다. 그러나 무엇에 상당한 자극만 받으면 참고 참았던 이런 소리를 하게 되는 것이다. 나도 이런 소리를 들을 적마다 '그럴 만도 하다'는 동정심이 없지 아니하나 심사가 어쩐지 좋지 못하였다.

이번에도 '그럴 만도 하나'는 동정심이 없지 아니하되 또한 불쾌한 생각을 억제키 어려웠다. 잠깐 있다가 불쾌한 빛을 드러내며,

"급작스럽게 살 도리를 하라면 어찌할 수가 있소? 차차 될 때가 있겠지!"

"아이구, 차차란 말씀 그만두구려, 어느 천년에…."

아내의 얼굴에 붉은빛이 짙어지며 전에 없던 흥분한 어조로 이런 말까지 하였다. 자세히 보니 두 눈에 은은히 눈물이 괴었더라.

나는 잠시 멍멍하게 있었다. 성낸 불길이 치받쳐 올라온다. 나는 참을 수 없다.

"막벌이꾼한테 시집을 갈 것이지 누가 내게 시집을 오랬어! 저 따위가 예술가의 처가 다 뭐야!"

사나운 어조로 몰풍스럽게13) 소리를 꽥 질렀다.

"에그…!"

살짝 얼굴빛이 변해지며 어이없이 나를 보더니 고개가 점점 수그러지며 한 방울 두 방울 방울방울 눈물이 장판 위에 떨어진다.

나는 이런 일을 가슴에 그리며 그래도 내일 아침거리를 장만하려고 옷을 찾는 아내의 심중을 생각해 보니, 말할 수 없는 슬픈 생각이 가을바람과 같이 설렁설렁 심골(心骨)을 분지르는 것 같다.

쓸쓸한 빗소리는 굵었다 가늘었다 의연히14) 적적한 밤공기에 더욱 처량히 들리고, 그을음 앉은 등피(燈皮)15) 속에서 비추는 불빛은 구름에 가린 달빛처럼 우는 듯 조는 듯 구차히 얻어 산 몇 권 양책(洋冊)의 표제 금자(金字)16)가 번쩍거린다.

2

장 앞에 초연히 서 있던 아내가 무엇이 생각났는지 고개를 끄덕끄덕하며 들릴 듯 말 듯 목 안의 소리로,

---

13) 몰풍(沒風)스럽다 : 정이 없고 퉁명스럽다.
14) 의연하다 : 의지가 강하고 굳세다.
15) 바람에 불이 꺼지지 않도록 등에 덮은 유리 방풍 장치
16) 양책의 표제 금자 : 서양식으로 제작된 책 표지에 금박으로 박힌 제목 글자

"오호… 옳지, 참 그날…."
"찾았소!"
"아니야요, 벌써… 저 인천 사시는 형님이 오셨던 날…."
"…."

아내가 애써 찾던 그것도 벌써 전당포의 고운 먼지가 앉았구나! 종지 하나라도 차근차근 아랑곳하는 아내가 그것을 잡혔는지 아니 잡혔는지 모르는 것을 보면 빈곤이 얼마나 그의 정신을 물어뜯었는지 가히 알겠다.
"…."
"…."

한참 동안 서로 아무 말이 없었다. 가슴이 어째 답답해지며 누구하고 싸움이나 좀 해보았으면, 소리껏 고함이나 질러 보았으면 실컷 울어 보았으면 하는 일종 이상한 감정이 부글부글 피어오르며, 전신에 이가 스멀스멀 기어다니는 듯, 옷이 어째 몸에 끼이고 견딜 수가 없다. 나는 이런 감정을 노골석으로 드러내며,
"점점 구차한 살림에 싫증이 나서 못 견디겠지?"

아내는 무엇을 생각하는지 모르게 정신을 잃고 섰다가 그 게슴츠레한 눈이 둥그래지며,
"네에? 어째서요?"
"무얼 그렇지!"
"싫은 생각은 조금도 없어요."

이렇게 말이 오락가락함을 따라 나는 흥분의 도가 점점 짙어 간다. 그래서 아내가 떨리는 소리로,
"어째 그런 줄 아셔요?"
하고 반문할 적에,

"나를 숙맥17)으로 알우?"
라고, 격렬하게 소리를 높였다.

아내는 살짝 분한 빛이 눈에 비치어 물끄러미 나를 들여다본다. 나는 괘씸하다는 듯이 흘겨보며,

"그러면 그걸 모를까! 오늘날까지 잘 참아 오더니 인제는 점점 기색이 달라지는걸 뭐! 물론 그럴 만도 하지마는!"

이런 말을 하는 내 가슴에는 지난 일이 활동사진 모양으로 어른어른 나타난다.

육 년 전에(그때 나는 십육 세이고 저는 십팔 세였다) 우리가 결혼한 지 얼마 아니 되어 지식에 목마른 나는 지식의 바닷물을 얻어 마시려고 표연히 집을 떠났었다. 광풍에 나부끼는 버들잎 모양으로 오늘은 지나18), 내일은 일본으로 굴러다니다가 금전의 탓으로 지식의 바닷물도 흠씬 마셔 보지도 못 하고 반거들충이19)가 되어 집에 돌아오고 말았다. 내게 시집 올 때에는 방글방글 피려는 꽃봉오리 같던 아내가 어느 결에 이울어가는20) 꽃처럼 두 뺨에 선연한21) 빛이 스러지고 이마에는 벌써 두어 금 가는 줄이 그리어졌다.

처가 덕으로 집간도 장만하고 세간도 얻어 우리는 소

---

17) 숙맥菽麥은 콩菽과 보리麥를 분별 못한다는 뜻. 즉 '숙맥'은 사리를 분별하지 못하는 어리석은 사람을 가리킨다.

18) 중국

19) 배우던 것을 중도에 그만둔 사람

20) 점점 시들어가는

21) 산뜻하고 밝은

위 살림을 하게 되었다. 처음에는 그럭저럭 지내었지마는 한 푼 나는 데 없는 살림이라 한 달 가고 두 달 갈수록 점점 곤란해질 따름이었다. 나는 보수 없는 독서와 가치 없는 창작으로 해가 지고 날이 새며, 쌀이 있는지 나무가 있는지 망연케22) 몰랐다.

그래도 때때로 맛있는 반찬이 상에 오르고 입은 옷이 과히 추하지 아니함은 전혀 아내의 힘이었다. 전들 무슨 벌이가 있으리오, 부끄럼을 무릅쓰고 친가에 가서 눈치를 보아 가며 구차한 소리를 하여 가지고 얻어 온 것이었다. 그것도 한 번 두 번 말이지 장구한 세월에 어찌 늘 그럴 수가 있으랴! 말경에는 아내가 가져온 세간과 의복에 손을 대는 수밖에 없었다. 잡히고 파는 것도 나는 알은체도 아니 하였다. 그가 애를 쓰며 퉁명스러운 옆집 할멈에게 돈푼을 주고 시켰었다.

이런 고생을 하면서도 그는 나의 성공만 마음속으로 깊이깊이 믿고 빌었었다. 어느 때에는 내가 무엇을 짓다가 마음에 맞지 아니하여 쓰던 것을 집어던지고 화를 낼 적에,

"왜 마음을 조급하게 잡수셔요! 저는 꼭 당신의 이름이 세상에 빛날 날이 있을 줄 믿어요. 우리가 이렇게 고생을 하는 것이 장래에 잘 될 근본이야요."

하고 그는 스스로 흥분되어 눈물을 흘리며 나를 위로한 적도 있었다.

내가 외국으로 돌아다닐 때에 소위 신풍조(新風潮)에 떠어 까닭 없이 구식 여자가 싫어졌다. 그래서 나의 일

---

22) 망연하다 : 생각이 나지 않아 막막하다.

찍이 장가 든 것을 매우 후회하였다. 어떤 남학생과 어떤 여학생이 서로 연애를 주고받고 한다는 이야기를 들을 적마다 공연히 가슴이 뛰놀며 부럽기도 하고 비감(悲感)[23]스럽기도 하였었다.

그러나 낫살이 들어갈수록 그런 생각도 없어지고 집에 돌아와 아내를 겪어 보니 의외에 그에게 따뜻한 맛과 순결한 맛을 발견하였다. 그의 사랑이야말로 이기적 사랑이 아니고 헌신적 사랑이었다. 이런 줄을 점점 깨닫게 될 때에 내 마음이 얼마나 행복스러웠으랴! 밤이 깊도록 다듬이를 하다가 그만 옷 입은 채로 쓰러져 곤하게 자는 그의 파리한 얼굴을 들여다보며,

"아아, 나에게 위안을 주고 원조를 주는 천사여!"
하고 감격이 극하여 눈물을 흘린 일도 있었다.

내가 알다시피 내가 별로 천품[24]은 없으나 어쨌든 무슨 저작가로 몸을 세워 보았으면 하여 나날이 창작과 독서에 전심력을 바치었다. 물론 아직 남에게 인정될 가치는 없는 것이다. 그 영향으로 자연 일상생활 이 말유(末由)[25]하게 되었다.

이런 곤란에 그는 근 이 년 견디어 왔건마는 나의 하는 일은 오히려 아무 보람이 없고 방 안에 놓였던 세간이 줄어 가고 장농에 찼던 옷이 거의 다 없어졌을 뿐이다.

그 결과 그다지 견딜성 있던 저도 요사이 와서는 때

---

23) 슬픈 감정
24) 타고난(하늘이 준) 능력과 품성
25) 최악의 곤란한 상황

때로 쓸데없는 탄식을 하게 되었다. 손잡이를 잡고 마루 끝에 우두커니 서서 하염없이 먼 산만 바라보기도 하며, 바느질을 하다 말고 실심(失心)한[26] 사람 모양으로 멍멍히 앉았기도 하였다. 창경(窓鏡)[27]으로 비치는 어스름한 햇빛에 나는 흔히 그의 눈물 머금은 근심 있는 눈을 발견하였다. 이럴 때에는 말할 수 없는 쓸쓸한 생각이 들며 일없이,

"마누라!"

하고 부르면, 그는 몸을 흠칫하고 고개를 저리로 돌리어 치맛자락으로 눈물을 씻으며,

"네에?"

하고 울음에 떨리는 가는 대답을 한다. 나는 등에 찬물을 끼얹은 듯 몸이 으쓱해지며 처량한 생각이 싸늘하게 가슴에 흘렀었다. 그렇지 않아도 자비(自卑)하[28]기 쉬운 마음이 더욱 심해지며,

'내가 무자격한 탓이다.'

하고 스스로 멸시를 하고 나니 더욱 견딜 수 없다.

'그럴 만도 하다.'

는 동정심이 없지 아니하되, 그래도 그만 불쾌한 생각이 일어나며,

'계집이란 할 수 없이.'

혼자 이런 불평을 중얼거리었다….

환등(幻燈)[29] 모양으로 하나씩 둘씩 이런 일이 가슴

---

26) 정신이 없는
27) 유리창
28) 자기 자신을 스스로 낮춤.

에 나타나니 무어라고 말할 용기조차 없어졌다. 나의 유일의 신앙자이고 위로자이던 저까지 인제는 나를 아니 믿게 되고 말았다. 그는 마음속으로,

'네가 육 년 동안 내 살을 깎고 저미었구나! 이 원수야!'

할 것이다. 이렇게 생각하매 그의 불같던 사랑까지 엷어져 가는 것 같았다. 아니 흔적도 없이 사라지고 만 것 같았다. 나는 감상적으로 허둥허둥하며,

"낸들 마누라를 고생시키고 싶어 시켰겠소! 비단옷도 해주고 싶고 좋은 양산도 사주고 싶어요! 그러기에 온종일 쉬지 않고 공부를 아니 하우. 남 보기에는 편편히 노는 것 같아도 실상은 그렇지 않아! 본들 모른단 말이요."

나는 점점 강한 가면을 벗고 약한 진상을 드러내며 이와 같은 가소로운 변명까지 하였다.

"왼 세상 사람이 다 나를 비소(誹笑)30) 하고 모욕하여도 상관이 없지만 마누라까지 나를 아니 믿어 주면 어찌한단 말이요."

내 말에 스스로 자극이 되어 마침내,

"아아."

길이 탄식을 하고 그만 쓰러졌다. 이 순간에 고개를 숙이고 아마 하염없이 입술만 물어뜯고 있던 아내가 홀연,

---

29) 그림이나 사진 등에 강한 불빛을 비추어 그 반사광을 렌즈로 확대해서 보여주는 기구 또는 그 불빛

30) 비웃음

"여보!"

울음소리를 떨면서 무너지는 듯이 내 얼굴에 쓰러진다.

"용서…."

하고는 북받쳐 나오는 울음에 말이 막히고 불덩이 같은 두 뺨이 내 얼굴을 누르며 흑흑 느끼어 운다. 그의 두 눈으로부터 샘솟듯 하는 눈물이 제 뺨과 내 뺨 사이를 따뜻하게 젖어 퍼진다. 내 눈에서도 눈물이 흘러내린다. 뒤숭숭하던 생각이 다 이 뜨거운 눈물에 봄눈 슬듯 스러지고 말았다.

한참 있다가 우리는 눈물을 씻었다. 내 속이 얼만큼 시원한 듯하였다.

"용서하여 주셔요! 그렇게 생각하실 줄은 몰랐어요."

이런 말을 하는 아내는 눈물에 불어오른 눈꺼풀을 아픈 듯이 꿈적거린다.

"암만 구차하기로니 싫증이야 날까요! 나는 한번 먹은 마음이 있는데…."

가만가만히 변명을 하는 아내의 눈물 흔적이 어룽어룽한 얼굴을 물끄러미 바라보며 겨우 심신이 가뜬하였다.

3

어제 일로 심신이 피곤하였던지 그 이튿날 늦게야 잠을 깨니 간밤에 오던 비는 어느 결에 그치었고 명랑한 햇발이 미닫이에 높았더라. 아내가 다시금 장문을 열고 잡힐 것을 찾을 즈음에 누가 중문을 열고 들어온다.

우리는 누군가 하고 귀를 기울일 적에 밖에서,
"아씨!"
하는 소리가 들렸다.

아내는 급히 방문을 열고 나갔다. 그는 처가에서 부리는 할멈이었다. 오늘이 장인 생신이라고 어서 오라는 말을 전한다.

"오늘이야! 참 옳지, 오늘이 이월 열엿샛날이지, 나는 깜빡 잊었어!"

"원 아씨는 딱도 하십니다. 어쩌면 아버님 생신을 잊으신단 말씀이오. 아무리 살림이 재미가 나시더래도……."

시큰둥한 할멈은 선웃음[31]을 쳐가며 이런 소리를 한다. 가난한 살림에 골몰하느라고 자기 친부의 생신까지 잊었는가 하매 아내의 정지(情地)[32]가 더욱 측은하였다.

"오늘이 본가 아버님 생신이라요. 어서 오시라는데……."

"어서 가구려…."

"당신도 가셔야지요. 우리 같이 가셔요."
하고 아내는 하염없이 얼굴을 붉힌다.

나는 처가에 가기가 매우 싫었었다. 그러나 아니 가는 것도 내 도리가 아닐 듯하여 하는 수 없이 두루마기를 입었다.

아내는 머뭇머뭇하며 양미간을 보일 듯 말 듯 찡그리다가 곁눈으로 살짝 나를 엿보더니 돌아서서 급히 장

---

31) 우습지도 않은데 꾸며 웃는 거짓 웃음
32) 딱한 사정에 있는 처지

문을 연다.

'흥, 입을 옷이 없어서 망설거리는구나.'

나도 슬쩍 돌아서며 생각하였다. 우리는 서로 등지고 섰건만 그래도 아내가 거의 다 빈 장 안을 들여다보며 입을 만한 옷이 없어 눈살을 찌푸린 양이 눈앞에 선연함을 어찌할 수가 없었다.

"자아, 가셔요."

무엇을 생각는지 모르게 정신을 잃고 섰다가 아내의 부르는 소리를 듣고 나는 기계적으로 고개를 돌이었다.

아내는 당목옷33)을 갈아입고 내 마음을 알았던지 나를 위로하는 듯이 방그레 웃는다. 나는 더욱 쓸쓸하였다.

우리 집은 천변 배다리 곁에 있고 처가는 안국동에 있어 그 거리가 꽤 멀었다. 나는 천천히 가느라고 가고 아내는 속히 오느라고 오건마는 그는 늘 뒤떨어졌었다. 내가 한참 가다가 뒤를 돌아보면 그는 늘 멀리 떨어져 나를 따라오려고 애를 쓰며 주춤주춤 걸어온다. 길가에 다니는 어느 여자를 보아도 거의 다 비단옷을 입고 고운 신을 신었는데 아내만 당목옷을 허술하게 차리고 청목당혜34)로 타박타박 걸어오는 양이 나에게 얼마나 애연(哀然)한35) 생각을 일으켰는지!

---

33) 무명실로 짠 서양 옷감으로, 중국 唐을 거쳐 우리나라에 들어왔다 하여 당목唐木이라 한다. '목'은 목화이다.

34) 기름에 결은 가죽신의 한 종류로, 흰 바탕이나 붉은 바탕에 푸른 무늬를 놓았는데 주로 여자나 아이들이 신었다.

35) 슬픈

한참 만에 나는 넓고 높은 처가 대문에 다다랐다. 내가 안으로 들어갈 적에 낯선 사람들이 나를 흘끔흘끔 본다. 그들의 눈에,

'이 사람이 누구인가. 아마 이 집 하인인가 보다.'
하는 경멸히 여기는 빛이 있는 것 같았다. 안 대청 가까이 들어오니 모두 내게 분분히36) 인사를 한다. 그 인사하는 소리가 내 귀에는 어째 비소하는 것 같기도 하고 모욕하는 것 같기도 하여 공연히 가슴이 두근거리고 얼굴이 후끈거리었다.

그 중에 제일 내게 친숙하게 인사하는 사람이 있다. 그는 아내보다 삼 년 맏이인 처형이었다. 내가 어려서 장가를 들었으므로 그때 그는 나를 못 견디게 시달렸다. 그때는 그가 싫기도 하고 밉기도 하더니 지금 와서는 그때 그러한 것이 도리어 우리를 무관하고 정답게 만들었다.

그는 인천 사는데 자기 남편이 기미(期米)37)를 하여 가지고 이번에 돈 십만 원이나 착실히 땄다 한다. 그는 자기의 잘사는 것을 자랑하고자 함인지 비단을 내리감고 치감고 얼굴에 부유한 태(態)38)가 질질 흐른다. 그러나 분으로 숨기려고 애쓴 보람도 없이 눈 위에 퍼렇게 멍든 것이 내 눈에 띄었다.

"왜 마누라는 어쩌고 혼자 오셔요!"

---

36) 여럿이 한데 뒤섞여 어수선하게
37) 실제 거래를 목적으로 하는 것이 아니고 쌀의 시세를 이용해 (현물 없이) 약속으로만 거래하는 일종의 투기 행위
38) 흔히 '아름답고 보기 좋은 모양새'를 뜻하지만 여기서는 '겉으로 드러나는 모습' 정도의 의미로 읽힌다.

그는 웃으며 이런 말을 하다가 중문 편을 바라보더니,

"그러면 그렇지! 동부인 아니하고[39] 오실라구!"
혼자 주고받고 한다.

나도 이 말을 듣고 슬쩍 돌아다보니 아내가 벌써 중문 안에 들어섰더라. 그 수척한 얼굴이 더욱 수척해 보이며 눈물 괸 듯한 눈이 하염없이 웃는다. 나는 유심히 그와 아내를 번갈아 보았다. 처음 보는 사람은 분간을 못하리만큼 그들의 얼굴은 혹사(酷似)하다[40]. 그런데 얼굴빛은 어쩌면 저렇게 틀리는지! 하나는 이글이글 만발한 꽃 같고 하나는 시들시들 마른 낙엽 같다. 아내를 형이라 하고, 처형을 아우라 하였으면 아무라도 속을 것이다.

또 한번 아내를 보며 말할 수 없는 쓸쓸한 생각이 다시금 가슴을 누른다. 딴 음식은 별로 먹지도 아니하고 못 먹는 술을 넉 잔이나 마시었다. 그래도 바늘방석에 앉은 것처럼 앉아 견딜 수가 없다. 집에 가려고 나는 몸을 일으켰다. 골치가 띵 하며 내가 선 방바닥이 마치 폭풍에 도도(滔滔)하는[41] 파도같이 높았다 낮았다 어질어질해서 곧 쓰러질 것 같다. 이 거동을 보고 장모가 황망(惶忙)히[42] 일어서며,

---

39) 부인과 함께 하지 않고
40) 아주 비슷하다. '혹사(酷使)하다'는 일을 지독하게 시키다.
41) 막힘이 없고 기운찬
42) 당황하여 허둥지둥하며

"술이 저렇게 취해 가지고 어데로 갈라구. 여기서 한잠 자고 가게."

나는 손을 내저으며,

"아니에요. 집에 가겠어요."

취한 소리로 중얼거리었다.

"저를 어쩌나!"

장모는 걱정을 하시더니,

"할멈! 어서 인력거 한 채 불러오게."

한다.

취중에도 인력거를 태우지 말고 그 인력거 삯을 나를 주었으면 책 한 권을 사보련만 하는 생각이 있었다. 인력거를 타고 얼마 아니 가서 그만 잠이 들고 말았다.

한참 자다가 잠을 깨어 보니 방 안에 벌써 남폿불이 키었는데 아내는 어느 결에 왔는지 외로이 앉아 바느질을 하고 화로에서는 무엇이 끓는 소리가 보글보글하였다. 아내가 나의 잠 깬 것을 보더니 급히 화로에 얹은 것을 만져 보며,

"인제 그만 일어나 진지를 잡수셔요."

하고 부리나케 일어나 아랫목에 파묻어 둔 밥그릇을 꺼내어 미리 차려 둔 상에 얹어서 내 앞에 갖다 놓고 일변 화로를 당기어 더운 반찬을 집어 얹으며,

"자아 어서 일어나셔요."

나는 마지못하여 하는 듯이 부시시 일어났다. 머리가 오히려 아프며 목이 몹시 말라서 국과 물을 연해 들이켰다.

"물만 잡수셔서 어째요. 진지를 좀 잡수셔야지."

아내는 이런 근심을 하며 밥상머리에 앉아서 고기도

뜯어 주고 생선뼈도 추려 주었다. 이것은 다 오늘 처가에서 가져 온 것이다. 나는 맛나게 밥 한 그릇을 다 먹었다. 내 밥상이 나매 아내가 밥을 먹기 시작한다. 그러면 지금껏 내 잠 깨기를 기다리고

밥을 먹지 아니하였구나 하고 오늘 처가에서 본 일을 생각하였다.

어제 일이 있은 후로 우리 사이에 무슨 벽이 생긴 듯하던 것이 그 벽이 점점 엷어져 가는 듯하며 가엾고 사랑스러운 생각이 일어났었다. 그래서 우리는 정답게 이런 이야기 저런 이야기를 하게 되었다. 우리의 이야기는 오늘 장인 생신 잔치로부터 처형 눈 위에 멍든 것에 옮겨 갔다.

처형의 남편이 이번 그 돈을 딴 뒤로는 주야 요리점과 기생집에 돌아다니더니 일전에 어떤 기생을 얻어 가지고 미쳐 날뛰며 집에만 들면 집안 사람을 들볶고, 걸핏하면 처형을 친다 한다. 이번에도 별로 대단치 않은 일에 처형에게 밥상으로 냅다 갈겨 바로 눈 위에 그렇게 멍이 들었다 한다.

"그것 보아 돈푼이나 있으면 다 그런 것이야."

"정말 그래요. 없으면 없는 대로 살아도 의좋게 지내는 것이 행복이야요."

아내는 충심43)으로 공명44)해주었다. 이 말을 들으매 내 마음은 말할 수 없이 만족해지며 무슨 승리자나 된 듯이 득의양양45)하였다. 그리고 마음속으로,

---

43) 마음속에서 일어난 진심
44) 다른 사람의 사상이나 행동에 동의하여 따르려 함.

'옳다, 그렇다. 이렇게 지내는 것이 행복이다.'
하였다.

4

이틀 뒤 해 어스름에 처형은 우리 집에 놀러 왔었다. 마침 내가 정신없이 무엇을 생각하고 있을 즈음에 쓸쓸하게 닫혀 있는 중문이 찌긋둥하며 비단옷 소리가 사으락사으락 들리더니 아랫목은 내게 빼앗기고 윗목에 바느질을 하고 있던 아내가 문을 열고 나간다.
"아이고 형님 오셔요."
아내의 인사하는 소리가 들리더니 처형이 계집 하인에게 무엇을 들리고 들어온다.
나도 반갑게 인사를 하였다.
"그날 매우 욕을 보셨지요. 못 잡숫는 술을 무슨 짝에 그렇게 잡수셔요."
그는 이런 인사를 하다가 급작스럽게 계집 하인이 든 것을 빼앗더니 그 속에서 신문지로 싼 것을 끄집어 내어 아내를 주며,
"내 신 사는데 네 신도 한 켤레 샀다. 그날 청목당혜를…"
말을 하려다가 나를 곁눈으로 흘끗 보고 그만 입을 닫친다.
"그것을 왜 또 사셨어요."
해쓱한 얼굴에 꽃물을 들이며 아내가 치사하는46) 것

---

45) 뜻한 바를 이루어 우쭐거리며 뽐냄.

도 들은 체 만체하고 처형은 또 이야기를 시작한다.

"올 적에 사랑양반47)을 졸라서 돈 백 원을 얻었겠지. 그래서 오늘 종로에 나와서 옷감도 바꾸고 신도 사고…."

그는 자랑과 기쁨의 빛이 얼굴에 퍼지며 싼 보를 끌러,

"이런 것이야!"

하고 우리 앞에 펼쳐 놓는다.

자세히는 모르나 여하간 값 많은 품 좋은 비단일 듯하다. 무늬 없는 것, 무늬 있는 것, 회색 옥색 초록색 분홍색이 갖가지로 윤이 흐르며 색색이 빛이 나서 나는 한참 황홀하였다.

무슨 칭찬을 해야 되겠다 싶어서,

"참 좋은 것인데요."

이런 말을 하다가 나는 또 쓸쓸한 생각이 일어난다. 저것을 보는 아내의 심중이 어떠할까, 하는 의문이 문득 일어남이라.

"모다 좋은 것만 골라 샀습니다그려."

아내는 인사를 차리느라고 이런 칭찬은 하나마 별로 부러워하는 기색이 없다.

나는 적이 의외의 감이 있었다.

처형은 자기 남편의 흉을 보기 시작하였다. 그 밉살스럽다는 둥 그 추근추근하다는 둥 말끝마다 자기 남편의 불미한 점을 들다가 문득 이야기를 끊고 일어선다.

"왜 벌써 가시려고 하셔요. 모처럼 오셨다가 반찬은 없어도 저녁이나 잡수셔요."

---

46) 고맙다는 뜻을 표시하다.
47) 남편

하고 아내가 만류를 하니,

"아니 곧 가야지. 오늘 저녁 차로 떠날 것이니까 가서 짐을 매어야지. 아직 차 시간이 멀었어? 아니 그래도 정거장에 일찍이 나가야지 만일 기차를 놓치면 오죽 기다리실라구. 벌써 오늘 저녁 차로 간다고 편지까지 했는데…."

재삼 만류함도 돌아보지 아니하고 그는 훌훌히 나간다. 우리는 그를 보내고 방에 들어왔다.

나는 웃으며 아내에게,

"그까짓 것이 기다리는데 그다지 급급히 갈 것이 무엇이야."

아내는 하염없이 웃을 뿐이었다.

"그래도 옷감 바꿀 돈을 주었으니 기다리는 것이 애처롭기는 하겠지."

밉살스러우니 추근추근하니 하여도 물질의 만족만 얻으면 그것으로 위로 하고 기뻐하는 그의 생활이 참 가련하다 하였다.

"참, 그런가 보아요."

아내도 웃으며 내 말을 받는다. 이때에 처형이 사준 신이 그의 눈에 띄었는지 (혹은 나를 꺼려 보고 싶은 것을 참았는지 모르나) 그것을 집어 들고 조심조심 펴 보려다가 말고 머뭇머뭇한다. 그 속에 그를 해케 할 무슨 위험 품이나 든 것 같이.

"어서 펴보구려."

아내는 이 말을 듣더니,

'작히48) 좋으랴.'

하는 듯이 활발하게 싼 신문지를 헤친다.

"퍽 이쁜걸요."

그는 근일에 드문 기쁜 소리를 치며 방바닥 위에 사뿐 내려놓고 버선을 당기며 곱게 신어 본다.

"어쩌면 이렇게 맞어요!"

연해연방49) 감탄사를 부르짖는 그의 얼굴에 흔연한 희색이 넘쳐흐른다.

"……."

묵묵히 아내의 기뻐하는 양을 보고 있는 나는 또다시,

'여자란 할 수 없어!'

하는 생각이 들며,

'조심하였을 따름이다!'

하매 밤빛 같은 검은 그림자가 가슴을 어둡게 하였다.

그러면 아까 처형의 옷감을 볼 적에도 물론 마음속으로는 부러워하였을 것이다. 다만 표면에 드러내지 않았을 따름이다. 겨우,

"어서 펴보구려."

하는 한마디에 가슴에 숨겼던 생각을 속임 없이 나타내는구나 하였다. 내가 무엇을 생각하고 있는지 저는 모르고 새신 신은 발을 조금 쳐들며,

"신 모양이 어때요."

"매우 이뻐!"

겉으로는 좋은 듯이 대답을 하였으나 마음은 쓸쓸하

---

48) '어찌 조금만큼만', '얼마나'의 뜻으로 희망이나 추측을 나타내는 말. 주로 혼자 느끼거나 묻는 말에 쓰인다.

49) 끊임없이 잇따라 자꾸

였다. 내가 제게 신 한 켤레를 사주지 못하여 남에게 얻은 것으로 만족하고 기뻐하는도다······.
 웬일인지 이번에는 그만 불쾌한 생각이 일어나지 아니하였다.
 처형이 동서를 밉다거니 무엇이니 하면서도 기차를 놓치면 남편이 기다릴까 염려하여 급히 가던 것이 생각난다. 그것을 미루어 아내의 심사도 알 수가 있다. 부득이한 경우라 하릴없이 정신적 행복에만 만족하려고 애를 쓰지마는 기실 부족한 것이다. 다만 참을 따름이다. 그것은 내가 생각해야 된다. 이런 생각을 하니 전날 아내에게 그런 말을 한 것이 후회가 난다.
 '어느 때라도 제 은공을 갚아 줄 날이 있겠지!'
 나는 마음을 좀 너그럽게 먹고 이런 생각을 하며 아내를 보았다.
 "나도 어서 출세를 하여 비단신 한 켤레쯤은 사주게 되었으면 좋으련만······."
 아내가 이런 말을 듣기는 참 처음이다.
 "네에?"
 아내는 제 귀를 못 미더워하는 듯이 의아한 눈으로 나를 보더니 얼굴에 살짝 열기가 오르며,
 "얼마 안 되어 그렇게 될 것이야요!"
라고 힘있게 말하였다.
 "정말 그럴 것 같소?"
 나는 약간 흥분하여 반문하였다.
 "그러문요, 그렇고말고요."
 아직 아무도 인정해 주지 않은 무명작가인 나를 다만 저 하나가 깊이깊이 인정해 준다. 그러기에 그 강한

물질에 대한 본능적 요구도 참아 가며 오늘날까지 몹시 눈살을 찌푸리지 아니하고 나를 도와 준 것이다.

'아아, 나에게 위안을 주고 원조를 주는 천사여!'

마음속으로 이렇게 부르짖으며 두 팔로 덥썩 아내의 허리를 잡아 내 가슴에 바싹 안았다. 그 다음 순간에는 뜨거운 두 입술이……

그의 눈에도 나의 눈에도 그렁그렁한 눈물이 물 끓듯 넘쳐흐른다.

술 권하는 사회

현진건 단편소설

"아이그, 아야!"

홀로 바느질을 하고 있던 아내는 얼굴을 살짝 찌푸리고 가늘고 날카로운 소리로 부르짖었다. 바늘 끝이 왼손 엄지손가락 손톱 밑을 찔렀음이다. 그 손가락은 가늘게 떨고 하얀 손톱 밑으로 앵두 빛 같은 피가 비친다.

그것을 볼 사이도 없이 아내는 얼른 바늘을 빼고 다른 손 엄지손가락으로 그 상처를 누르고 있다. 그러면서 하던 일가지를 팔꿈치로 고이고이 밀어 내려놓았다. 이윽고 눌렀던 손을 떼어보았다. 그 언저리는 인제 다시 피가 아니 나려는 것처럼 혈색이 없다 하더니, 그 희던 꺼풀 밑에 다시금 꽃물이 차츰차츰 밀려온다.

보일 듯 말 듯한 그 상처로부터 좁쌀 낟1) 같은 핏방울이 송송 솟는다. 또 아니 누를 수 없다. 이만하면 그 구멍이 아물었으려니 하고 손을 떼면 또 얼마 아니 되어 피가 비치어 나온다.

인제 헝겊 오락지2)로 처매는 수밖에 없다. 그 상처

---

1) 곡식의 알갱이

를 누른 채 그는 바느질고리3)에 눈을 주었다. 거기 쓸 만한 오락지는 실패4) 밑에 있다. 그 실패를 밀어내고 그 오락지를 두 새끼손가락 사이에 집어 올리려고 한동안 애를 썼다. 그 오락지는 마치 풀로 붙여둔 것같이 고리 밑에 착 달라붙어 세상 집혀지지 않는다. 그 두 손가락은 헛되이 그 오락지 위를 긁적거리고 있을 뿐이다.

"왜 집혀지지를 않아!"

그는 마침내 울 듯이 부르짖었다. 그리고 그것을 집어줄 사람이 없나 하는 듯이 방안을 둘러보았다. 방안은 텅 비어 있다. 어느 뉘 하나 없다. 호젓한 허영(虛影)5)만 그를 휩싸고 있다.

바깥도 죽은 듯이 고요하다. 시시로 퐁퐁 하고 떨어지는 수도의 물방울 소리가 쓸쓸하게 들릴 뿐.

문득 전등불이 광채를 더하는 듯하였다. 벽상(壁上)6)에 걸린 괘종(掛鍾)7)의 거울이 번들하며, 새로 한 점8)을 가리키려는 시침(時針)9)이 위협하는 듯이 그의 눈을 쏜

---

2) 실이나 헝겊의 가늘고 긴 조각. '오라기'의 사투리
3) 바늘, 실, 골무, 가위 등 바느질 도구를 담는 그릇
4) 실을 감아 두는 물건
5) 헛된 그림자. 방 안에 이런저런 그림자들이 있지만, 쓸 만한 오락지를 집어 줄 그림자가 있을 리 없다. 그래서 작자는 '헛된' 그림자로 표현하고 있다.
6) 벽 높은 지점
7) 좌우로 왔다 갔다 하는 무거운 추가 움직여 각 시각마다 종소리를 내는 시계
8) 새로 한 점 : 새벽 1시
9) 시곗바늘

다. 그의 남편은 그때껏 돌아오지 않았었다.

아내가 되고 남편이 된 지는 벌써 오랜 일이다. 어느덧 칠팔 년이 지났으리라. 하건만 같이 있어본 날을 헤아리면 단 일 년이 될락 말락 한다. 막 그의 남편이 서울서 중학을 마쳤을 제 그와 결혼하였고, 그러자 마자 고만 동경10)에 부급(負笈)11)한 까닭이다.

거기서 대학까지 졸업을 하였다. 이 길고 긴 세월에 아내는 얼마나 괴로웠으며 외로웠으랴! 봄이면 봄, 겨울이면 겨울, 웃는 꽃을 한숨으로 맞았고, 얼음 같은 베개를 뜨거운 눈물로 덥히었다. 몸이 아플 때, 마음이 쓸쓸할 제, 얼마나 그가 그리웠으랴!
하건만 아내는 이 모든 고생을 이를 악물고 참았었다. 참을 뿐이 아니라 달게 받았었다. 그것은 '남편이 돌아오기만 하면(!)' 하는 생각이 그에게 위로를 주고 용기를 준 까닭이었다.

남편이 동경에서 무엇을 하고 있나? 공부를 하고 있다. 공부가 무엇인가? 자세히 모른다. 또 알려고 애쓸 필요도 없다. 어찌하였든지 이 세상에 제일 좋고 제일 귀한 무엇이라 한다. 마치 옛날이야기에 있는 도깨비의 부자 방망이 같은 것이어니 한다.

옷 나오라면 옷 나오고, 밥 나오라면 밥 나오고, 돈 나오라면 돈 나오고… 저 하고 싶은 무엇이든지 청해서 아니 되는 것이 없는 무엇을, 동경에서 얻어 가지고 나

---

10) 일본의 수도 도쿄東京
11) 본래 뜻은 '책 보따리를 짊어지다'는 의미인데, 여기서는 '유학을 가다'로 쓰였다.

오려니 하였었다. 가끔 놀러오는 친척들이 비단옷 입은 것과 금지환(金指環)12) 낀 것을 볼 때에 그 당장엔 마음 그윽이 부러워도 하였지만 나중엔,

'남편이 돌아오면!'

하고 그것에 경멸하는 시선을 던지었다.

남편이 돌아왔다. 한 달이 지나가고 두 달이 지나간다. 남편의 하는 행동이 자기가 기대하던 바와 조금 배치되는 듯하였다. 공부 아니 한 사람보다 조금도 다른 것이 없었다. 아니다, 다르다면 다른 점도 있다. 남은 돈벌이를 하는데 그의 남편은 도리어 집안 돈을 쓴다. 그러면서도 어디인지 분주히 돌아다닌다. 집에 들면 정신없이 무슨 책을 보기도 하고 또는 밤새도록 무엇을 쓰기도 하였다.

'저러는 것이 참말 부자 방망이를 맨드는 것인가 보다'

아내는 스스로 이렇게 해석한다.

또 두어 달 지나갔다. 남편의 하는 일은 늘 한 모양이었다. 한 가지 더한 것은 때때로 깊은 한숨을 쉬는 것뿐이었다. 그리고 무슨 근심이 있는 듯이 얼굴을 펴지 않았다. 몸은 나날이 축이 나 간다.

'무슨 걱정이 있는고?'

아내는 따리서 근심을 하게 되었다. 하고는 그 여윈 것을 보충하려고 갖가지로 애를 썼다. 곧 될 수 있는 대로 그의 밥상에 맛난 반찬가지를 붙게13) 하며, 또 곰14) 같은 것도 만들었다. 그런 보람도 없이 남편은 입

---

12) 금반지, 금가락지
13) 반찬의 종류가 많아지게

맛이 없다 하며 그것을 잘 먹지도 않았었다.
 또 몇 달이 지나갔다. 인제 출입을 뚝 끊고 늘 집에 붙어있다. 걸핏하면 성을 낸다. 입버릇 모양으로 화난다, 화난다 하였다.
 어느 날 새벽, 아내가 어렴풋이 잠을 깨어, 남편의 누웠던 자리를 더듬어보았다. 쥐이는 것은 이불자락뿐이다. 잠결에도 조금 실망을 아니 느낄 수 없었다. 잃은 것을 찾으려는 것처럼, 눈을 부스스 떴다. 책상 위에 머리를 쓰러뜨리고 두 손으로 그것을 움켜쥐고 있는 남편을 보았다. 흐릿한 의식이 돌아옴에 따라, 남편의 어깨가 들썩들썩 움직임도 깨달았다. 흑 흑 느끼는 소리가 귀를 울린다. 아내는 정신을 바짝 차리었다. 불현듯이 몸을 일으켰다.
 이윽고 아내의 손은 가볍게 남편의 등을 흔들며 목에 걸리고 나오지 않는 소리로,
 "왜 이러고 계셔요."
라고 물어보았다.
 "…."
 남편은 아무 대답이 없다. 아내는 손으로 남편의 얼

---

 14) 먹을거리를 물에 넣고 오랫동안 고아서(진득해질 정도로 끓여서) 만든 음식. 소의 창자 끝에 달린 기름기 많은 곤자소니 부위, 소의 가슴살인 양지머리, 허벅지 뒤쪽 살인 사태 그리고 뼈 등을 넣고 오래 곤 국을 곰탕이라 한다. 즉 곰탕은 고깃국물이다. 그와 달리 현진건 소설 〈운수 좋은 날〉에 나오는 설렁탕은 소 네 다리의 뼈인 사골, 무릎 관절을 이루는 도가니뼈, 기타 잡뼈 등에 소의 허파, 혀, 그 외 양지머리와 사태 등을 넣어 끓인 '뼈 국물'이다. 국물은 일반적으로 설렁탕은 뽀얗고 곰탕은 맑다.

굴을 괴어들려고 할 즈음에, 그것이 뜨뜻하게 눈물에 젖는 것을 깨달았다.

또 한 두어 달 지나갔다. 처음처럼 다시 출입이 자주로웠다. 구역이 날 듯한 술 냄새가 밤늦게 돌아오는 남편의 입에서 나게 되었다. 그것은 요사이 일이다. 오늘 밤에도 지금까지 돌아오지 않았다.

초저녁부터 아내는 별별 생각을 다하면서 남편을 고대고대하고 있었다. 지리한 시간을 속히 보내려고 치웠던 일가지를 또 꺼내었다. 그것조차 뜻같이 아니 되었다. 때때로 바늘이 헛되이 움직이었다. 마침내 그것에 찔리고 말았다.

"어데를 가서 이때껏 오시지 않아!"

아내는 이제 아픈 것도 잊어버리고 짜증을 내었다. 잠깐 그를 떠났던 공상과 환영이 다시금 그의 머리에 떠돌기 시작하였다.

이상한 꽃을 수놓은, 흰 보 위에 맛난 요리를 담은 접시가 번쩍인다. 여러 친구와 술을 권커니 잡거니 하는 광경이 보인다. 어떤 기생년이 애교가 흐르는 웃음을 띠고 살근살근 제 남편에게로 다가드는 꼴이 보인다. 그의 남편은 미친 듯이 껄껄 웃는다.

나중에는 검은 휘장이 스르르 하는 듯이 그 모든 것이 사라져 버리더니 낭자한 요리상만이 보이기도 하고, 술병만 희게 빛나기도 하고, 아까 그 기생이 한 팔로 땅을 짚고 진저리를 쳐가며 웃는 꼴이 보이기도 하였다. 또한 남편이 길바닥에 쓰러져 우는 것도 보이었다.

"문 열어라!"

문득 대문이 덜컥 하고, 혀가 꼬부라진 소리로 부르

는 듯하였다.

"네."

저도 모르게 대답을 하고 급히 마루로 나왔다. 잘못 신은, 발에 아니 맞는 신을 질질 끌면서 대문으로 달렸다. 중문은 아직 잠그지도 않았고 행랑방에 사람이 없지 않지마는, 으레 깊은 잠에 떨어졌을 줄 알고 뛰어나감이었다. 가느름한 손이 어둠 속에서 희게 빗장을 잡고 한참 실랑이를 한다. 대문은 열렸다.

밤바람이 선득하게 얼굴에 안친다. 문 밖에는 아무도 없다! 온 골목에 사람의 그림자도 볼 수 없다. 검푸른 밤빛이 허연 길 위에 그물그물 깃들었을 뿐이었다.

아내는 무엇에 놀란 사람 모양으로 한참 멀거니 서 있었다. 문득 급거히15) 대문을 닫친다. 마치 그 열린 사이로 악마나 들어올 것처럼.

"그러면 바람 소리였구먼."
하고 싸늘한 뺨을 쓰다듬으며 해쭉 웃고 발길을 돌리었다.

"아니 내가 분명히 들었는데… 혹 내가 잘못 보지를 않았나?… 길바닥에나 쓰러져 있었으면 보이지도 않을 터야…."

중간문까지 다다르자 별안간 이런 생각이 그의 걸음을 멈추게 하였다.

"대문을 또 좀 열어볼까?… 아니야, 내가 헛들었지. 그래도 혹… 아니야, 내가 헛들었지."

망설거리면서도 꿈꾸는 사람 모양으로, 저도 모를

---

15) 몹시 서둘러서

사이에 마루까지 올라왔다. 매우 기묘한 생각이 번개같이 그의 머리에 번쩍인다.

'내가 대문을 열었을 제 나 몰래 들어오지나 않았나?…'

과연 방 안에 무슨 소리가 나는 것 같았다. 확실히 사람의 기척이 있다. 어른에게 꾸중 모시러 가는 어린애처럼 조심조심 방문 앞에 왔다. 그리고 문간 아래로 손을 대며 하염없이 웃는다. 그것은 제 잘못을 용서해 줍시사 하는 어린애 같은 웃음이었다. 조심조심 방문을 열었다. 이불이 어째 움직움직하는 듯하였다.

"나를 속이려고 이불을 쓰고 누웠구먼."
하고 마음속으로 소곤거렸다. 가만히 내려앉는다. 그 모양이 이것을 건드려서는 큰일이 나지요 하는 듯하였다. 이불을 펄쩍 쳐들었다. 빈 요가 하얗게 드러난다. 그제야 확실히 아니 온 줄 안 것처럼,

"아니 왔구먼, 안 왔어!"
라고 울듯이 부르짖었다.

남편이 돌아오기는 새로 두 점이 훨씬 지난 뒤였다. 무엇이 털썩하는 소리가 들리고 잇달아,

"아씨, 아씨!"
라고 부르는 소리가 귀를 때릴 때에야 아내는 비로소 아직도 앉았을 자기가 이불 위에 쓰러져 있음을 깨달았다. 기실, 잠귀 어두운 할멈이 대문을 열었으리만큼 아내는 깜박 잠이 깊이 들었었다. 하건만 그는 몽경(夢境)16)에서 방황하는 정신을 당장에 수습하였다. 두어 번 얼굴을 쓰다듬자마자 불현듯 밖으로 나왔다.

남편은 한 다리를 마루 끝에 걸치고 한 팔을 베고 옆으로 누워있다. 숨소리가 씨근씨근 한다.
　막 구두를 벗기고 일어나 할멈은 검붉은 상을 찡그려 붙이며,
　"어서 일어나 방으로 들어가세요."
라고 한다.
　"응, 일어나지."
　'나리'는 혀를 억지로 돌리어 코와 입으로 대답을 하였다. 그래도 몸은 꿈적도 않는다. 도리어 그 개개풀린 눈을 자려는 것처럼 스르르 감는다. 아내는 눈만 비비고 서 있다.
　"어서 일어나셔요. 방으로 들어가시라니까."
　이번에는 대답조차 아니 한다. 그 대신 무엇을 잡으려는 것처럼 손을 내어젓더니,
　"물, 물, 냉수를 좀 주어."
라고 중얼거렸다.
　할멈은 얼른 물을 떠다 이취자(泥醉者)17)의 코밑에 놓았건만, 그 사이에 벌써 아까 청을 잊은 것같이 취한 이는 물을 먹으려고도 않는다.
　"왜 물을 아니 잡수셔요."
　곁에서 할멈이 깨우쳤다.
　"응 먹지 먹어."
하고, 그제야 주인은 한 팔을 짚고 고개를 든다. 한꺼번에 물 한 대접을 다 들이켜 버렸다. 그리고는 또 쓰러진다.

---

16) 꿈속
17) 진흙처럼 취한 사람, 즉 곤드레만드레 취한 사람

"에그, 또 눕네."
하고, 할멈은 우물로 기어드는 어린애를 안으려는 모양으로 두 손을 내어민다.
"할멈은 고만 가 자게."
주인은 귀치않다는 듯이 말을 한다.
이를 어찌해, 하는 듯이 멀거니 서 있는 아내도, 할멈이 고만 갔으면 하였다. 남편을 붙들어 일으킬 생각이야 간절하였지마는, 할멈이 보는데, 어찌 그럴 수 없는 것 같았다. 혼인한 지가 칠팔 년이 되었으니 그런 파수(破羞)[18]야 되었으련만 같이 있어본 날을 꼽아보면, 그는 아직 갓 시집온 색시였다.
"할멈은 가 자게."
란 말이 목까지 올라왔지만 입술에서 사라지고 말았다. 마음 그윽이 할멈이 돌아가기만 기다릴 뿐이었다.
"좀 일으켜드려야지."
가기는커녕, 이런 말을 하고, 할멈은 선웃음을 치면서 마루로 부득부득 올라온다. 그 모양은, 마치 주인 나리가 약주가 취하시거든, 방에까지 모셔다드려야 제 도리에 옳지요, 하는 듯하였다.
"자아, 자아."
할멈은 아씨를 보고 히히 웃어가며, 나리의 등 밑으로 손을 넣는다.
"왜 이래, 왜 이래. 내가 일어날 테야."
하고, 몸을 움직이더니, 정말 주인이 부스스 일어난다. 마루를 쾅쾅 눌러 디디며, 비틀비틀, 곧 쓰러질 듯한 보

---

18) 부끄러움이 없어지는 일

조로 방문을 향하여 걸어간다. 와직끈하며 문을 열어젖히고는 방안으로 들어간다. 아내도 뒤따라 들어왔다. 할멈은 중문 턱을 넘어설 제, 몇 번 혀를 차고는, 저 갈 데로 가버렸다.

벽에 엇비슷하게 기대서 있는 남편은 무엇을 생각하는 듯이 고개를 숙이고 있다. 그의 말라붙은 관자놀이에 펼떡거리는 푸른 맥을 아내는 걱정스럽게 바라보면서 남편 곁으로 다가온다. 아내의 한 손은 양복 깃을, 또 한 손은 그 소매를 잡으며 화한 목성으로,

"자아, 벗으셔요."

하였다.

남편은 문득 미끄러지는 듯이 벽을 타고 내려앉는다. 그의 쭉 뻗친 발끝에 이불자락이 저리로 밀려간다.

"에그, 왜 이리 하셔요. 벗자는 옷은 아니 벗으시고."

그 서슬에 넘어질 뻔한 아내는 애달프게 부르짖었다. 그러면서도 같이 따라 앉는다. 그의 손은 또 옷을 잡았다.

"옷이 구겨집니다. 제발 좀 벗으셔요."

라고 아내는 애원을 하며, 옷을 벗기려고 애를 쓴다. 하나, 취한 이의 등이 천근같이[19] 벽에 척 들어붙었으니 벗겨질 리가 없다. 애를 쓰다 쓰다 옷을 놓고 물러앉으며,

"원 참, 누가 술을 이처럼 권하였노."

라고 짜증을 낸다.

"누가 권하였노? 누가 권하였노? 흥 흥."

남편은 그 말이 몹시 귀에 거슬리는 것처럼 곱삶는다[20].

---

19) 매우 무겁게. 한 근斤은 600g, 1000근은 600kg.

"그래, 누가 권했는지 마누라가 좀 알아내겠소?"
하고 껄껄 웃는다. 그것은 절망의 가락을 띤, 쓸쓸한 웃음이었다. 아내도 따라 방긋 웃고는 또 옷을 잡으며,
"자아, 옷이나 먼저 벗으셔요. 이야기는 나중에 하지요. 오늘 밤에 잘 주무시면 내일 아침에 알려 드리지요."
"무슨 말이야, 무슨 말이야. 왜 오늘 일을 내일로 미루어. 할 말이 있거든 지금 해!"
"지금은 약주가 취하셨으니, 내일 약주가 깨시거든 하지요."
"무엇? 약주가 취해서?"
하고 고개를 쩔레쩔레 흔들며,
"천만에, 누가 술이 취했단 말이요. 내가 공연히 이러지, 정신은 말똥말똥 하오. 꼭 이야기하기 좋을 만해. 무슨 말이든지… 자아."
"글쎄, 왜 못 잡수시는 약주를 잡수셔요. 그러면 몸에 축이나지 않아요."
하고 아내는 남편의 이마에 흐르는 진땀을 씻는다.
이취자는 머리를 흔들며,
"아니야, 아니야, 그런 말을 듣자는 것이 아니야."
하고 아까 일을 추상[21]하는 것처럼, 말을 끊었다가 다시금 말을 이어,
"옳지, 누가 나에게 술을 권했단 말이요? 내가 술이 먹고 싶어서 먹었단 말이요?"

---

20) 두 번 거듭하여 삶다. 갑절은 수량이나 분량을 두 번 합한 것을 가리킨다. 곱절은 두 곱절, 세 곱절 식으로 쓴다.

21) 지나간 일을 돌이켜 생각함.

"자시고 싶어 잡수신 건 아니지요. 누가 당신께 약주를 권하는지 내가 알아낼까요? 저… 첫째는 화증22)이 술을 권하고, 둘째는 '하이칼라'23)가 약주를 권하지요."
아내는 살짝 웃는다. 내가 어지간히 알아 맞췄지요 하는 모양이었다.
남편은 고소(苦笑)24)한다.
"틀렸소, 잘못 알았소. 화증이 술을 권하는 것도 아니고, '하이칼라'가 술을 권하는 것도 아니요. 나에게 권하는 것은 따로 있어. 마누라가, 내가 어떤 '하이칼라'한테나 홀려 다니거나, 그 '하이칼라'가 늘 내게 술을 권하거니 하고 근심을 했으면 그것은 헛걱정이지. 나에게 '하이칼라'는 아무 소용도 없소. 나의 소용은 술뿐이요. 술이 창자를 휘돌아, 이것저것을 잊게 맨드는 것을 나는 취할 뿐이요."
하더니, 홀연 어조를 고쳐 감개무량하게,
"아아, 유위유망(有爲有望)25)한 머리를 '알코올'로 마비 아니 시킬 수 없게 하는 그것이 무엇이란 말이요."
하고, 긴 한숨을 내어쉰다. 물큰물큰한 술 냄새가 방안에 흩어진다.
아내에게는 그 말이 너무 어려웠다. 고만 묵묵히 입

---

22) 벌컥 화를 내는 병적인 심리 상태
23) 양복 상의 안에 입는 와이셔츠 둘레의 높은 깃. 여기서는 와이셔츠를 입고 일하는 사람, 즉 지식인노동자를 의미하는 white collar를 가리킨다. 육체노동자는 blue collar라 한다.
24) 쓴웃음
25) 유능하고, 앞날에 잘 될 수 있는

을 다물었다. 눈에 보이지 않는 무슨 벽이 자기와 남편 사이에 깔리는 듯하였다. 남편의 말이 길어질 때마다 아내는 이런 쓰디쓴 경험을 맛보았다. 이런 일은 한두 번이 아니었다.

이윽고 남편은 기막힌 듯이 웃는다.

"흥. 또 못 알아듣는군. 묻는 내가 그르지, 마누라야 그런 말을 알 수 있겠소? 내가 설명해 드리지. 자세히 들어요. 내게 술을 권하는 것은 화증도 아니고 '하이칼라'도 아니요, 이 사회란 것이 내게 술을 권한다오. 이 조선 사회란 것이 내게 술을 권한다오. 알았소? 팔자가 좋아서 조선에 태어났지, 딴 나라에 났더면 술이나 얻어먹을 수 있나…."

사회란 무엇인가? 아내는 또 알 수가 없었다. 어찌하였든 딴 나라에는 없고 조선에만 있는 요릿집 이름이 아니 한다.

"조선에 있어도 아니 다니면 그만이지요."

남편은 또 아까 웃음을 재우친다. 술이 정말 아니 취한 것같이 또렷또렷한 어조로,

"허허, 기막혀. 그 한 분자(分子)[26] 된 이상에야 다니고 아니 다니는 게 무슨 상관이야. 집에 있으면 아니 권하고, 밖에 나기야 권하는 줄 아는가 보아?

그런 게 아니야. 무슨 사회란 사람이 있어서, 밖에만 나가면 나를 꼭 붙들고 술을 권하는 게 아니야… 무어라 할까… 저 우리 조선 사람으로 성립된 이 사회란 것이, 내게 술을 아니 못 먹게 한단 말이요… 어째 그렇

---

26) 사회 구성원

소?…

또 내가 설명을 해드리지. 여기 회(會)27)를 하나 꾸민다 합시다. 거기 모이는 사람 놈 치고 처음은 민족을 위하느니, 사회를 위하느니 그러는데, 제 목숨을 바쳐도 아깝지 않느니 아니하는 놈이 하나도 없어. 하다가, 단 이틀이 못되어, 단 이틀이 못되어…."

한층 소리를 높이며 손가락을 하나씩 둘씩 꼽으며,

"되지 못한 명예 싸움, 쓸데없는 지위 다툼질, 내가 옳으니 네가 그르니, 내 권리가 많으니 네 권리 적으니… 밤낮으로 서로 찢고 뜯고 하지, 그러니 무슨 일이 되겠소? 회뿐이 아니라, 회사이고 조합이고… 우리 조선 놈들이 조직한 사회는 다 그 조각이지.

이런 사회에서 무슨 일을 한단 말이요. 하려는 놈이 어리석은 놈이야. 적이 정신이 바루 박힌 놈은 피를 토하고 죽을 수밖에 없지. 그렇지 않으면 술밖에 먹을 게 도무지 없지.

나도 전자에는 무엇을 좀 해보겠다고 애도 써보았어. 그것이 모다 수포야. 내가 어리석은 놈이었지.

내가 술을 먹고 싶어 먹는 게 아니야. 요사이는 좀 낫지마는 처음 배울 때에는 마누라도 아다시피 죽을 애를 썼지. 그 먹고 난 뒤에 괴로운 것이야 겪어본 사람이 아니면 알 수 없지. 머리가 지끈지끈 아프고 먹은 것이 다 돌아 올라오고… 그래도 아니 먹은 것보담 나았어. 몸은 괴로워도 마음은 괴롭지 않았으니까. 그저 이 사회에서 할 것은 주정군 노릇밖에 없어…."

---

27) 모임, 단체

"공연히 그런 말 말아요. 무슨 노릇을 못해서 주정꾼 노릇을 해요! 남이라서…."

아내는 부지불식간(不知不識間)에28) 흥분이 되어 열기 있는 눈으로 남편을 바라보고 불쑥 이런 말을 하였다. 그는 제 남편이 이 세상에서 가장 거룩한 사람이어니 한다. 따라서 어느 뉘보다 제일 잘 될 줄 믿는다. 몽롱하나마 그의 목적이 원대하고 고상한 것도 알았다.

얌전하던 그가 술을 먹게 된 것은 무슨 일이 맘대로 아니 되어 화풀이로 그러는 줄도 어렴풋이 깨달았다. 그러나 술은 노상 먹을 것이 아니다. 그러면 패가망신하고 만다. 그러므로 하루바삐 그 화가 풀리었으면, 또다시 얌전하게 되었으면 하는 생각이 그의 머리를 떠날 때가 없었다.

그리고 그날이 꼭 올 줄 믿었다. 오늘부터는, 내일부터는… 하건만, 남편은 어제도 술이 취하였다. 오늘도 한29) 모양이다. 자기의 기대는 나날이 틀려간다. 좇아서30) 기대에 대한 자신도 엷어간다. 애닯고 원(冤)한31) 생각이 가끔 그의 가슴을 누른다. 더구나 수척해가는 남편의 얼굴을 볼 때에 그런 감정을 걷잡을 수 없었다. 지금 저도 모르게 흥분한 것이 또한 무리가 아니었다.

"그래도 못 알아듣네그려. 참, 사람 기막혀. 본정신 가지고는 피를 토하고 죽든지, 물에 빠져 죽든지 하지,

---

28) 미처 알지도 깨닫지도 못하는 사이에
29) 같은
30) 덩달아서, 따라서
31) 원통한

하루라도 살 수가 없단 말이야. 흉장(胸腸)32)이 막혀서 못 산단 말이야. 에엣, 가슴 답답해."
라고 남편은 소리를 지르고 괴로워서 못 견디는 것처럼 얼굴을 찌푸리며 미친 듯이 제 가슴을 쥐어뜯는다.

"술 아니 먹는다고 흉장이 막혀요?"

남편의 하는 짓은 본체만체 하고 아내는 얼굴을 더욱 붉히며 부르짖었다.

그 말에 몹시 놀랜 것처럼 남편은 어이없이 아내의 얼굴을 바라보더니 그 다음 순간에는 말할 수 없는 고뇌의 그림자가 그의 눈을 거쳐간다.

"그르지, 내가 그르지. 너 같은 숙맥더러 그런 말을 하는 내가 그르지. 너한테 조금이라도 위로를 얻으려는 내가 그르지. 후우."

스스로 탄식한다.

"아아 답답해!"

문득 기막힌 듯이, 외마디 소리를 치고는 벌떡 몸을 일으킨다. 방문을 열고 나가려 한다.

왜 내가 그런 말을 하였던고? 아내는 불시에33) 후회하였다. 남편의 저고리 뒷자락을 잡으며 안타까운 소리로,

"왜 어디로 가셔요. 이 밤중에 어디를 나가셔요. 내가 잘못하였습니다. 인제는 다시 그런 말을 아니하겠습니다…. 그러게 내일 아침에 말을 하자니까…."

"듣기 싫어, 놓아, 놓아요."

---

32) 가슴과 창자

33) 뜻하지 않은 때에, 갑자기

하고 남편은 아내를 떠다 밀치고 밖으로 나간다. 비틀비틀 마루 끝까지 가서는 털썩 주저앉아 구두를 신기 시작한다.

"에그, 왜 이리 하셔요. 인제 다시 그런 말을 아니 한 대도…."

아내는 뒤에서, 구두 신으려는 남편의 팔을 잡으며 말을 하였다. 그의 손은 떨고 있었다. 그의 눈에는 단박에 눈물이 쏟아질 듯하였다.

"이건 왜 이래, 저리로 가!"

뱉는 듯이 말을 하고 휙 뿌리친다. 남편의 발길이 뚜벅뚜벅 중문에 다다랐다. 어느덧 그 밖으로 사라졌다. 대문 빗장 소리가 덜컥 하고 난다. 마루 끝에 떨어진 아내는 헛되이 몇 번,

"할멈! 할멈!"

이라고 불렀다.

고요한 밤공기를 울리는 구두 소리는 점점 멀어간다. 발자취는 어느덧 골목 끝으로 사라져버렸다. 다시금 밤은 적적히 깊어간다.

"가버렸구먼, 가버렸어!"

그 구두 소리를 영구히 아니 잃으려는 것처럼 귀를 기울이고 있는 아내는 모든 것을 잃었다 하는 듯이 부르짖었다. 그 소리가 사라짐과 함께 자기의 마음도 사라지고, 정신도 사라진 듯하였다. 심신이 텅 비어진 듯하였다. 그의 눈은 하염없이 검은 밤안개를 물끄러미 바라보고 있다. 그 사회란 독한 꼴을 그려보는 것같이.

쏠쏠한 새벽바람이 싸늘하게 가슴에 부딪친다. 그 부딪치는 서슬에 잠 못 자고 피곤한 몸이 부서질 듯이 지

극하였다.

죽은 사람에게뿐, 볼 수 있는[34] 해쓱한 얼굴이 경련적으로 떨며 절망한 어조로 소곤거렸다.

"그 몹쓸 사회가, 왜 술을 권하는고!"

---

34) 죽은 사람에게뿐, 볼 수 있는 해쓱한 얼굴 : 죽은 사람에게서만 볼 수 있을 뿐 산 사람에게서는 볼 수 없는 해쓱한 얼굴

운수 좋은 날

현진건 단편소설

　새침하게 흐린 품1)이 눈이 올 듯하더니 눈은 아니 오고 얼다가 만 비가 추적추적 내리는 날이었다.
　이날이야말로 동소문2) 안에서 인력거꾼3) 노릇을 하는 김첨지에게는 오래간만에도 닥친 운수 좋은 날이었다. 문 안에4) (거기도 문밖은 아니지만) 들어간답시는 앞집 마마님5)을 전찻길까지 모셔다 드린 것을 비롯으로6) 행여나 손님이 있을까 하고 정류장에서 어정어정하며 내

---

　1) '볼품없다' 등에 쓰이는 '품'은 모양, 동작, 됨됨이 등을 나타내는 우리 고유어로, 영어 form과 유사하게 사용되고 있지만 그 의미의 깊이와 넓이는 훨씬 뛰어난 어휘이다.
　2) 혜화문(종로구 혜화동 28-5, 창경궁로 28-5).
　3) 바퀴가 둘인 수레에 사람을 태워주는 직업의 사람
　4) '문 안'은 '사대문 안', 즉 '시내 중심부'를 뜻한다.
　5) 마마는 '대비마마, 어마마마' 식으로 왕족을 부를 때 쓴 호칭으로, 여기서는 옆집 여인을 높여서 부른 '마나님'과 같은 의미로 사용되었음. 천연두를 '마마'라고 부르기도 하는데, 무서운 천연두를 그렇게 높여서 호칭하면 천연두 귀신이 사람들을 덜 해치지 않을까 하는 주술적(원시종교적) 의도가 담긴 것으로 여겨진다.
　6) 비롯하여

리는 사람 하나하나에게 거의 비는 듯한 눈결을 보내고 있다가 마침내 교원인 듯한 양복쟁이7)를 동광학교(東光學校)까지 태워다 주기로 되었다.

첫 번에 삼십 전, 둘째 번에 오십 전 – 아침 댓바람8)에 그리 흉치 않은9) 일이었다. 그야말로 재수가 옴 붙어서10) 근 열흘 동안 돈 구경도 못한 김첨지는 십 전짜리 백동화 서 푼, 또는 다섯 푼이 찰깍 하고 손바닥에 떨어질 제 거의 눈물을 흘릴 만큼 기뻤었다.

더구나 이날 이때에 이 팔십 전이라는 돈이 그에게 얼마나 유용한지 몰랐다. 컬컬한 목에 모주11) 한 잔도 적실 수 있거니와 그보다도 앓는 아내에게 설렁탕12) 한

---

7) 양복 입은 사람

8) '댓바람'은 어떤 일이나 때를 당하여 머뭇거리지 않는 행동을 뜻하는 명사로, '소문을 듣고 댓바람에 달려왔다. 밥 두 그릇을 댓바람에 먹었다' 식으로 쓰인다. 이 부분의 '아침 댓바람에'는 '아침 일찍부터' 정도의 뜻이다.

9) 흉하지 않은, 나쁘지 않은

10) '재수가 옴 붙어서': 옴벌레가 일으키는 피부병을 옴이라 한다. 즉 '재수가 옴 붙어서 근 열흘 동안 돈 구경도 못했다'는 것은 재수가 아주 좋지 않았다는 뜻이다.

11) 술을 거르고 남은 찌꺼기인 술지게미에 물을 타서 뿌옇게 걸러낸 막걸리. 즉 모주는 정상 탁주가 아니라 빈민층에게 공급하기 위해 별도로 만든 싸구려 술이다. 광해군 때 인목대비의 어머니인 노씨부인이 제주도에서 귀양살이를 할 때 술지게미를 재탕한 막걸리를 만들어 섬사람들에게 값싸게 팔았는데, 그 이후 어머니가 만든 술이라 하여 '모주母酒'라 부르게 되었다. 지금도 제주도에서는 탁주를 모주라 부르고 있다.

12) 196쪽 각주 14 참조.

그릇도 사다 줄 수 있음이다.

 그의 아내가 기침으로 쿨룩거리기는 벌써 달포13)가 넘었다. 조밥도 굶기를 먹다시피 하는 형편이니 물론 약 한 첩14) 써본 일이 없다. 구태여 쓰려면 못쓸 바도 아니로되 그는 병이란 놈에게 약을 주어 보내면 재미를 붙여서 자꾸 온다는 자기의 신조(信條)15)에 어디까지 충실하였다. 따라서 의사에게 보인 적이 없으니 무슨 병인지는 알 수 없으되 반듯이 누워 가지고 일어나기는 새로16) 모로17)도 못 눕는 걸 보면 중증은 중증인 듯. 병이 이대도록18) 심해지기는 열흘 전에 조밥을 먹고 체한 때문이다.
그때도 김첨지가 오래간만에 돈을 얻어서 좁쌀 한 되와 십 전짜리 나무 한 단19)을 사다 주었더니 김첨지의 말에 의지하면 그 오라질 년20)이 천방지축으로21) 냄비에

---

13) 한 달이 조금 넘는 기간
14) 한약을 싼 봉지
15) 믿음, 가치관
16) 조사 '은'이나 '는' 뒤에 붙어서 '커녕, 고사하고' 등의 뜻을 나타내는 보조사.
17) 옆으로, 가상사리로
18) 이토록
19) 나무를 묶은 단위
20) 죄수를 묶을 때 사용하던 줄(오라)에 포박당해도 주위로부터 동정을 받지 못한 여자
21) 천방天方은 하늘의 한 구석, 지축地軸은 지구가 자전하는 중심선을 뜻한다. 즉 천방지축은 '하늘과 땅속을 왔다 갔다 한다', 즉 '갈피를 잡지 못하고 허둥댄다'는 뜻이다.

대고 끓였다.

마음은 급하고 불길은 달지 않아 채 익지도 않은 것을 그 오라질년이 숟가락은 고만두고 손으로 움켜서 두 뺨에 주먹덩이 같은 혹이 불거지도록 누가 빼앗을 듯이 처박질하더니만 그날 저녁부터 가슴이 땡긴다, 배가 켕긴다고 눈을 흡뜨고 지랄병22)을 하였다. 그때 김첨지는 열화와 같이 성을 내며,

"에이, 오라질년, 조랑복23)은 할 수가 없어, 못 먹어 병, 먹어서 병! 어쩌란 말이야! 왜 눈을 바루 뜨지 못해!"

하고 앓는 이의 뺨을 한 번 후려갈겼다. 흡뜬 눈은 조금 바루어졌건만 이슬이 맺히었다. 김첨지의 눈시울도 뜨끈뜨끈하였다.

이 환자가 그러고도 먹는 데는 물리지 않았다. 사흘 전부터 설렁탕 국물이 마시고 싶다고 남편을 졸랐다.

"이런 오라질 년! 조밥도 못 먹는 년이 설렁탕은. 또 처먹고 지랄병을 하게."

라고, 야단을 쳐보았건만, 못 사주는 마음이 시원치는 않았다.

인제 설렁탕을 사줄 수도 있다. 앓는 어미 곁에서 배고파 보채는 개똥이24)에게 죽을 사줄 수도 있다. 팔십 전을 손에 쥔 김 첨지의 마음은 푼푼하였다25).

---

22) 본래 '지랄병'은 간질병의 속어인데, 이곳에서는 법석을 떨며 분별없이 하는 행동을 속되게 이르는 뜻으로 쓰였다.

23) 좋은 일이 생겨도 오래 누리지 못하는 사람

24) 세 살 먹은 아들

그러나 그의 행운은 그걸로 그치지 않았다. 땀과 빗물이 섞여 흐르는 목덜미를 기름주머니가 다 된 왜목26) 수건으로 닦으며, 그 학교 문을 돌아 나올 때였다. 뒤에서 '인력거!' 하고 부르는 소리가 난다. 자기를 불러 멈춘 사람이 그 학교 학생인 줄 김첨지는 한 번 보고 짐작할 수 있었다. 그 학생은 다짜고짜로,

"남대문 정거장까지 얼마요."

라고 물었다. 아마도 그 학교 기숙사에 있는 이로 동기방학27)을 이용하여 귀향하려 함이리라. 오늘 가기로 작정은 하였건만 비는 오고, 짐은 있고 해서 어찌할 줄 모르다가 마침 김첨지를 보고 뛰어나왔음이리라. 그렇지 않으면 왜 구두를 채 신지 못해서 질질 끌고, 비록 고구라28) 양복일망정 노박이로29) 비를 맞으며 김첨지를 뒤쫓아 나왔으랴.

"남대문 정거장까지 말씀입니까."

하고 김첨지는 잠깐 주저하였다. 그는 이 우중에 우장도 없이30) 그 먼 곳을 철벅거리고 가기가 싫었음일까? 처음 것 둘째 것으로 그만 만족하였음일까? 아니다. 결코 아니다. 이상하게도 꼬리를 맞물고 덤비는 이 행운 앞에 조금 겁이 났음이다.

---

25) 모자람 없이 넉넉하였다
26) 무명실을 사용해 서양목처럼 짠 베, 흔히 광목이라 함.
27) 겨울방학
28) 굵은 실로 두껍게 짠 면직물로서 일본 고쿠라 지방에서 많이 생산되었다고 하여 '고구라古九羅 양복' 식으로 불렸다.
29) 줄곧 계속해서
30) 비가 오는 중에 비를 가릴 우산이나 비옷도 없이

그리고 집을 나올 제 아내의 부탁이 마음이 켕기었다. 앞집 마마한테서 부르러 왔을 제 병인31)은 뼈만 남은 얼굴에 유일의 샘물 같은, 유달리 크고 움푹한 눈에 애걸하는 빛을 띠며,

"오늘은 나가지 말아요. 제발 덕분에 집에 붙어 있어요. 내가 이렇게 아픈데……."
라고, 모깃소리같이 중얼거리고 숨을 걸그렁걸그렁하였다. 그때에 김첨지는 대수롭지 않은 듯이,

"아따, 젠장맞을 년, 별 빌어먹을 소리를 다 하네. 맞붙들고 앉았으면 누가 먹여 살릴 줄 알아."
하고 훌쩍 뛰어나오려니까 환자는 붙잡을 듯이 팔을 내저으며, "나가지 말라도 그래, 그러면 일찍이 들어와요."
하고, 목 메인 소리가 뒤를 따랐다.

정거장까지 가잔 말을 들은 순간에 경련적으로 떠는 손, 유달리 큼직한 눈, 울 듯한 아내의 얼굴이 김첨지의 눈앞에 어른어른하였다.

"그래 남대문 정거장까지 얼마란 말이오?"
하고 학생은 초조한 듯이 인력거꾼의 얼굴을 바라보며 혼잣말같이,

"인천 차가 열한 점에 있고 그 다음에는 새로 두 점이든가."
라고 중얼거린다.

"일 원 오십 전만 줍시오."
이 말이 저도 모를 사이에 불쑥 김첨지의 입에서 떨

---

31) 아픈 사람

어졌다. 제 입으로 부르고도 스스로 그 엄청난 돈 액수에 놀랐다. 한꺼번에 이런 금액을 불러라도 본 지가 그 얼마 만인가! 그러자 그 돈 벌 욕기32)가 병자에 대한 염려를 사르고 말았다. 설마 오늘 내로 어떠랴 싶었다. 무슨 일이 있더라도 제일 제이의 행운을 곱친33) 것보다도 오히려 갑절이 많은 이 행운을 놓칠 수 없다 하였다.

"일 원 오십 전은 너무 과한데."

이런 말을 하며 학생은 고개를 기웃하였다.

"아니올시다. 이수34)로 치면 여기서 거기가 시오35) 리가 넘는답니다. 또 이런 진날36)은 좀 더 주셔야지요." 하고 빙글빙글 웃는 차부37)의 얼굴에는 숨길 수 없는 기쁨이 넘쳐흘렀다.

"그러면 달라는 대로 줄 터이니 빨리 가요."

관대한 어린 손님은 이런 말을 남기고 총총히 옷도 입고 짐도 챙기러 갈 데로 갔다.

그 학생을 태우고 나선 김첨지의 다리는 이상하게 거뿐하였다. 달음질을 한다느니 보다 거의 나는 듯하였다. 바퀴도 어떻게 속히 도는지 구른다느니보다 마치 얼음을 지쳐 나가는 스케이트 모양으로 미끄러져 가는 듯

---

32) 지나친 욕심과 기운
33) 두 배로 계산한
34) 리里(1리 = 400미터)의 수
35) 15리 = 6000미터
36) 비가 와서 땅이 질퍽질퍽한 날
37) 인력거車를 끄는 사람夫, 인력거꾼

하였다. 언 땅에 비가 내려 미끄럽기도 하였지만.
 이윽고 끄는 이의 다리는 무거워졌다. 자기 집 가까이 다다른 까닭이다. 새삼스러운 염려가 그의 가슴을 눌렀다.
 "오늘은 나가지 말아요, 내가 이렇게 아픈데!"
 이런 말이 잉잉 그의 귀에 울렸다. 그리고 병자의 움쑥 들어간 눈이 원망하는 듯이 자기를 노리는 듯하였다. 그러자 엉엉 하고 우는 개똥이의 곡성을 들은 듯싶다. 딸국딸국 하고 숨 모으는 소리도 나는 듯싶다….
 "왜 이리우, 기차 놓치겠구먼."
하고 탄 이의 초조한 부르짖음이 간신히 그의 귀에 들어왔다. 언뜻 깨달으니 김첨지는 인력거를 쥔 채 길 한복판에 엉거주춤 멈춰 있지 않은가.
 "예, 예."
하고, 김첨지는 또다시 달음질하였다. 집이 차차 멀어 갈수록 김첨지의 걸음에는 다시금 신이 나기 시작하였다. 다리를 재게38) 놀려야만 쉴 새 없이 자기의 머리에 떠오르는 모든 근심과 걱정을 잊을 듯이.
 정거장까지 끌어다 주고 그 깜짝 놀란 일 원 오십 전을 정말 제 손에 쥠에 제 말마따나 십 리나 되는 길을 비를 맞아 가며 질퍽거리고 온 생각은 아니하고 거저나 얻은 듯이 고마웠다. 졸부나 된 듯이 기뻤다. 제 자식뻘밖에 안 되는39) 어린 손님에게 몇 번 허리를 굽히며,

---

 38) '빨리'의 사투리
 39) 나이가 자신의 자식 정도밖에 안 되는

"안녕히 다녀옵시오."
라고 깍듯이 재우쳤다40).

그러나 빈 인력거를 털털거리며 이 우중에 돌아갈 일이 꿈밖이었다. 노동으로 하여 흐른 땀이 식어지자 굶주린 창자에서, 물 흐르는 옷에서 어슬어슬 한기41)가 솟아나기 비롯하매 일 원 오십 전이란 돈이 얼마나 괜찮고 괴로운 것인 줄 절절히 느끼었다. 정거장을 떠나는 그의 발길은 힘 하나 없었다. 온몸이 옹송그려지며42) 당장 그 자리에 엎어져 못 일어날 것 같았다.

"젠장맞을 것, 이 비를 맞으며 빈 인력거를 털털거리고 돌아를 간담. 이런 빌어먹을 제 할미를 붙을 비가 왜 남의 상판43)을 딱딱 때려!"

그는 몹시 화증을 내며 누구에게 반항이나 하는 듯이 게걸거렸다. 그럴 즈음에 그의 머리엔 또 새로운 광명이 비쳤나니 그것은 '이러구 갈 게 아니라 이 근처를 빙빙 돌며 차 오기를 기다리면 또 손님을 태우게 되는지도 몰라'란 생각이었다. 오늘 운수가 괴상하게도 좋으니까 그런 요행44)이 또 한번 없으리라고 누가 보증하랴. 꼬리를 굴리는 행운이 꼭 자기를 기다리고 있다고 내기를 해도 좋을 만한 믿음을 얻게 되었다. 그렇다고 정거장 인력서꾼의 등쌀이 무서우니 정거장 앞에 섰을 수는

---

40) 재촉했다.
41) 추운 느낌
42) 춥거나 무서워서 몸이 웅크려지며
43) 얼굴을 속되게 이르는 말
44) 뜻밖의 행운

없었다. 그래서 그는 이전에도 여러 번 해본 일이라 바로 정거장 앞 전차 정류장에서 조금 떨어지게 사람 다니는 길과 전찻길 틈에 인력거를 세워 놓고 자기는 그 근처를 빙빙 돌며 형세를 관망하기로 하였다. 얼마 만에 기차는 왔고 수십 명이나 되는 손이 정류장으로 쏟아져 나왔다. 그 중에서 손님을 물색하는 김첨지의 눈엔 양머리에 뒤축 높은 구두를 신고 망토까지 두른 기생 퇴물45)인 듯 난봉46) 여학생인 듯한 여편네의 모양이 띄었다. 그는 슬근슬근 그 여자의 곁으로 다가들었다.

"아씨, 인력거 아니 타시랍시요."

그 여학생인지 만지가47) 한참은 매우 때깔을 빼며48) 입술을 꼭 다문 채 김첨지를 거들떠보지도 않았다. 김첨지는 구걸하는 거지나 무엇같이 연해연방49) 그의 기색을 살피며,

"아씨, 정거장 애들보담 아주 싸게 모셔다 드리겠습니다. 댁이 어디신가요."
하고 추근추근하게도 그 여자의 들고 있는 일본식 버들고리짝에 제 손을 대었다.

"왜 이래, 남 귀치않게."

소리를 벽력같이 지르고는 돌아선다. 김첨지는 어랍시요 하고 물러섰다.

---

45) 지금은 기생이 아니지만 젊었을 때 기생을 지낸 여인
46) 언행이 착실하지 못함.
47) 여학생인지 아닌지 한 것이
48) 잘난 척하며
49) 계속해서 자꾸만

전차는 왔다. 김첨지는 원망스럽게 전차 타는 이를 노리고 있었다. 그러나 그의 예감은 틀리지 않았다. 전차가 빽빽하게 사람을 싣고 움직이기 시작하였을 제 타고 남은 손 하나가 있었다. 굉장하게 큰 가방을 들고 있는걸 보면 아마 붐비는 차 안에 짐이 크다 하여 차장에게 밀려 내려온 눈치였다. 김첨지는 대어섰다.

"인력거를 타시랍시요."

한동안 값으로 승강이를 하다가 육십 전에 인사동까지 태워다 주기로 하였다. 인력거가 무거워지매 그의 몸은 이상하게도 가벼워졌고 그리고 또 인력거가 가벼워지니 몸은 다시금 무거워졌건만 이번에는 마음조차 초조해 온다.

집의 광경이 자꾸 눈앞에 어른거리어 인제 요행을 바랄 여유도 없었다. 나무 등걸이나 무엇 같고 제 것 같지도 않은 다리를 연해 꾸짖으며 질팡갈팡 뛰는 수밖에 없었다. 저놈의 인력거꾼이 저렇게 술이 취해 가지고 이 진땅에 어찌 가노, 라고 길 가는 사람이 걱정을 하리만큼 그의 걸음은 황급하였다.

흐리고 비 오는 하늘은 어둠침침하게 벌써 황혼에 가까운 듯하다. 창경원 앞까지 다다라서야 그는 턱에 닿은 숨을 돌리고 걸음도 늦추잡았디. 한 걸음 두 걸음 집이 가까워 갈수록 그의 마음조차 괴상하게 누그러웠다. 그런데 이 누그러움은 안심에서 오는 게 아니요 자기를 덮친 무서운 불행을 빈틈없이 알게 될 때가 박두50)한 것을 두리는51) 마음에서 오는 것이다.

---

50) 박두하다 : 때가 다가오다.

그는 불행에 다닥치기 전 시간을 얼마쯤이라도 늘이려고 버르적거렸다52). 기적에 가까운 벌이를 하였다는 기쁨을 할 수 있으면 오래 지니고 싶었다. 그는 두리번두리번 사면을 살피었다. 그 모양은 마치 자기 집 — 곧 불행을 향하고 달아가는 제 다리를 제 힘으로는 도저히 어찌할 수 없으니 누구든지 나를 좀 잡아 다고, 구해다고 하는 듯하였다.

그럴 즈음에 마침 길가 선술집53)에서 그의 친구 치삼이가 나온다. 그의 우글우글 살찐 얼굴에 주홍이 덧는 듯, 온 턱과 뺨을 시커멓게 구레나룻이 덮였거늘 노르탱탱한 얼굴이 바짝 말라서 여기저기 고랑이 패고 수염도 있대야 턱밑에만 마치 솔잎 송이를 거꾸로 붙여 놓은 듯한 김첨지의 풍채하고는 기이한 대상을 짓고 있었다.

"여보게 김첨지, 자네 문안 들어갔다 오는 모양일세그려. 돈 많이 벌었을 테니 한잔 빨리게."

뚱뚱보는 말라깽이를 보던 맡에 부르짖었다. 그 목소리는 몸집과 딴판으로 연하고 싹싹하였다. 김첨지는 이 친구를 만난 게 어떻게 반가운지 몰랐다. 자기를 살려 준 은인이나 무엇같이 고맙기도 하였다.

"자네는 벌써 한잔한 모양일세그려. 자네도 오늘 재미가 좋아 보이."

하고 김첨지는 얼굴을 펴서 웃었다.

---

51) 두리다 : 두려워하다.
52) 버르적거리다 : 힘든 일에서 벗어나려고 허둥대다.
53) 서서 술을 마시는 집. 값이 싸고 시설이 허술한 술집.

"아따, 재미 안 좋다고 술 못 먹을 낸가. 그런데 여보게, 자네 왼 몸이 어째 물독에 빠진 새앙쥐[54] 같은가. 어서 이리 들어와 말리게."

선술집은 훈훈하고 뜨뜻하였다. 추어탕을 끓이는 솥뚜껑을 열 적마다 뭉게뭉게 떠오르는 흰 김, 석쇠에서 뻐지짓뻐지짓 구워지는 너비아니구이[55]며 제육[56]이며 간이며 콩팥이며 북어며 빈대떡⋯⋯이 너저분하게 늘어놓인 안주 탁자에 김첨지는 갑자기 속이 쓰려서 견딜 수 없었다. 마음대로 할 양이면 거기 있는 모든 먹음먹이[57]를 모조리 깡그리 집어삼켜도 시원치 않았다 하되 배고픈 이는 위선[58] 분량 많은 빈대떡 두 개를 쪼이기도 하고 추어탕[59]을 한 그릇 청하였다.

주린 창자는 음식맛을 보더니 더욱더욱 비어지며 자꾸자꾸 들이라 들이라 하였다. 순식간에 두부와 미꾸리 든 국 한 그릇을 그냥 물같이 들이켜고 말았다. 셋째 그릇을 받아 들었을 제 데우던 막걸리 곱배기 두 잔이 더웠다. 치삼이와 같이 마시자 원원이[60] 비었던 속이라 찌르를 하고 창자에 퍼지며 얼굴이 화끈하였다. 눌러 곱배기 한 잔을 또 마셨다.

---

54) 작은 쥐
55) 쇠고기를 양념하여 구운 구이
56) 식용으로 다듬은 돼지고기
57) 먹음직한 음식
58) 우선. 다른 것보다 먼저
59) 미꾸라지를 삶고 갈아서 우거지 등과 함께 끓인 음식
60) 처음부터, 본래부터

김첨지의 눈은 벌써 개개풀리기61) 시작하였다. 석쇠에 얹힌 떡 두 개를 숭덩숭덩 썰어서 볼을 불룩거리며 또 곱배기 두 잔을 부어라 하였다.
 치삼은 의아한 듯이 김첨지를 보며,
 "여보게 또 붓다니, 벌써 우리가 넉 잔씩 먹었네, 돈이 사십 전일세."
라고 주의시켰다.
 "아따 이놈아, 사십 전이 그리 끔찍하냐. 오늘 내가 돈을 막 벌었어. 참 오늘 운수가 좋았느니."
 "그래 얼마를 벌었단 말인가."
 "삼십 원을 벌었어, 삼십 원을! 이런 젠장맞을 술을 왜 안 부어…… 괜찮다 괜찮다, 막 먹어도 상관이 없어. 오늘 돈 산더미같이 벌었는데."
 "어, 이 사람 취했군, 그만두세."
 "이놈아, 그걸 먹고 취할 내냐, 어서 더 먹어."
하고는 치삼의 귀를 잡아 치며 취한 이는 부르짖었다. 그리고 술을 붓는 열다섯 살 됨직한 중대가리62)에게로 달려들며,
 "이놈, 오라질 놈63), 왜 술을 붓지 않어."
라고 야단을 쳤다. 중대가리는 희희 웃고 치삼을 보며 문의하는 듯이 눈짓을 하였다. 주정꾼이 이 눈치를 알아보고 화를 버럭 내며,
 "에미를 붙을 이 오라질 놈들 같으니, 이놈 내가 돈

---

61) 술에 취하거나 잠이 와서 눈빛이 흐려지다
62) 머리를 빡빡 깎은 사람을 중에 빗대어 낮춰 부르는 말
63) 오라(죄인을 포박하는 줄)에 묶이는 짓을 당할 놈

이 없을 줄 알고."
하자마자 허리춤을 홈칫홈칫하더니 일 원짜리 한 장을 꺼내어 중대가리 앞에 펄쩍 집어던졌다. 그 사품⁶⁴⁾에 몇 푼 은전이 잘그랑 하며 떨어진다.

"여보게 돈 떨어졌네, 왜 돈을 막 끼얹나."

이런 말을 하며 일변 돈을 줍는다. 김첨지는 취한 중에도 돈의 거처를 살피는 듯이 눈을 크게 떠서 땅을 내려다보다가 불시에 제 하는 짓이 너무 더럽다는 듯이 고개를 소스라치자 더욱 성을 내며,

"봐라 봐! 이 더러운 놈들아, 내가 돈이 없나, 다리 뼉다구를 꺾어 놓을 놈들 같으니."
하고 치삼의 주워 주는 돈을 받아,

"이 원수엣돈! 이 육시를 할 돈!"
하면서 풀매질65)을 친다. 벽에 맞아 떨어진 돈은 다시 술 끓이는 양푼에 떨어지며 정당한 매를 맞는다는 듯이 쨍 하고 울었다.

곱배기 두 잔은 또 부어질 셔를도 없이 말려 가고 말았다. 김첨지는 입술과 수염에 붙은 술을 빨아들이고 나서 매우 만족한 듯이 그 솔잎 송이 수염을 쓰다듬으며,

"또 부어, 또 부어."
라고 외쳤나.

또 한 잔 먹고 나서 김첨지는 치삼의 어깨를 치며 문득 껄껄 웃는다. 그 웃음소리가 어떻게 컸던지 술집에 있는 이의 눈은 모두 김첨지에게로 몰리었다. 웃는 이

---

64) 어떤 일이 진행되는 모양
65) 돌 등 단단한 것을 힘껏 던지는 행동. 팔매질.

는 더욱 웃으며,

"여보게 치삼이, 내 우스운 이야기 하나 할까. 오늘 손을 태고 정거장에 가지 않았겠나."

"그래서."

"갔다가 그저 오기가 안됐데그려. 그래 전차 정류장에서 어름어름하며 손님 하나를 태울 궁리를 하지 않았나. 거기 마침 마마님이신지 여학생이신지 (요새야 어디 논다니66)와 아가씨를 구별할 수가 있던가) 망토를 잡수시고 비를 맞고 서 있겠지. 슬근슬근 가까이 가서 인력거 타시랍시오 하고 손가방을 받으랴니까 내 손을 탁 뿌리치고 홱 돌아서더니만 '왜 남을 이렇게 귀찮게 굴어!' 그 소리야말로 꾀꼬리 소리지, 허허!"

김첨지는 교묘하게도 정말 꾀꼬리 같은 소리를 내었다. 모든 사람은 일시에 웃었다.

"빌어먹을 깍쟁이 같은 년, 누가 저를 어쩌나, '왜 남을 귀찮게 굴어!' 어이구 소리가 처신도 없지, 허허."

웃음소리들은 높아졌다. 그러나 그 웃음소리들이 사라도 지기 전에 김첨지는 훌쩍훌쩍 울기 시작하였다.

치삼은 어이없이 주정뱅이를 바라보며,

"금방 웃고 지랄을 하더니 우는 건 또 무슨 일인가."

김첨지는 연해 코를 들이마시며,

"우리 마누라가 죽었다네."

"뭐, 마누라가 죽다니, 언제?"

"이놈아 언제는, 오늘이지."

"엣기 미친놈, 거짓말 말아."

---

66) 몸과 웃음을 헤프게 파는 여자를 속되게 이르는 말

"거짓말은 왜, 참말로 죽었어, 참말로…… 마누라 시체를 집에 뻐들쳐 놓고 내가 술을 먹다니, 내가 죽일 놈이야, 죽일 놈이야."
하고 김첨지는 엉엉 소리를 내어 운다.

치삼은 흥이 조금 깨어지는 얼굴로,

"원 이 사람이, 참말을 하나 거짓말을 하나. 그러면 집으로 가세, 가."
하고 우는 이의 팔을 잡아당기었다.

치삼의 끄는 손을 뿌리치더니 김첨지는 눈물이 글썽글썽한 눈으로 싱그레 웃는다.

"죽기는 누가 죽어."
하고 득의가 양양.

"죽기는 왜 죽어, 생때같이67) 살아만 있단다. 그 오라질 년이 밥을 죽이지. 인제 나한테 속았다."
하고 어린애 모양으로 손뼉을 치며 웃는다.

"이 사람이 정말 미쳤단 말인가. 나도 아주머네가 앓는단 말은 들었는데."
하고 치삼이도 어느 불안을 느끼는 듯이 김첨지에게 또 돌아가라고 권하였다.

"안 죽었어, 안 죽었대도 그래."

김첨지는 화승을 내며 확신 있게 소리를 질렀으되 그 소리엔 안 죽은 것을 믿으려고 애쓰는 가락이 있었다. 기어이 일 원 어치를 채워서 곱배기68) 한 잔씩 더 먹고 나왔다. 궂은비는 의연히 추적추적 내린다.

---

67) 아무 문제없이 멀쩡하게
68) 보통 음식보다 양을 두 배로 담은 먹을거리

김첨지는 취중에도 설렁탕을 사가지고 집에 다다랐
다. 집이라 해도 물론셋집이요 또 집 전체를 세든 게
아니라 안과 뚝 떨어진 행랑방 한 간을 빌려 든 것인데
물을 길어 대고 한 달에 일 원씩 내는 터이다. 만일 김
첨지가 주기69)를 띠지 않았던들 한 발을 대문에 들여놓
았을 제 그곳을 지배하는 무시무시한 정적 ― 폭풍우가
지나간 뒤의 바다 같은 정적이 다리가 떨렸으리라.
　쿨룩거리는 기침 소리도 들을 수 없다. 그르렁거리
는 숨소리조차 들을 수 없다. 다만 이 무덤 같은 침묵
을 깨뜨리는 ― 깨뜨린다느니보다 한층 더 침묵을 깊게
하고 불길하게 하는 빡빡 하는 그윽한 소리, 어린애의
젖 빠는 소리가 날 뿐이다. 만일 청각이 예민한 이 같
으면 그 빡빡소리는 빨 따름이요, 꿀떡꿀떡 하고 젖 넘
어가는 소리가 없으니 빈 젖을 빤다는 것도 짐작할는지
모르리라.
　혹은 김첨지도 이 불길한 침묵을 짐작했는지도 모른
다. 그렇지 않으면 대문에 들어서자마자 전에 없이,
　"이 난장맞을 년, 남편이 들어오는데 나와 보지도
않아, 이 오라질 년."
이라고 고함을 친 게 수상하다. 이 고함이야말로 제 몸
을 엄습해 오는 무시무시한 증을 쫓아 버리려는 허장성
세70)인 까닭이다.
　하여간 김첨지는 방문을 왈칵 열었다. 구역을 나게
하는 추기 ― 떨어진 삿자리71) 밑에서 나온 먼지내 빨지

---

　69) 술을 마신 기운
　70) 실제에 비해 훨씬 과장된 동작으로 자신를 뽐냄.

않은 기저귀에서 나는 똥내와 오줌내 가지각색 때가 켜켜이 앉은 옷내 병인의 땀 썩은 내가 섞인 추기72)가 무딘 김첨지의 코를 찔렀다.

방 안에 들어서며 설렁탕을 한구석에 놓을 사이도 없이 주정꾼은 목청을 있는 대로 다 내어 호통을 쳤다.

"......"

이런 오라질 년, 주야장천73) 누워만 있으면 제일이야. 남편이 와도 일어나지를 못해."
라는 소리와 함께 발길로 누운 이의 다리를 몹시 찼다. 그러나 발길에 채이는 건 사람의 살이 아니고 나무등걸과 같은 느낌이 있었다. 이때에 빽빽 소리가 응아 소리로 변하였다. 개똥이가 물었던 젖을 빼어 놓고 운다. 운대도 온 얼굴을 찡그려 붙여서 운다는 표정을 할 뿐이다. 응아 소리도 입에서 나는 게 아니고 마치 뱃속에서 나는 듯하였다. 울다가 울다가 목도 잠겼고 또 울 기운조차 시진한74) 것 같다.

발로 차도 그 보람이 없는 걸 보자 남편은 아내의 머리맡75)으로 달려들어 그야말로 까치집 같은 환자의 머리를 꺼들어 흔들며,

"이년아, 말을 해, 말을! 입이 붙었어, 이 오라질 년!"

---

71) 갈대로 엮어서 만든 자리
72) 송장이 썩어서 흐르는 물
73) 밤낮 쉬지 않고
74) 시진하다 : 기운이 빠져서 없어지다.
75) 머리에 바짝 붙은 지점

"……."
"으응, 이것 봐, 아무 말이 없네."
"……."
"이년아, 죽었단 말이냐, 왜 말이 없어."
"……."
"으응, 또 대답이 없네. 정말 죽었나 버이."
 이러다가 누운 이의 흰 창을 덮은 위로 치뜬 눈을 알아보자마자,
"이 눈깔! 이 눈깔! 왜 나를 바라보지 못하고 천장만 보느냐, 응."
하는 말 끝엔 목이 메였다. 그러자 산 사람의 눈에서 떨어진 닭의 똥 같은 눈물이 죽은 이의 뻣뻣한 얼굴을 어룽어룽 적시었다. 문득 김첨지는 미친 듯이 제 얼굴을 죽은 이의 얼굴에 한데 비비대며 중얼거렸다.
"설렁탕을 사다 놓았는데 왜 먹지를 못하니, 왜 먹지를 못하니…… 괴상하게도 오늘은! 운수가, 좋더니만……."

미주

1) 송일호, 〈현진건의 생애와 작품세계〉, 《2018년 현진건 학술 세미나》, 대구문인협회, 2018년 6월 29일, 38쪽 : 상화는 핸섬한 얼굴에 매력적인 인간성 풍부한 감성은 많은 여자들이 따라다녔다고 한다.
2) 윤장근, 《대구 문단 인물사》, 대구서부도서관, 2010년, 19쪽에 '상화는 백부의 엄명으로 10월 13일 공주읍 서한보의 장녀 서순애와 혼사를 치른 다음 다시 상경'이라는 표현이 나온다. 이를 당시 양력으로 변환하면 1919년 12월 5일이 된다.
3) 이종범, 《의열단 부단장 이종암전》, 광복회, 1970, 49쪽.
4) 윤장근, 앞의 책, 73쪽.
5) 현진건, 〈처녀작 발표 당시의 감상〉, 《조선문단》, 1925년 3월호 : 《개벽》 학예부장으로 있던 나의 당숙 현철 씨를 성도 내며 빌기도 하며 제발 그것을 내어달라고 조르고 볶았다. 간신히 내어주겠다는 승낙을 받은 뒤에 그것이 실릴 잡지가 나오기를 얼마나 고대하였을까. 그야말로 일일이 삼추였다.
6) 독자들이 이해하기 쉽도록 곳곳에 현대식 풀이를 덧붙였다. 하지만 본문에 수록된 현진건 소설의 문장은 원문 그대로는 아니므로 연구 대상으로 삼을 수는 없다.
7) 이주형은 〈현진건 단편소설의 변화와 성취〉(《대구소설》 제12집, 2005) 23쪽에서 "황석우 평은 부적절했다고 본다"면서 "〈희생화〉는 첫 작품이지만, 젊은 지식인 남녀의 청순한 사랑이 예기치 못했던 거대한 인습의 벽을 만나 좌절하고 파멸하는 비극적 상황을 그렸는데, 잘 다듬어진 구성과 또 매우 정서적이면서도 객관적인 어휘와 문체를 활용한 점, 소년의 눈을 통해 사건을 채색·여과시켜 나간 점, 특히 당시로서는 낯익지 않은 일인칭 관찰자 시점을 취한 점 등에서 기법적으로 능숙성을 보인다. 당시의 김동인이나 염상섭 단편의 지리멸렬한 고백체 문장이나 무기교적 구성과 대비시켜 본다면 이 작품의 기법적 능숙성은 바로 드러난다"라고 사뭇 다르게 평가하고 있다.
8) 김태훈, 〈식민지 조선의 참상 고발한 소설로 문명 날린 기자〉, 조선일보 2020년 1월 28일 : 빙허 현진건은 1920년 12월 입사

하자마자 러시아 문호 투르게네프의 소설 '첫사랑'을 번역해 '초연(初戀)'이라는 제목으로 이듬해 1월 23일까지 연재했다. '초연' 연재가 끝나자 투르게네프의 다른 작품 '부운(浮雲)'을 번역, 연재했다.
9) 황석우, 〈희생화와 신시를 읽고〉,《개벽》1920년 12월호.
10) 다음 백과, 〈황석우〉.
11) 한국학중앙연구원,《한국민족문화 대백과사전》,〈황석우〉.
12) 다음 백과, 〈태서문예신보와 그 주역들〉.
13) 이주형, 미주 7과 같음.
14) 현진건, 미주 5와 같음.
15) 현진건, 미주 5와 같음.
16) 현길언,《문학과 사랑과 이데올로기》, 태학사, 2000, 47쪽.
17) 양진오,《조선혼의 발견과 민족의 상상》, 역락, 2008, 64쪽.
18) 양진오, 앞의 책, 59쪽 : 현진건은 운이 좋았다. 조선 연극계에서 활약하면서《개벽》의 학예부장을 맡은 현희운, 즉 현철이 그의 오촌 당숙이었다. 이는 보통 행운이 아니었다. (중략) 이런 예술계의 실력자가 현진건의 오촌 당숙이었다. 현진건은 현철의 도움을 받아《개벽》의 지면을 제공받을 수 있었다.
19) 윤장근, 앞의 책, 37쪽.
20) 조연현, 〈현진건 문학의 특성과 문학사적 위치〉,《현진건 연구》, II-91.
21) 양진오, 앞의 책, 65쪽.
22) 이병길, 〈사실과 다른 애국지사 윤현진 기록, 반드시 수정되어야〉, 오마이뉴스, 2020년 9월 16일.
23) 1593년 3월 11일 병으로 세상을 떠난 의병대장 김면이 남긴 유언 "오직 나라 있는 줄만 알았지只知有國 내 몸 있는 줄은 몰랐구나不知有身"에서 원용했다.
24) 송일호, 앞의 글, 36쪽 : 현진건은 일단 작품에 들어가면 완성될 때까지 절대 술을 마시지 않았다.
25) 김동식, 〈'조선의 얼굴'에 이르는 길〉,《현진건 중단편선 운수 좋은 날》, 문학과지성사, 2008년, 358쪽 : 1920년 11월에 〈희생화〉를 선보이면서 작품 활동을 시작했다. 1921년에는 초기 대표작인 〈빈처〉와 〈술 권하는 사회〉를 발표하면서 문단의 주목을 받았다.
26) 노작홍사용문학관 누리집, 〈문학동인지《백조》창간동인과

문학적 성격, 그리고 노작 홍사용의 시 세계〉 : 2호 동인에서 이광수는 제외되는데, 상해임시정부 청년당에서 활동하던 현진건의 형 현정건이 상해에서 《백조》를 받아보고 동인 명단 중에 이광수가 있는 것을 확인하고는 "귀순장을 쓰고 항복해 들어간 이광수"를 동인에서 제거하라는 편지를 보냈고, 이 의견에 적극 호응하여 창간을 위해 추대했던 이광수를 동인에서 제외시켰다고 한다.
 27) 다음 백과, 〈송계백〉 : 1920년 복역 중 사망.
 28) 현길언, 앞의 책, 349쪽.
 29) 양진오, 앞의 책, 141쪽에 따르면 '명월관에서 송년 회식 중에 술이 오른 현진건이 사장 고하 송진우에게 "이 놈아 먹어라, 먹어라" 하며 술을 권하다가 송진우의 뺨을 쳤다. 모종의 불만이 있었던 까닭'이다. 즉 현진건이 송진우의 뺨을 친 날이 정확하게 언제인가는 확인되지 않지만, 이 소설에서는 1925년 11월 1일로 활용했다.
 30) 김상기, 《윤봉길》, 역사공간, 2017, 103쪽에 따르면 윤봉길은 《개벽》 1926년 6월호에서 〈빼앗긴 들에도 봄은 오는가〉를 읽고 하염없이 눈물을 흘리는 도중에 동생 남의(윤봉길의 본명이 윤우의임)가 그 광경을 보고 "왜 우느냐?"면서 방으로 들어왔다가, 동생 역시 시를 읽고 울었다는 증언이 실려 있다.
 31) 방인근, 〈빙허 회고기〉, 현대문학, 1962년 12월호. 이 부분은 양진오, 앞의 책, 49쪽에서 재인용. 양신오, 잎의 책, 141쪽에는 "현진건은 제목을 붙이는데 편집 칠팔 명이 모여선 중에 붉은 잉크를 붓에 덤뻑 찍기만 하면 민각을 누연치 않고 진주 같은 제목명을 이곳저곳에 낙필 성장으로 떨어져서 선후배들로 하여금 그 귀재에 혀를 둘러 감탄케 할 지경"이었다는 기술도 나온다.
 32) 김정계, 《중국 공산당 100년사》, 역락, 2021, 59~65쪽.
 33) 신문에는 '3년간'으로 되어 있다. 이는 언도받은 형기를 기록한 것이다. 하지만 현정건은 1928년 3월 피체되어 1932년 6월 10일 출옥할 때까지 4년 3개월을 갇혀 지냈다.
 34) 한국학중앙연구원, 《한국민족문화 대백과사전》, 〈배정자〉.
 35) 손기정, 《나의 조국, 나의 마라톤》, 학마을, 2012, 103쪽.
 36) 최인진, 《일장기를 지우라》, 신구문화사, 2006, 12쪽 재인용.
 37) 손기정, 앞의 책, 132쪽,

38) 손기정, 앞의 책, 143쪽.
39) 동아일보, 1936년 8월 10일치 호외, 최인진, 앞의 책, 참조.
40) '2001년 3월 옛 경기도 경찰부 유치장이 있던 광화문 열린 시민마당에서 필자(최인진)와 가졌던 조선중앙일보 사진기자였던 김경석의 증언' 중 일부, 최인진, 앞의 책, 43쪽에서 재인용.
41) 조선일보, 1936년 8월 11일치 제5면, 〈호외! 손군 만세 이 날의 호외 제작까지의 편집국〉, 최인진, 앞의 책 22쪽에서 재참조.
42) 최인진, 앞의 책, 26쪽.
43) 손기정, 앞의 책, 164쪽.
44) 최인진, 앞의 책, 45~48쪽에 따르면 조선중앙일보는 '지금까지 알려져 있는 것과 달리 손기정 선수에만 그친 것이 아니라 3등으로 입상한 남승룡 선수 가삼의 일장기까지 삭제했다. 그러나 지금까지 이러한 사실을 눈치챈 사람은 거의 없었다.'
45) 유해붕, 〈일장기 말소하기까지〉, 조선중앙일보, 1947년 7월 1일자. 최인진, 앞의 책, 43쪽에서 재인용.
46) 최인진, 〈김경석의 증언〉, 앞의 책, 56쪽. / 김경호, 〈손기정 일장기 지워 보도한 '영원한 체육기자' 이길용〉, 스포츠경향, 2019년 5월 24일.
47) 최인진, 앞의 책, 60쪽.
48) 《미당 서정주 전집 4》(은행나무, 2017) 149쪽에서 서정주는 "미래의 일본 주도권은 기정사실이니 한국인도 거기 맞추어서 어떻게든 살아내야 한다는 생각"에서 친일로 전향했다고 술회했다.
49) 손기정, 앞의 책, 195쪽.
50) 손기정, 앞의 책, 221쪽. 실제로는 1944년 12월의 일인데, 이 소설에서는 1943년 4월로 바꾸어서 활용했다.
51) 윤장근, 앞의 책, 48쪽.
52) 김소월 〈산유화〉의 표현.

○ 정만진 저서 소개

장편소설
《일장기를 지워라》

현대한국문학 초기의 선구자이자 '일장기 말소 의거'의 독립유공자 현진건을 주인공으로,

대한민국임시정부 요인으로 활약 중 일제에 피체되어 4년 3개월 수형 생활과 고문 후유증으로 순국한 그의 형 현정건,

당대 조선 최고의 기생으로 연인 현정건을 따라 상해로 망명, 의열단 유일의 여성 단원이 되어 폭탄을 제조하고 운반한 현계옥,

그들의 친인척으로, 대한제국 특사 자격으로 프랑스와 러시아 황제를 순방하고 고종황제의 러시아 망명을 추진했던 현상건, 이토 히로부미의 애첩으로 소문났었던 숙부 현영운의 전처 배정자,

그리고 어릴 적부터의 동무로 같은 날 세상을 떠난 이상화, 베를린 올림픽 신기록 우승자로서 '일장기 말소 의거'의 단초를 제공했던 손기정 등을 주요 등장인물로 한 장편소설!

1926년 3월 20일 현진건은 〈빈처〉, 〈술 권하는 사회〉, 〈운수 좋은 날〉, 〈고향〉, 〈할머니의 죽음〉, 〈B사감과 러브레터〉 등을 묶어 창작집을 펴낼 때 책 이름을 《조선의 얼골》이라 하였습니다. 단편 〈고향〉의 "나는 그의 눈물 가운데 음산하고 비참한 조선의 얼굴을 똑똑히 본 듯싶었다"라는 표현에서 따온 제목이었습니다. 그 후 총독부는 이 책에 판매 금지 조치를 내렸습니다.

　정만진은 현진건의 주요 단편 6편의 2021년~2061년 버전 연작 장편소설로 창작하여 《한국의 얼굴》이라 제목 붙였습니다. 그리고 두 소설가의 작품을 묶어

《조선의 얼골 · 한국의 얼굴》

1 · 2 두 권으로 펴냅니다. 현진건 소설에 등장하는, 요즘 별로 사용하지 않는 어휘들에는 하나하나 풀이를 붙여 읽기 쉽도록 했습니다.

　* 1권 / 정만진 작 · 빈처 2 〈국화 피는 날〉 · 술 권하는 사회 2 〈살가운 형제들〉 · 운수 좋은 날 2 〈불안 사회〉 * // 현진건 작 〈빈처〉 · 〈술 권하는 사회〉 · 〈운수 좋은 날〉 · 〈희생화〉

　* 2권 / 정만진 작 · B사감과 러브레터 2 〈러브레터 날리는 싸이〉 · 고향 2 〈하늘로 가는 기차〉 · 할머니의 죽음 2 〈이웃 2촌〉 // 현진건 작 · 〈B사감과 러브레터〉 · 〈고향〉 · 〈할머니의 죽음〉 · 〈불〉 · 〈신문지와 철창〉 · 〈정조와 약가〉 · 〈사립 정신병원장〉 // 현진건의 문학세계 해설 〈현진건을 위한 변명〉

현진건 평전 겸 작품세계 분석과 해설

《현진건, 100년의 오해》

 현진건은 흔히 '자전적 소설'을 쓴 작가로 알려져 있다. 1921년 〈빈처〉와 〈술 권하는 사회〉를 발표한 이래 100년이나 지났음에도 많은 독자들은 그렇게 인식하고 있다. 하지만 아니다. 그의 소설은 일제 강점기를 증언하는 사회소설이자 민족주의 소설이다. "한국 단편소설의 아버지(김윤식·김현《한국문학사》)" 현진건에 대한 우리 사회의 너무나 지나친 홀대와 부당한 평가는 중단되어야 한다. 묘소도, 생가도, 고택도, 문학관도 없는 '한국 단편소설의 아버지'! 문화선진국 사람들이 알면 우리의 야만에 놀랄 것이다.

 차례 I. 현진건의 생애
 II. 현진건의 문학
 III. 〈빈처〉 등은 '자전적 소설'인가
 IV. 새롭게 정립한 현진건 소설 '3단계'론
 V. 인간의 이중성과 현진건 소설의 주제
 VI. 현진건 소설의 '소극적 저항'의 가치
 VII. 현진건 소설의 기교와 문학사적 업적
 *. **부록** : 현진건 기념물 현황

'참작가' 현진건 현창회
준비모임 회원을 모십니다

현진건은 "한국 단편소설의 아버지(김윤식·김현,《한국문학사》, 민음사, 1973, 153쪽)"라는 평가를 받는 걸출한 작가이자 1936년 '일장기 말소 의거'를 일으킨 독립운동가입니다. 많은 문인들이 친일 행각을 벌였지만 현진건은 끝까지 일제에 맞섰습니다(그런 까닭에 현길언은《문학과 사랑과 이데올로기》(태학사, 2000), 14쪽에서 현진건을 '참작가'라 하였습니다). 일제는 현진건 창작집《조선의 얼골》에 판매 금지 처분을 내렸고, 신문에 연재 중이던 장편 〈흑치상지〉도 강제로 중단시켰습니다. 현진건은 울화와 가난과 병환으로 어렵게 살다가 끝내 43세에 세상을 떠났습니다.

2000년은 현진건 탄생 100주년이었고, 2013년은 서거 80주년이었으며, 2021년은 〈빈처〉와 〈술 권하는 사회〉가 발표된 100주년이었습니다. 그러나 현진건을 기려 진정성 있게 펼쳐진 사업은 드물었습니다. 구구단(대표 이원호)과 대구역사탐방단(공동대표 강성덕·오규찬)이 2021년 4월 23일 상화와 빙허 두 분의 기일을 추념하고, 역사진흥원(대표 남기정)이 8월 13일 '일장기 말소 의거와 현진건' 세미나를 개최한 것이 두드러진 기림이었습니다.

현진건은 대구의 생가도 서울의 고택도 남아 있지 않고, 심지어 서울 개발과정에서 묘소마저 없어졌습니다. 물론 '현진건 문학관' 등의 이름을 가진 기념 공간도 없습니다.

우리가 현진건을 이렇게 홀대해도 되는 것일까요?

사단법인 역사진흥원은 '참작가'현진건현창회 창립과 활동을 통해 궁극적으로 '현진건 기념관'을 건립하고, 그 과정에서 현진건을 추념할 수 있는 출판, 행사, 교육 프로그램을 진행하려 합니다. 현진건현창사업은 독립운동가를 기리고 참된 작가정신을 북돋우는 가치 있는 일임에 틀림없습니다. 회원이 되시면 스스로를 고양할 수 있는 뜻 깊은 기회를 얻게 될 것입니다. (농협 01051519696-08 정만진으로 월정 회비나 후원금을 보내신 후 01051519696으로 문자를 보내시면 되겠습니다.) 회비나 성금을 내시면

① 기부금 영수증을 발급해 드립니다.
② 회비나 성금에 어울리는 답례를 갖춥니다.
③ 글쓰기(자서전, 논술, 소설 등) 개인지도를 해드립니다. 적극 참여바랍니다.

사단법인 역사진흥원

○ 2019년 대구시 선정 '올해의 책'
대구 독립운동유적 100곳 답사여행

○ "역사를 잊은 민족에게는 미래가 없다"
대한제국 의열 독립운동사

○ 우리나라 유일 독립지사 전용 국립묘지
신암 선열 공원

소설로 쓴 무장 의열 독립 운동 45년史사

○ 1910년대 최고 비밀결사 광복회
소설 광복회
○ 1920년대 최고 비밀결사 의열단
소설 의열단
○ 1930년대 최고 비밀결사 한인애국단
소설 한인애국단

★ 모든 책의 상세 내용은 <u>교보문고 누리집</u> 참조
★ 각권 15,000~18,000원 (대구독립운동유적 100곳 24,000원)

○ 정붕과 이순신을 모델로 한 청렴 장편소설
잣과 꿀, 그리고 오동나무

○ 사회발전의 기반은 남녀평등 장편소설
딸아, 울지 마라

○ 남북 최접경에서 바라본 통일 문제 장편소설
백령도

> ○ "내가 쓸 책을 정 선생이 썼군!"
> — 역사학자 이이화 선생님 추천
>
> ## 전국 임진왜란 유적 답사여행 총서
> (전 10권)

부산 김해 임진왜란 유적
남해안 임진왜란 유적
동해안 임진왜란 유적
대구 임진왜란 유적
경북 서부 북부 임진왜란 유적
경남 서부 임진왜란 유적
충청남도 임진왜란 유적
충청북도 임진왜란 유적
전라도 내륙 임진왜란 유적
수도권 강원 임진왜란 유적

> 추천사 : **이이화**(역사학자)
>
> ## 의병 유적 답사의 길잡이

필자는 한국 역사를 공부하고 책을 쓰면서 관련 유적지를 분주하게 찾아다녔다. 현장 감각을 살리려는 의도였다. 이들 유적들은 오랜 세월의 때가 묻어 있으면서 그 안에 역사의 진실을 안고 있다. 그래서 독자들과 함께 일정한 주제를 잡아 역사기행을 자주 다녔다. 이번에 출간된 이 총서는 바로 '임진왜란 유적'이란 주제를 가지고 전국에 걸쳐 유적을 샅샅이 찾아 현장감을 살리고 관련 사진을 곁들여 독자들에게 이해와 감동을 주고 있다. 이 대목에서 잠깐 임진왜란의 역사적 의미를 알아보자. 이 전란을 필자는 조선과 일본이 벌인 전쟁이라는 의미를 담아 '조일 전쟁'이라고 불러야 한다는 주장을 폈다. 하지만 명나라에서 개입해 3국전쟁의 양상을 띠었다.

조선 시대에 벌어진 전쟁 중에서 가장 참혹하여 국토의 황폐, 국가 재정의 파탄, 주민의 대량학살, 무수한 문화재가 잿더미로 쓸려가는 유례를 찾을 수 없는 피해를 입었다. 더욱이 이로 인해 한민족이 일본(왜놈)에 대한 원한과 적대감이 돌이킬 수 없을 지경으로 높았다. 그 뒤에 일어난 병자호란에 비할 바가 아니었다. 그 뒤 조선의 대외 정책은 명나라에 대한 지나친 은혜 의식이 팽배하는 속에서 그 반대로 일본에 대한 민족의식은 불구대천의 원수로 여겼다. 또 백의종사白衣從事했던 유성룡은 무비유환無備有患이란 명언을 남겨 안보 의식을 고취시켰다.

근대 역사학계에서는 이를 규명하는 많은 저술을 내면서 의병 활동에도 주목해 왔다. 그런데 의병장을 기리면서도 수많은 의병의 희생에 대해서는 소홀하게 다룬 느낌이 없지 않았다. 또 조선 시대부터 근래에 이르기까지 충렬사를 지어 기리기도 하였고 유적을 보존하기도 하였다. 이 총서에서는 이를 빠짐없이 고스란히 담았다. 또 어느 한쪽에 치우치지 않고 공평하게 다루기도 하였다. 보기를 들면 낙동강 일대에서 의병활동을 벌인 정인홍은 그 동안 역적이라 하여 소홀하게 다룬 적이 있으나 이 책에서는 새롭게 그 의미를 담았다.

그 기술 방법에 있어서도 역사 대중화에 부합되었다. 무엇보다도 문장이 유려하면서 쉽고 용어도 알아듣기 어려운 용어를 알아먹기 쉽게 풀기도 하고 설명을 덧붙이기도 했으며 한 대목의 이해를 도우려 사건 전개에 따른 시일 순서로 배열했다. 역사를 공부하는 청소년들과 역사기행 회원에게 길잡이가 될 수 있겠다.

이 책의 이런 짜임새는 아마도 저자 정만진 선생의 다양한 이력에서 찾을 수 있겠다. 저자는 교육자로서 교육 현장의 감각을 살리고 소설가 또는 문필가로서 대중의 수준에 맞는 문장 솜씨를 보여주고 있으며 사진을 사료의 도구로 활용하는 방법이 곁들여 있다. (중략)

필자는 역사 대중화를 추구해오면서 민족운동의 의미를 알리려 힘써 왔는데 이 총서를 읽으면서 내가 못다 한 작업을 해냈다는 찬사를 보낸다. 많은 사람들이 읽고 역사의 경험을 잊지 않는 계기가 되기를 기대해 본다.

2017년 촛불혁명의 해가 저물 무렵에 쓴다.   이 이 화

대구여행의 의미와 재미 제4권
'소재로서의 대구 역사 문화 자연 유산'

1부 대구의 역사

○ 대구 통사
고대 - 삼국시대 - 고려시대 - 조선시대 - 근대 - 현대
○ 대구가 자랑하는 역사·문화·자연유산
비슬산, 세계 최대의 빙하기 암괴류
대구를 만든 금호강과 신천
팔공산, 세계 유일의 갓 쓴 산정 돌부처
대구에 이렇게 '왕건'이 많을 줄이야
'도가 동쪽으로 왔다' 도동서원
임진왜란 최초 의병장 홍의장군
평화를 사랑한 항왜 사야가, 녹동서원
아이들과 함께 서문시장과 약전골목으로
국채보상운동, 의열단 전신 광복회
이상화와 현진건
한적한 곳에서 잊혀가는 2·28정신
현대의 모습, 늘안실 식당가

2부 대구 완전 학습

○ '대구'의 이름이 자꾸 바뀐 사연
○ 세계 최고의 빙하기 돌강 유적, 대구 있다
○ 호수만 그냥 두었으면 세계적 관광지가 되었을 텐데

○ 대구가 잃어버린 세계 제일의 '고인돌' 유산
○ 기네스북에 오른 '대구'약령시, 되살려야
○ 친일파 때문에… 대구가 잃어버린 아름다운 성
○ 대구에서 반드시 없어져야 할 일제 잔재
○ 팔공산이 독립운동유적이라는 사실, 아십니까
○ 대구에서 '10월 1일'이 사라진 이유
○ 대구에 남아 있는 전쟁의 흔적
○ 조봉암이 대선에서 70%를 득표한 대구
○ 대구의 전통시장
○ '집'의 인문학

3부 예술 소재로서의 대구 역사·문화·자연유산

○ 상희구·김원일 등 작가들의 '대구' 형상화 사례
○ 대구를 낳은 금호강
○ '대구'를 알기 위해 꼭 읽어야 논저들
○ 지역별 답사를 위한
  대구 역사 문화 자연유산 분포 지도

삼국사기로 떠나는 경주 여행

경주에 대한 소개서는 이미 여러 권 나와 있다. 그런데도 이 책을 펴낸다. 이 책이 기존의 소개서들과 무엇인가 다르다고 믿기 때문이다.

기존의 책들은 대략 두 가지로 나뉘는 듯하다. 하나는, 역사유적 또는 문화유산 개체에 대한 해설 형태의 기행문이다. 다른 하나는, 《삼국사기》 원문을 번역하여 게재하는 방식의, 말 그대로 역사서이다.

역사유적이나 문화유산의 각 개체에 대해 해설을 해주는 기행서들은 문학적 가치는 뛰어나지만, 경주를 중심으로 한 삼국 시대의 역사를 통사적으로 보여주는 데는 아무래도 미흡하다. 반면, 역사서 형태의 경주 서적들은 '공부'에는 도움이 되지만 현장을 답사하는 데에는 별로 친절하지 못하다.

저자는 감히 이 두 종류 책들의 장점을 한 그릇에 담을 수 없을까 고민해 보았다. 그래서 얻은 결론이 이 책이다. 《삼국사기》의 내용 중 역사의 대강을 이해하는 데 도움이 될 만한 중요 기록을 시대순으로 옮겨 싣고, 다시 그에 대한 해설을 보태고, 마지막으로 구체적 현장이 남아 있는 곳에 대한 기행문을 붙이면 역사 공부도 되고, 현장 답사의 길잡이도 되지 않을까 생각한 것이다.

그 결과, 이 책은 《삼국사기》 원문을 번역한 내용을 각 시기별로 앞에 싣고, 그 뒤에 원문에 대한 해석 또는 관련 역사유적과 문화유산 답사기를 붙임으로써 독자의 이해를 돕고, 나아가 현장을 찾는 데에 도움을 줄 수 있도록 집필, 편집되었다.

아무쪼록 이 책이 삼국 시대를 이해하고, 경주를 여행하는 데 훌륭한 길잡이 노릇을 할 수 있기를 소망한다. 그리고 독자들의 질정을 기대한다.

일장기를 지워라 2

지은이 정만진
출판 국토
펴낸날 2021년 12월 1일
연락처 clean053@naver.com
FAX 053.526.3144 / 010.5151.9696
  세트 ISBN 9791188701230 04810 값 30,000원
  제2권 ISBN 9791188701254 04810 값 15,000원